Dezenove Degraus

MILLIE BOBBY BROWN

com Kathleen McGurl

Dezenove Degraus

Tradução de
Juliana Romeiro

1ª edição

EDITORA RECORD
RIO DE JANEIRO • SÃO PAULO
2023

CIP-BRASIL. CATALOGAÇÃO NA PUBLICAÇÃO
SINDICATO NACIONAL DOS EDITORES DE LIVROS, RJ

B899d
    Brown, Millie Bobby
        Dezenove degraus / Millie Bobby Brown ; tradução Juliana Romeiro. - 1. ed. - Rio de Janeiro : Record, 2023.

        Tradução de: Nineteen steps
        ISBN 978-65-5587-832-5

        1. Romance inglês. I. Romeiro, Juliana. II. Título.

23-86436
        CDD: 823
        CDU: 82-31(410.1)

Gabriela Faray Ferreira Lopes - Bibliotecária - CRB-7/6643

Título original:
Nineteen Steps

Copyright © PCMA Management and Productions 2023

Copyright da tradução © Editora Record, 2023

Texto revisado segundo o Acordo Ortográfico da Língua Portuguesa de 1990.

Todos os direitos reservados. Proibida a reprodução, no todo ou em parte, através de quaisquer meios. Os direitos morais da autora foram assegurados.

Direitos exclusivos de publicação em língua portuguesa somente para o Brasil adquiridos pela
EDITORA RECORD LTDA.
Rua Argentina, 171 – Rio de Janeiro, RJ – 20921-380 – Tel.: (21) 2585-2000, que se reserva a propriedade literária desta tradução.

Impresso no Brasil

ISBN 978-65-5587-832-5

Seja um leitor preferencial Record.
Cadastre-se no site www.record.com.br e receba informações sobre nossos lançamentos e nossas promoções.

Atendimento e venda direta ao leitor:
sac@record.com.br

*Para todos que perderam a vida nessa tragédia e para os entes
queridos que deixaram para trás, e para a minha avó, Ruth,
que me contou esta história.*

Prólogo

Março de 1993

Era a primeira vez em quase cinquenta anos que Nellie voltava a Bethnal Green, onde havia passado a infância. A primeira vez desde o fim da guerra. Ao saltar do metrô e pisar na plataforma, procurando placas que indicassem a saída, ficou surpresa com como o lugar estava diferente do que guardava na memória. Quando foi reivindicada como abrigo público contra ataques aéreos, durante a guerra, a estação ainda não havia sido concluída e os trilhos não tinham sido colocados. Hoje, ali de pé, segurando a mala, enquanto as pessoas passavam apressadas por ela, Nellie tentou visualizar o abrigo como da última vez que o tinha visto, com as fileiras de milhares de beliches triplos ao longo do túnel. Quantas noites intermináveis de ansiedade ela e a família passaram ali embaixo, durante a Blitz? Noites demais. E depois de novo, com a guerra já mais avançada, tantas outras noites em que tiveram que se abrigar dos frequentes bombardeios na superfície.

O trem no qual Nellie tinha vindo seguiu viagem, o barulho das rodas ganhando velocidade nos trilhos, deixando-a na plataforma cercada por memórias.

Trocaram a escada rolante, notou ao pisar no degrau brilhante de aço que havia substituído os antigos degraus chanfrados de madeira, puxando a mala de rodinhas até acomodá-la no degrau logo abaixo. No pé da escada, havia um artista de rua cantando "Bridge Over Troubled Water", e a música foi ecoando até ela. Enquanto a escada rolante subia, Nellie o acompanhou, cantarolando baixinho, lembrando-se de como durante a guerra às vezes cantava lá embaixo para a família e os amigos. Quando chegou ao saguão da bilheteria, pensou no querido Billy, nas covinhas em suas bochechas quando sorria para ela. Tantas vezes havia parado ali para conversar um pouquinho com ele, prometendo à família que os alcançaria no caminho dos beliches.

Assim que atravessou a roleta, Nellie virou à esquerda. Antigamente, a estação inacabada tinha só uma entrada. Agora havia outra, à direita, mas ela temia que, se subisse por ali, pudesse se perder ao sair na rua. Conhecia o lugar, mas estava diferente, com cartazes publicitários colados nas paredes e uma máquina de venda automática em vez da cantina do abrigo. Nellie sentiu o coração batendo acelerado, enquanto subia os sete primeiros degraus até o patamar na metade da escada, então fez a curva à esquerda e começou a avançar pelos dezenove degraus. Dezenove. Hoje em dia, estavam mais bem iluminados, lógico, e com um corrimão central que não existia antes, mas ainda eram os mesmos dezenove degraus. Enquanto subia, foi inundada pela memória de todas as outras centenas de vezes que havia pisado naqueles degraus e sentiu os olhos ficarem marejados e um nó na garganta.

Tinha que sair da estação, encontrar o caminho da casa de Barbara, cumprimentar a velha amiga e tomar um chá. Uns meses antes, Babs havia escrito para ela, implorando que considerasse voltar para ir à missa em homenagem ao cinquentenário. Na hora, tinha parecido uma boa ideia, mas, agora, ali estava ela, após todos aqueles anos, com tudo diante de si.

De repente, um grupo de jovens, provavelmente universitários, imaginou ela, veio descendo às pressas os degraus na sua direção. Nellie deu um passo para a direita e se espremeu contra a parede.

Estava ofegante, respirando com dificuldade, o coração disparado, e sabia que não era por causa do esforço de subir a escada. Era por causa dos acontecimentos transcorridos ali, cinquenta anos antes. A noite que havia mudado sua vida para sempre. Apertando a mala com uma das mãos e o peito com a outra, agachou-se junto à parede, esforçando-se para retomar o controle, tentando recuperar o fôlego.

— Não vá cair lá embaixo, não vá cair lá embaixo — sussurrou.

PARTE I

Outono-inverno de 1942

PASTEL

Outono-inverno de 1942

1

Era setembro, e o sábado estava tão ensolarado que ainda parecia verão. Nellie tivera uma semana agitada na prefeitura, onde trabalhava como assistente da prefeita, e naquele dia estava ansiosa para ter um pouco de normalidade, um gostinho da vida antes da guerra. Antes dos ataques aéreos, do racionamento e das infindáveis notícias sombrias que chegam pelo rádio. Ia levar Flo, a irmã mais nova, para fazer um piquenique no parque. Estava quente — o tipo de calor que faz ansiar pelo momento em que o tempo vai esfriar e em que as folhas vão cair, até se repreender por ter desejado o fim do tempo bom.

O frio do outono não ia demorar a chegar, disse Nellie a si mesma. E com ele chegariam também os dias escuros de inverno, nos quais teria que voltar para casa do trabalho já depois de o sol se pôr, desbravando o blecaute, cada passo um perigo.

— Anda, Flo. Rápido. Quanto antes a gente chegar, mais tempo vamos ter para o piquenique — disse ela, puxando a irmã pela mão.

Foram andando pelas ruas familiares de Bethnal Green, onde Nellie morava desde sempre, passando pelas lojas com suas parcas vitrines. Roupas de segunda mão, coelho e carneiro no açougue (fazia tanto tempo que ela não comia carne de vaca!), uma fila, parada, em frente ao verdureiro para comprar maçãs de Kent. Numa esquina, jaziam os escombros da parede lateral de uma casa bombardeada, a cortina ainda tremulando triste na janela. Nellie desviou os olhos, a mera casca do que um dia havia sido a casa de alguém, uma casa como a sua. Não queria estragar o bom humor pensando nisso agora.

— Quando será que vão reconstruir? Quando as pessoas vão ter a casa delas de volta? — perguntou Flo, fitando os escombros.

— Acho que só depois que a guerra acabar. — Nellie suspirou e ajeitou a cesta de piquenique pendurada no braço. Mas era pouco provável que as pessoas que moraram ali voltassem para casa, pensou. Até onde sabia, podiam ter morrido lá dentro, quando a bomba caiu.

— E se a guerra continuar para sempre?

As últimas manchetes vinham alardeando os bombardeios da RAF em Munique, e só de pensar nisso Nellie sentiu o estômago embrulhar. Sempre que os britânicos bombardeavam com sucesso uma cidade alemã, era certeza de que logo em seguida haveria retaliação. Em geral, isso significava que Londres seria o alvo. O que por sua vez significava que o East End estaria mais uma vez em perigo.

Aos 7 anos, sua irmã mal se lembrava de como era a vida antes da guerra, e não havia o menor indício de que o conflito estava para acabar. Além de marcar a infância de Flo, a guerra havia roubado a adolescência de Nellie, uma época na qual deveria estar se divertindo por aí sem preocupação. Porém, já não era mais tão ruim quanto no começo, quando as docas e os armazéns foram atingidos, e depois durante a Blitz, quando Hitler enviou seus bombardeiros para as áreas residenciais, tentando minar o espírito britânico. Não funcionou. Eles continuavam de pé, lutando, e jamais iriam se render, como tinha dito o primeiro-ministro no início da guerra. "Nunca nos renderemos." Ao se lembrar do discurso de Churchill, Nellie passou a andar de cabeça erguida, desafiadoramente.

— Prometo que não vai continuar para sempre. Olha, a gente já está quase lá!

Ansiosa para animar a irmã, Nellie sorriu ao seguir pela ponte sobre o Regent's Canal até o Victoria Park, passando pelas estátuas dos dois cães que guardam a entrada. Flo, como sempre, deu um tapinha em cada um ao entrar no parque.

Naquela época, com o Victoria Park quase todo tomado por militares — peças antiaéreas numa parte e um campo de prisioneiros de guerra na outra ponta —, eram poucos os lugares onde dava para se sentir verdadeiramente livre. Ainda assim, havia uma pequena área aberta ao público, além de vários parques e jardins menores escondidos entre as ruas de casas vitorianas geminadas. Alguns tinham virado canteiros para hortas, mas outros continuavam abertos para as crianças brincarem, e havia sempre uma partida de futebol se desenrolando em algum lugar, com o gol demarcado pelos casacos dos meninos.

Um pouco mais adiante, elas atravessaram a pontezinha que dava acesso a uma ilhota no meio de uma lagoa.

— Me lembro da época em que criança não podia entrar nessa ilha — comentou Nellie. — Era só para adultos.

— Você nunca veio aqui antes de virar adulta? — perguntou Flo de olhos arregalados.

Nellie sorriu.

— Vim, sim. Babs, Billy e eu. Um de nós distraía o guarda do parque, e os outros corriam pela ponte até a ilha. Quando o guarda via, a gente já tinha dado uma volta completa na ilha, e tudo o que ele podia fazer era correr atrás da gente, mas éramos mais rápidos, ele não tinha a menor chance de nos pegar.

Flo riu, e Nellie deu uma risadinha. Bons tempos aqueles, antes da guerra, quando ainda estava na escola, e Flo era bebê. Naquela época, ela, Barbara, a sua melhor amiga, e Billy, o irmão de Barbara, eram inseparáveis. Os três tinham idades próximas: Billy era um ano mais velho que Nellie, e Babs, um ano mais nova. Cresceram juntos. Aos 18 anos, Nellie agora era praticamente adulta, com um emprego importante na prefeitura, mas às vezes queria voltar a ser criança, brincar de esconde-esconde no parque, com Billy e Babs.

Como se só de pensar nele o tivesse conjurado, Nellie viu uma figura conhecida vindo na direção delas com um sorriso largo no rosto.

— Bem que eu achei que era você, Nellie Morris! Vai fazer um piquenique? — perguntou Billy, apontando para a cesta pendurada no seu braço.

— É, a gente decidiu aproveitar o tempo bom, e Flo adora um piquenique.

— Aposto que ela também adora cosquinha — provocou Billy, enquanto se abaixava perto de Flo, que saiu correndo e gritando. Nellie ficou observando os dois, rindo. Billy era como um irmão mais velho para elas, e Nellie sentia um enorme carinho por ele. Em momentos como aquele, quase dava para esquecer que havia uma guerra acontecendo, e era isso que a fazia seguir em frente.

Depois de uma volta na ilha, os dois apareceram de novo, com Billy ofegante.

— Ela ficou rápida demais para mim — comentou ele com um leve chiado ao respirar.

— Cuidado com a asma, Billy.

Ele fez que sim e pegou a cigarreira de cigarros medicinais que sempre carregava. Alguns tragos levariam o medicamento do cigarro para os pulmões, fazendo o chiado parar.

— Eu sei. Está tudo bem. — Billy acendeu um cigarro e inspirou profundamente. — Pronto. Resolvido. O que tem de bom aí? — Ele indicou com a cabeça a cesta de Nellie, com as coisas que a mãe dela, Em, havia preparado.

— Tem sanduíche, biscoito amanteigado, água de cevada com limão. Dá para três, se quiser se juntar a nós... — Na verdade, não dava, mas ela achou que devia oferecer.

Ele fez que não.

— Parece ótimo, mas não posso. Estou no turno da noite hoje. Os ataques aéreos não param para a gente fazer piquenique. — Ele bateu uma continência de brincadeira, afagou o cabelo de Flo e foi embora.

Nellie ficou observando enquanto Billy passava por duas senhoras de meia-idade, uma delas passeando com um poodle na coleira. Elas o fitaram e balançaram a cabeça com ar de reprovação, e o cachorro latiu. Não fizeram o menor esforço para acalmar o animal. No mínimo acharam que Billy era um objetor de consciência, já que não estava fardado. Não sabiam que ele era guarda da Divisão de Precaução Contra Ataques Aéreos. Não sabiam quanto trabalhava, os turnos extras que pegava, as noites que passava supervisionando as pessoas no abrigo da estação de metrô, embora ficar enfurnado lá embaixo naquele lugar úmido não fizesse bem para os pulmões dele.

Eles todos faziam a sua parte no esforço de guerra. O pai dela, Charlie, além de trabalhar como almoxarife nas docas de Londres, pegava alguns turnos extras por semana como vigia de incêndios. Babs trabalhava numa fábrica de fardas militares.

— Neeelliiie! Quando a gente vai comer sanduíche? Vou guardar a casca para os patos. Está vendo ali? Tem filhotinho também! — disse Flo.

— Tem? Vamos lá!

Nellie deixou Flo puxá-la até perto da água. E não deu outra, em meio aos juncos havia uma família de patos. Os patinhos eram umas coisinhas tão fofas que foi difícil para Nellie manter Flo fora da água, só olhando, sem tentar pegar os filhotinhos.

Do outro lado do parque, na área interditada, os enormes canhões da artilharia antiaérea jaziam em silêncio, apontando para o céu, prontos para entrar em ação assim que o próximo ataque aéreo acontecesse. No entanto, bem ali aos pés delas, havia um pequeno lembrete de que a vida continuava como sempre havia sido.

Estavam recolhendo as coisas do piquenique quando a sirene estridente de ataque aéreo começou a soar.

— No meio do dia? É isso mesmo? — perguntou Nellie, surpresa, com o coração batendo acelerado. Ela enfiou as coisas na cesta e agarrou a mão de Flo. — Anda, a gente tem que correr!

— Neeelliiie! Para onde a gente vai? Não quero ser bombardeada! — exclamou Flo, aterrorizada. Estavam muito longe da estação de metrô, onde a família costumava se abrigar durante ataques aéreos, e perto demais dos canhões da artilharia antiaérea, que podiam muito bem ser alvo dos bombardeiros alemães. Nellie imaginou uma bomba caindo nos canhões, os estilhaços voando pelo parque e acertando as duas. A pequena Flo caindo, ferida e sem vida... Não, isso não podia acontecer. Tinha que salvar a irmã.

Elas passaram por um abrigo público perto da entrada do parque. Era só um daqueles abrigos de ferro corrugado enterrados no chão, mas ia ter que servir. Qualquer coisa era melhor do que estar a céu aberto. Enquanto Nellie corria, segurando a mão de Flo bem apertada, uma sequência de bombardeiros alemães sobrevoou baixo o bastante para ela reconhecer o emblema da Luftwaffe nas asas. Os motores roncavam, um som bem diferente do dos aviões da RAF, que frequentemente saíam em formação para bombardear cidades na Alemanha. Flo parou e olhou para eles. Nellie percebeu que aquela era talvez a primeira vez que a irmã via o inimigo. Os ataques aéreos costumavam acontecer à noite. Ficou com medo de os aviões abrirem fogo com suas metralhadoras, sem falar nas bombas que traziam.

— A gente tem que correr, Flo! — chamou ela, rezando para conseguir proteger a irmã. Chegaram ao abrigo, e ela empurrou Flo na frente, ofegando bastante. Lá dentro, abraçou a irmã, descansando o rosto em seu cabelo cacheado e macio. Graças a Deus, tinham conseguido.

— Nossa, foi por pouco, moça — comentou um menino no abrigo, segurando o cachorro enquanto tentava recuperar o fôlego.

— Pois é. Não sei por que o alarme foi tão em cima. Mal deu tempo de chegar aqui.

— Ataque diurno, né? Acho que eles só ficam de vigia à noite.

Nellie não acreditava nisso. Colocou Flo no colo, torcendo para que os pais e o irmão, George, estivessem em segurança. Como todo mundo no East End, eram veteranos em ataques aéreos. Mas, independentemente de quantas vezes acontecesse, ela sempre ficava aterrorizada — a ideia de que aquela bomba podia vir com o nome dela escrito, que aqueles talvez fossem os seus últimos momentos na Terra. Tentou respirar fundo para se acalmar, determinada a não chorar e não deixar transparecer para Flo quanto estava assustada.

Os canhões da artilharia antiaérea começaram a disparar, o som muito mais alto do que Nellie estava acostumada a ouvir, já que estavam tão próximos, mas era bom saber que a cidade estava se defendendo. O pequeno abrigo acomodava umas poucas pessoas. Havia apenas uma tábua de madeira para sentar, e o chão era de terra. Ficava muito longe da estação de metrô com a qual elas tinham se habituado. Na estação, havia beliches, banheiros, uma cantina que servia comida quente e até um pequeno teatro para entreter as pessoas.

— Ainda bem que a gente não precisa vir aqui sempre que tem bombardeio, não é, Flo? — comentou ela, abraçando forte a irmã.

Flo fez que sim e se aconchegou junto dela. Era aterrorizante estar naquele pequeno abrigo, ouvindo os aviões lá em cima, o estrondo dos canhões aqui embaixo e vez ou outra o baque distante das bombas. No metrô, os sons da guerra ficavam mais abafados, e era mais fácil de suportar. Além disso, elas estariam com Em, Charlie e George, e Nellie não teria total responsabilidade por Flo. Ela piscou para disfarçar uma lágrima, enquanto tentava parecer calma.

Quando por fim o ronco dos aviões e o rugido dos canhões cessaram, a sirene que indicava o fim do bombardeio soou. Nellie conduziu Flo abrigo afora, e as duas começaram o caminho de volta para casa, andando no ar empoeirado por entre escombros recém-criados. Assim que dobraram a esquina da Morpeth Street, com as fachadas de tijolos vermelhos das casas vitorianas ladeando a rua, George abriu a porta de casa com o pai logo atrás.

— Eu estava na rua quando os bombardeiros chegaram — disse George, ofegante. — Eles passaram tão baixo!

— A gente viu do nosso abrigo — respondeu Nellie, estremecendo ao se lembrar de como eles desceram, chegando bem perto do chão.

— Deu para ver o branco dos olhos deles! — continuou George. — Do piloto da frente, ele tinha cabelo loiro, igual ao de Flo. Tive que me esconder num arbusto para ele não atirar em mim!

Charlie olhou feio para ele.

— O que você estava fazendo na rua? No minuto em que a sirene toca, você tem que correr para um abrigo, não foi isso que eu sempre disse?

— Eu corri, pai, mas... — começou George.

— E não é para se afastar muito do metrô, entendeu? Para dar tempo de chegar lá. — Charlie sacudiu o dedo para o filho.

— Nellie e Flo foram para o parque, a quilômetros do metrô!

— Meio quilômetro — retrucou Nellie, olhando feio para o irmão.

— Pelo menos elas foram para um abrigo. — Charlie passou as mãos pelos cabelos. Parecia ter percebido que seus filhos correram perigo em plena luz do dia, num sábado ensolarado de setembro. Pensar nisso também fez Nellie sentir um frio na espinha. Se alguma coisa tivesse acontecido com Flo enquanto elas estavam fora, jamais se perdoaria.

Nellie abraçou o pai e deu um beijo na mãe, que os levou para dentro de casa.

— Está tudo bem. Estamos todos bem agora. Mas está aumentando de novo, não está? Pelo menos não está tão ruim quanto na Blitz. — Em 1940 e 1941, havia bombardeio quase toda noite, e eles praticamente moravam no abrigo da estação de metrô. Nellie não conseguia sequer imaginar que pudesse voltar a ser tão ruim de novo.

— Está, sim — disse Charlie. — Essa porcaria de guerra, hein? Quando você se acostuma e acha que está dando conta, ela vem e joga uma coisa nova em você, desse jeito. Numa tarde de sol e tudo. Isso não está nada certo.

Nellie estava prestes a falar, quando alguém bateu à porta.

— Devem ser Ruth e John — disse Em, correndo para atender.

Mas, ao abrir a porta, viram apenas John, com um galgo preto na coleira.

— Desculpa, Em e Charlie — disse ele. — Ruthie não está bem hoje. Ficou abalada com aquele ataque no meio do dia.

Todo sábado, desde que Nellie se lembrava, os tios vinham tomar chá da tarde com eles. Era uma tradição da família. Comiam bolo, jogavam uma ou duas partidas de baralho e riam muito — com ou sem a guerra.

Ruth era irmã de Charlie, e Nellie sempre foi muito próxima dos tios. Toda vez que ficavam em maus lençóis com os pais, Nellie e Babs fugiam para a casa dela. Ruth dava uns biscoitos e dizia que podiam morar com ela e nunca mais voltar para casa. Mas, quando chegava a hora do jantar, as meninas já estavam com saudade de casa e querendo voltar para as mães. Em e a Sra. Waters, no entanto, sabiam muito bem onde as duas estavam, porque Ruth mandava um recado pelo filho de um vizinho.

— Avise a ela que eu mandei um abraço — pediu Charlie. Nellie sabia que o pai estava preocupado com a saúde da irmã. E, para um homem acostumado a consertar as coisas, a melhorar as coisas, era uma agonia não poder fazer nada a respeito da tuberculose de Ruth, que havia se agravado com as muitas noites passadas na umidade do abrigo antiaéreo.

Desde o começo da guerra, as famílias tinham se tornado mais unidas, dependendo do apoio umas das outras, e ela não suportava a ideia de não ter Ruthie por perto.

Nellie olhou para o cachorro, que estava cheirando sua mão.

— Cachorro novo? Cadê o Oscar?

John riu.

— É *ele*. Não está reconhecendo?

Nellie franziu a testa. Oscar, o cachorro do tio, era um galgo malhado, marrom e preto. Este cachorro era todo preto, mas lambia a mão dela como se a conhecesse.

— Está tentando aquele truque de novo? — perguntou Charlie, com uma risadinha.

— Ã-hã. Já deu certo uma vez, deve funcionar de novo.

— Que truque, tio John? — perguntou Nellie.

Ele chegou bem perto dela.

— Todo mundo sabe que Oscar é um campeão. Eu pinto ele de preto, inscrevo como se fosse de outra raça, com outro nome, como um cão desconhecido. Aposto nele como se fosse um azarão. Ele ganha, a gente enche o bolso e pronto. — John deu uma piscadinha para Nellie. — Mesmo com essa guerra, a gente tem que aproveitar todas as chances de fazer um dinheirinho.

— Em que corrida você vai inscrevê-lo? E com que nome? — perguntou Charlie. — Vou fazer uma fezinha. Ganhar uns trocados, quem sabe.

— Na de Walthamstow, às oito hoje à noite. Passa na casa de apostas agora, Charlie. O nome novo dele é Senhor das Trevas.

Nellie riu.

— Que dramático! Boa sorte para o Oscar e manda um beijo para a tia Ruth. Uma pena ela não poder ter vindo.

Em voltou com biscoito amanteigado embrulhado em papel.

— Aqui. Para o chá de Ruth, e não deixa esse cachorro chegar perto.

— Obrigado, Em. Ela vai gostar dos biscoitos. Ah, ela mandou dar isso para você. Já temos o suficiente, não estamos precisando. — Ele entregou alguns cupons de racionamento para Nellie.

— Obrigada, tio John — agradeceu ela, sorrindo.

— A gente tem que dividir o que tem, não é mesmo? Vem, Oscar.
— John saiu com o cachorro, enquanto Charlie e Nellie acenavam para ele.

Foi sempre assim: família e amigos dividindo o que tinham, tirando o melhor da situação, apreciando os pequenos gestos de gentileza um do outro. Um dia as coisas mudariam e eles voltariam a ser como antes da guerra, quando não tinham muito, mas sempre havia o suficiente de tudo para tocar a vida.

2

— Me empresta o seu guarda-chuva, mãe? — pediu Nellie, enquanto se arrumava para sair para o trabalho numa manhã de segunda fria e chuvosa.

— Desculpa, querida, vou precisar dele hoje. Tenho que ir à feira, ou não vai ter nada para o jantar. Foi muito bom o seu pai ganhar dinheiro nessa corrida de cachorros, mas eu ainda tenho que sair e enfrentar fila, se for para gastar alguma parte disso em comida. Aqui, bota isso na cabeça. — Em jogou um chapéu impermeável velho para a filha.

— Vai amassar os meus cachinhos — reclamou Nellie, mas colocou o chapéu mesmo assim. Era isso ou ficar encharcada na caminhada de dez minutos até o trabalho.

— Não se atrase. Ah, e me faz um favor? Você pode pegar a roupa lavada da sua tia lá na casa da Sra. Denning e levar para ela? É no seu caminho, e Ruth vai gostar de ver você.

— Pode deixar. — Nellie deu um beijo de despedida e saiu.

Andando apressada pela Morpeth Street, ouviu atrás dela uma voz conhecida chamando-a.

— Nellie Morris! Que beleza esse chapéu! — Ela se virou e viu Billy sorrindo. — Ficou péssimo!

Estava chovendo muito para ficar conversando, então ela apertou o passo, dando um tchauzinho para ele.

— Um dia eu vou me casar com você, Nellie Morris, e você vai ter que usar essa belezura no nosso casamento! — gritou ele.

— Só se eu disser sim! — devolveu ela.

Havia anos que ele dizia isso para ela. Desde que ela estava com 15, e ele, 16; e os dois passavam muito tempo juntos e tinham começado a flertar um pouco, então seus pais comentavam que iam acabar se casando. Ela adorava Billy, mas não achava que iam se casar — era tudo brincadeira. Às vezes, era divertido imaginar os dois juntos; Billy ia dar um bom marido, ela sabia. Mas ela queria mais da vida do que se casar com o filho do vizinho, alguém que já tinha dito que nunca iria sair do East End. Ela queria viajar, ver o mundo. Quando a guerra acabasse, pretendia fazer exatamente isso.

Billy ficou observando-a se afastar. Ela não sabia o que ele sentia de verdade por ela. Como ia saber? Ele nunca disse nada. Billy tinha medo de dizer a coisa errada, ser rejeitado e perder a amizade dela também. Não ia aguentar isso, então escondia dela o que sentia, mas estava ficando cada vez mais difícil manter segredo. Ele sabia que Nellie o via apenas como "o filho do vizinho", um irmão mais velho, um amigo. Alguém com quem jogar conversa fora, e não para amar. De alguma forma, ele precisava mudar isso, só não sabia como, mas queria provar que era perfeito para ela, que eles podiam ter uma vida maravilhosa juntos. Pouco antes de a guerra começar, os dois tiveram alguns momentos no parque — não brincando de pique, como faziam quando eram crianças, mas sentados num banco, ele com o braço envolvendo os ombros dela, ela com a cabeça recostada nele, descrevendo os seus sonhos para o futuro, e ele sonhando com um futuro com ela.

Billy havia passado a vida toda bem ali na Morpeth Street, assim como Nellie. Para ele, a rua tinha tudo o que ele sempre quis, incluindo ela. Mas sabia que ela queria mais. Se não fosse a guerra, Nellie provavelmente já teria saído de Bethnal Green. Emoção, aventura, viagens — ela falava tanto desse tipo de coisa, com um desejo que ele não conseguia entender. Billy não podia oferecer isso a ela. Só podia oferecer seu amor eterno, sua companhia e segurança, e esperava que um dia isso fosse suficiente para uma garota tão especial quanto Nellie Morris. A menina que um dia guardou semanas de mesada para comprar uma cigarreira para os cigarros medicinais dele. Billy ainda tinha a cigarreira e se lembrava dela sempre que a tirava do bolso. A menina que um dia foi correndo atrás dele pela rua, quando ele esqueceu os sanduíches, e os entregou para ele com um sorriso e um carinho em seu rosto.

— O que seria de você sem mim, Billy Waters? — havia brincado ela.

E era verdade. Um dia, em breve, ele iria convidar Nellie para sair. Um dia, quando tivesse coragem.

Nellie adorava o trabalho de assistente da prefeita de Bethnal Green, a Sra. Margaret Bolton. Era variado e interessante, e ela se dava bem com a prefeita. O Sr. Percy Bolton, marido da prefeita, havia sido professor de Nellie, e foi ele quem a recomendou à esposa. Estava aposentado, mas tinha se oferecido para ser supervisor da Divisão de Precaução Contra Ataques Aéreos e era chefe de Billy. As outras garotas conhecidas dela trabalhavam em fábricas de roupa, como Babs, ou de munição. Sua amiga havia começado fazendo roupas íntimas de luxo para serem vendidas nas principais lojas de departamento do West End, mas hoje em dia a fábrica só produzia fardas e peças utilitárias.

Trabalhar na prefeitura fazia Nellie se sentir no coração de Bethnal Green. Ela muitas vezes era a primeira a saber o que estava acontecendo no bairro e gostava da sensação de importância.

— Você é ambiciosa demais, esse é o seu problema — dizia Em às vezes para ela, mas com orgulho na voz.

— Ela é inteligente demais para Bethnal Green. Minha filha vai longe, aguarde e confie — respondia Charlie, radiante.

Nellie torcia para que estivessem certos. Sentia carinho por Bethnal Green, mas estava doida para conhecer mais do mundo do que só aquele cantinho de Londres. Queria aventura. Queria fazer diferença no mundo. Quando a guerra acabasse.

— Bom dia, Gladys. — Ao entrar no escritório do primeiro andar, Nellie cumprimentou uma das datilógrafas com quem costumava almoçar.

— Bom dia, Nellie. Que dilúvio, hein?

— Pois é — concordou Nellie com uma risada, passando apressada pela colega para tirar o casaco molhado e tentar secar os pés no aquecedor mais próximo. Esta era outra vantagem de trabalhar na prefeitura: o escritório tinha um aquecimento central decente, e ela estava torcendo para que estivesse ligado hoje, para se esquentar um pouco.

— Bom dia, Nellie — disse a Sra. Bolton, enquanto Nellie pendurava o casaco no cabide de pé. — Preciso que você faça a ata de uma reunião às dez, mas, se puder terminar de datilografar essas cartas de ontem antes disso, ficaria agradecida.

— Pode deixar. — Nellie havia aprendido datilografia e taquigrafia na escola. Foram sua rapidez e eficiência que garantiram a promoção para assistente. Ela colocou uma folha na máquina de escrever, abriu o caderno e começou a trabalhar.

Às dez horas, já havia datilografado as cartas e aquecido os pés. Nellie calçou os sapatos ainda úmidos com uma careta e seguiu a Sra. Bolton até uma pequena sala de reuniões, onde um homem grande de paletó de tweed estava sentado, esperando por elas. Assim que entraram, ele se levantou e estendeu a mão para a Sra. Bolton apertar.

— Senhora prefeita. Que prazer revê-la.

— Bom dia, Sr. Smith. Esta é a Srta. Morris, que vai tomar notas hoje. Nellie, o Sr. Smith é engenheiro e o contratei para inspecionar o abrigo antiaéreo de Bethnal Green e fazer todas as recomendações de segurança necessárias. Já pedi mais recursos à Defesa Civil para fazer melhorias na entrada, mas o pedido foi recusado. Sr. Smith, espero que o senhor tenha evidências para eu defender melhor a minha reivindicação. — Ela se virou para o engenheiro. — Pelo que entendi, o senhor concluiu a inspeção e pode nos dar um relatório, é isso?

Ele fez que sim.

— Olha só, a comunidade teve sorte de a estação estar no estado em que estava quando a guerra começou. Como a senhora sabe, a estação faz parte da expansão da linha Central, projetada para conectar o East End com o centro de Londres, mas ela ainda não tinha sido concluída. Os trilhos ainda não tinham sido colocados, então ainda não era usada por trens.

Nellie fez que sim. Estavam todos animados para ver a estação pronta quando a guerra acabasse. Seria muito mais fácil para a população de Bethnal Green ir de metrô em vez de ônibus para a zona oeste da cidade fazer compras ou mesmo só passear. Nellie queria muito se sentir parte da cidade grande, sair para comprar um vestido novo com Babs e ver os produtos de beleza das lojas de departamentos, ou quem sabe até ir a um espetáculo.

— Como a estação é bem funda — continuou o Sr. Smith —, é o abrigo perfeito contra ataques aéreos de grande capacidade. No caso de um bombardeio, qualquer um lá embaixo estaria cem por cento seguro. Mas...

— Mas...? — perguntou a Sra. Bolton.

O engenheiro pigarreou.

— A entrada me preocupa, principalmente a escada da calçada para a bilheteria. Os degraus nunca foram finalizados apropriadamente, e a grade de proteção instalada no alto era para ser só provisória. Fiz uma inspeção bem minuciosa, tanto de dia quanto de noite.

Nellie virou uma página do caderno e ficou esperando o engenheiro continuar.

— Embora a entrada seja adequada para uso normal, acho que dificilmente é segura se uma multidão tentar entrar ao mesmo tempo. Só tem uma lâmpada fraca, e ainda assim encoberta para não iluminar a calçada, por causa da regulamentação do blecaute, como a senhora deve saber. Não tem corrimão central nem nas paredes. Os portões na calçada se abrem para dentro e, portanto, não poderiam ser fechados para impedir a entrada de multidões, caso a estação ficasse lotada. — Ele pigarreou de novo. — E os degraus em si, com aquelas bordas ásperas e inacabadas, ficam escorregadios quando molhados.

— Certo. — A prefeita exibia uma expressão séria. — Mas a estação está sendo usada desde o início da guerra. O que o senhor acha que pode acontecer se não fizermos nada?

— Pode acontecer um desastre. Acho que só não tivemos uma calamidade ainda por sorte. Mas, se uma multidão vier de uma vez só, talvez em pânico, correndo para se proteger no abrigo, a grade de madeira em torno dos degraus no alto da escada corre o risco de ceder, e as pessoas iriam cair lá embaixo. Na verdade, seria muito fácil alguém tropeçar, talvez escorregando nos degraus molhados, tropeçando por causa da luz fraca, e uma queda naqueles degraus poderia causar ferimentos graves ou até mesmo ser fatal. — O engenheiro se recostou na cadeira de braços cruzados, aparentemente satisfeito com o trabalho e por ter proferido o veredicto.

— E o que podemos fazer para evitar esses acidentes? — A Sra. Bolton conferiu se Nellie estava anotando tudo, e Nellie fez que sim para ela. Mas não conseguia parar de pensar na entrada da estação. Sempre havia pensado naquele lugar como o mais seguro possível, um abrigo dos perigos que os ataques aéreos representavam. Ela mordeu o lábio, preocupada com quantas vezes todos correram para lá quando a sirene tocava, e ficou se perguntando se era mesmo tão perigoso quanto o Sr. Smith sugeria.

— Bom, se trocássemos a grade de madeira por uma barreira de tijolos — disse o engenheiro —, com pilares de concreto adequados, e instalássemos um portão forte na entrada que abrisse para fora ou, melhor ainda, que deslizasse para o lado, isso diminuiria o risco de uma multidão derrubar a estrutura existente. É só fechar o portão, caso muitas pessoas tentem entrar de uma vez só. Além disso, se estendermos o teto sobre os degraus, poderíamos ter uma instalação de luz melhor. Os degraus em si precisam de bordas metálicas resistentes, além de um corrimão central. É trabalho de três ou quatro dias, e o abrigo pode continuar sendo usado durante a noite, se houver um ataque aéreo.

Usando taquigrafia, Nellie escrevia o mais rápido que podia para anotar tudo o que o engenheiro tinha dito.

— Muito obrigada, Sr. Smith. O senhor foi muito prestativo e as suas sugestões para melhorar a segurança da estação serão inestimáveis. — A Sra. Bolton se levantou e trocou um aperto de mãos com o engenheiro.

Nellie acompanhou a prefeita até o escritório dela.

— Datilografe essas anotações para mim, Nellie. Vou precisar disso para ditar uma carta. Precisamos reivindicar dinheiro e autorização da Defesa Civil de Londres para melhorar a entrada, mas imagino que, depois de lerem o que o Sr. Smith descobriu e as recomendações dele, não vá ser muito difícil. Não parece um trabalho muito caro nem muito demorado. Com sorte, a questão da entrada da estação vai estar resolvida até o fim do mês que vem, ou mesmo antes.

Nellie se sentou para datilografar as anotações. Assim era a prefeita: sempre priorizando a comunidade. Nellie se orgulhava de trabalhar para ela.

Ao fim do dia, o relatório estava completo e a carta tinha sido ditada e datilografada.

— Quando sair, coloque na bandeja de correspondências a serem enviadas, por favor, Nellie. Quanto antes mandarmos essa carta, mais cedo recebemos a verba e podemos dar logo início à obra. Acho que amanhã devíamos começar a selecionar quem pode fazer esse trabalho, de acordo com as especificações do Sr. Smith.

— Antes de conseguir a verba?

— Isso, já presumindo que o dinheiro vá sair. Estamos falando da segurança das pessoas. Desta vez, com o peso do relatório do Sr. Smith, com certeza não vão negar.

Nellie torceu para que a chefe estivesse certa. Era dever deles garantir que o abrigo fosse o lugar mais seguro possível para a comunidade.

3

— Que bom te ver, Nellie, e obrigado pela ajuda — agradeceu John, pegando o saco de roupa das mãos dela. — Sua irmã está aqui também. É a terceira vez que ela vem esse mês para animar Ruthie. Ela é tão boazinha.

Nellie foi até a aconchegante sala de estar, onde Ruth fazia de um sofá sua cama. Flo estava ajoelhada no chão ao lado dela, tagarelando sobre as brincadeiras que fazia na escola com os amigos.

— Nellie, querida! Você trouxe as minhas camisolas? Obrigada, meu... — Ruth teve uma crise de tosse e cobriu a boca com o lenço que sempre mantinha firme na mão.

— Que bom te ver, tia Ruth. Está se sentindo bem? Oi, Flo. — Nellie deu um beijo no rosto da irmã.

— Ah, eu estou bem, meu amor, já estive melhor, mas não tenho do que reclamar. Fiquei chateada por não poder ter ido tomar chá com vocês no sábado.

John balançou a cabeça, triste.

— Ela devia estar num sanatório em algum lugar no interior, com ar fresco. E não aqui em Londres, com essa poeira e essa fumaça e sei lá mais o que tem no ar. Foi o abrigo no metrô que acabou com ela. Todas aquelas noites durante a Blitz naqueles túneis úmidos. Se eu soubesse o que aquilo ia fazer com ela, teria falado para a gente ficar aqui em cima, arriscar a sorte no abrigo Morrison na cozinha.

— Você podia ir para a casa da Sra. Thompson, para onde eu fui "vacuada" — sugeriu Flo. — Aposto que ela deixa.

Durante a Blitz, quase toda noite havia um ataque, e Bethnal Green, assim como todo o East End, tinha sido bastante destruído. Algumas ruas perderam meia dúzia de casas ou mais, transformadas em escombros pelas bombas. Três casas na Morpeth Street, onde Nellie morava, não existiam mais. Numa manhã, quando saíram do abrigo antiaéreo, encontraram as janelas da própria casa quebradas. Depois disso, Charlie colocou fita adesiva num padrão cruzado nas janelas restantes, para impedir que os cacos de vidro voassem e danificassem os móveis, caso acontecesse de novo.

Naquela época, só os três tinham de correr para o abrigo. George e Flo foram evacuados para o interior e passaram um ano num vilarejo distante, na zona rural de Dorset. Quando o pior já havia passado, seus irmãos voltaram e, desde então, a família se mantivera unida, abrigando-se no metrô durante os ataques aéreos esporádicos que enfrentaram desde então.

— Obrigada pela ideia, lindinha, mas eles só evacuam crianças, não os doentes. — John sorriu para Flo.

Nellie pensou no que tinha ouvido naquele dia no trabalho, na dúvida se devia comentar alguma coisa com os tios. Ela olhou para a cozinha, onde ficava o abrigo Morrison, que mais parecia uma gaiola. Eles usavam de mesa durante o dia e dormiam dentro dele nas noites em que demoravam muito para chegar ao abrigo. Tinha sido projetado para proteger contra detritos, caso uma bomba caísse perto. Não resistiria a um impacto direto, mas quais eram as chances disso? Não era como se a Blitz tivesse começado de novo. Os bombardeiros alemães passavam sobrevoando, mas com frequência estavam se dirigindo para alvos mais distantes.

— Acho que você tem razão, tio John, de usar o abrigo Morrison — afirmou ela. — Não adianta a tia Ruth se arrastar até o metrô tão doente assim. O Morrison é muito mais fácil e vai ser seguro o suficiente.

Nellie esticou a mão e acariciou o braço da tia. Eles iam ficar bem, tranquilizou a si mesma.

Ela olhou para a sala onde estava. Havia marcas pretas no piso e uma mancha no assento de uma poltrona que não tinha notado na última vez que estivera ali, mas Nellie não ousou tocar no assunto. Ruth estava doente demais para limpar qualquer coisa, e John era antiquado demais para fazer isso por conta própria. Ela se virou para John.

— O Oscar ganhou no sábado, não foi?

O tio sorriu.

— Ah, ganhou sim. Estamos muito orgulhosos, não é, Ruthie?

Ruth fez cara feia.

— Estamos, mas... conta o que aconteceu hoje de manhã, John.

— Hmm. Bom. Estava chovendo, e eu ainda não tinha conseguido lavar a tinta do cachorro. Saí com ele na chuva, voltei, e ele entrou e... bom... — John apontou para as manchas pretas no piso e na poltrona. — Ele pulou na poltrona antes que eu conseguisse fazer alguma coisa. A tinta escorria dele. Agora Ruthie está no meu pé para eu limpar.

Nellie conteve o riso.

— Minha nossa. Ele já voltou à cor normal?

John fez que sim.

— Tive que terminar o trabalho que a chuva começou, não é? E vou ter que dar um jeito nisso.

— Eu te ajudo amanhã de manhã, antes de ir para o trabalho — ofereceu Nellie. — Até ficaria hoje, mas o jantar já deve estar quase pronto, e a mamãe detesta que a gente se atrase para comer.

Flo olhou para Nellie com um brilho nos olhos.

— Nellie, eu posso ficar aqui hoje e limpar a bagunça do Oscar? Eu também ia poder ajudar o tio John a fazer o jantar da tia Ruth, e guardar a roupa lavada, e fazer *todas* as tarefas! *Por favor*, Nellie, diz que sim! Fala para a mamãe. Ela não vai se importar! — Antigamente, antes da guerra, antes de Ruth adoecer, Flo costumava passar a noite com os tios para Em e Charlie poderem sair.

— Flo, não tem lugar para você no abrigo Morrison junto com eles. — Nellie ficou na dúvida por um instante se devia falar para eles que era provável que houvesse um ataque aéreo, como Billy tinha comentado naquela manhã, mas mais uma vez decidiu que não havia necessidade de assustar ninguém. Ela passou o braço em volta de Flo. — Acho que vai ter que ficar para outra noite, tá bom?

John fez que sim, parecendo aliviado.

— É muita gentileza sua se oferecer para fazer todas essas tarefas, Flo, querida, mas nós damos conta, Ruthie e eu. Que tal você vir depois da escola amanhã? Vou comprar alguma coisa gostosa e aí você vai poder me ajudar a preparar o jantar de Ruthie.

Flo fez biquinho, mas logo se animou. Ela nunca ficava de mau humor quando não conseguia o que queria.

— Tá bom. E vou trazer mais biscoito amanteigado da mamãe, se sobrar.

— Obrigada por terem vindo, vocês duas — agradeceu Ruthie de onde estava, no sofá. — É melhor vocês voltarem para casa.

— Vem, Flozinha. Vamos ver o que a mamãe está cozinhando. — Flo levantou. Nellie deu um beijo na tia e, à porta, abraçou o tio. — Amanhã a gente se vê, então, para limpar o chão. Cuida dela, tio John.

— Sempre, pode deixar. Obrigado de novo, meu bem. — Ele lhe deu um abraço apertado, e Nellie foi embora de mãos dadas com Flo.

Em casa, a mãe delas estava ocupada fritando enguias.

— John e Ruth estão bem? O seu irmão está lá fora cuidando daquelas galinhas malditas de novo. Para ser sincera, a que não bota ovo devia ter ido para a panela há muito tempo.

— Ele adora aquelas galinhas — comentou Nellie, enquanto saía pela porta da cozinha e ia para o pequeno quintal.

George estava lá fora, sentado num balde emborcado com uma galinha no colo. Era a sua preferida, a branca que ele havia batizado de Rosie, a que não botava mais ovos, mas que ele mantinha como animal de estimação. Tinha trazido Rosie e outras duas galinhas do interior, para onde tinha sido evacuado, e cuidava delas desde então.

A família comia a maioria dos ovos que as galinhas botavam, mas em geral todo dia sobrava um pouco, e George vendia para os vizinhos, para arranjar um trocado. Ela sabia que boa parte do dinheiro era gasto em ração. Quase ninguém no East End criava galinhas, porque muitos dos quintais eram minúsculos, mas alguns vizinhos de Nellie plantavam legumes e verduras, como encorajava a campanha do governo "Cave pela Vitória". Qualquer comida que se pudesse produzir por conta própria era lucro, agora que tanta coisa era racionada. E, ainda que reclamasse das galinhas, Nellie sabia que Charlie gostava tanto quanto todo mundo da família de ter ovos frescos.

Naquele instante, o som estridente da sirene de ataque aéreo começou.

— Bem na hora do jantar — resmungou Em. — Será que arrumo a comida para levar?

— Não dá tempo — respondeu Charlie. — Pega o saco de dormir. Flo, deixa a sua boneca aqui, ela vai acabar estragando no metrô. — Ele foi até a porta dos fundos. — George! Anda!

Diante da perspectiva de passar mais uma noite no abrigo, Nellie reconheceu a sensação de medo crescente na barriga, mas eles tinham de ir. Não era seguro ficar em casa. Pegou os sacos de dormir e os travesseiros que ficavam guardados atrás do sofá da sala. Os beliches do abrigo tinham colchão, mas era só isso.

— George! — gritou Em. — A gente tem que ir.

— Não posso deixar Rosie! — gritou ele. — Ela está assustada.

— Larga essa porcaria de galinha, garoto. Se ela morrer, pelo menos vamos ter o que almoçar no domingo. — Charlie saiu e agarrou George pelo braço, fazendo-o soltar a galinha, que começou a correr pelo quintal, em pânico.

George se debateu e esticou a perna para chutar o pai. Aquilo ia acabar mal, pensou Nellie, e eles não tinham tempo.

— Parem com isso! — gritou ela, soltando o saco de dormir e agarrando a manga da camisa de George com uma das mãos e a de Charlie com a outra. — A gente tem que ir. George, a sua galinha vai ficar bem, eu juro.

— Tá! Tá bom.

Na rua, havia dezenas de pessoas correndo apressadas para o metrô, carregando bolsas e sacos do que quer que pudessem precisar durante a noite. Às vezes, a sirene que indicava o fim do ataque vinha só uma ou duas horas depois de estarem lá embaixo, então Nellie ficou torcendo para que não precisassem passar a noite inteira e pudessem voltar para casa, para comer.

Enquanto corriam para o metrô, Flo agarrou a mão de Nellie.

— Eu trouxe o Spotty — disse ela. Na escuridão, Nellie mal conseguia ver o cachorrinho de porcelana minúsculo que Flo segurava. Tinha lhe dado de Natal no ano anterior, depois de ver o bichinho numa vitrine e saber de cara que Flo ia adorar.

— Guarda no seu bolso, Flo — recomendou Nellie. — Se cair aqui na rua, nunca mais que a gente acha ele.

Flo fez que sim, muito séria.

— Não quero nunca perder ele, Nell. Vai cair bomba hoje?

— Talvez — respondeu Nellie. Não podia mentir e dizer que não. Flo começou a chorar, as lágrimas escorrendo pelo rosto, e Nellie se sentiu culpada por deixar a irmã assustada.

Eles chegaram ao fim da Morpeth Street, viraram à esquerda e correram pela Roman Road até a entrada do metrô. A sirene, que ficava na torre do relógio da Igreja de São João, bem em frente à entrada da estação, pareceu ficar mais alta conforme se aproximavam. Ainda não havia sinal de bombardeiros, mas logo estariam sobrevoando o local, deixando a sua carga mortal.

Nellie só conseguia pensar no que o Sr. Smith tinha dito mais cedo naquele dia. Ao passarem pelos portões de madeira, que estavam completamente abertos, olhou para a única lâmpada obscurecida. Era de fato muito fraca. Não chegava a iluminar os degraus no canto da escada. Ela os contou ao descer. Dezenove até o patamar no meio da escada, uma curva para a direita, depois mais sete até o saguão da bilheteria. "Pode acontecer um desastre", dissera o Sr. Smith. E ele tinha razão. Mais cedo ou mais tarde, alguém iria quebrar uma perna caindo ali. Até então, a possibilidade jamais havia lhe ocorrido, mas agora não conseguia parar de se preocupar.

Billy estava no saguão da bilheteria, como de costume.

— Nellie Morris! E a pequena Flo. Que bom que vocês chegaram. Direto para a plataforma, vão.

— Flo, vai com a mamãe, o papai e o George, tá? Eu já alcanço vocês. Vou só trocar uma palavrinha com Billy. — Nellie empurrou a irmã com carinho na direção de Em, que estava com a mão estendida para a filha mais nova. Flo odiava descer as escadas rolantes desligadas até os beliches. Ela era pequena para a idade, e os degraus eram altos.

— O que foi, Nellie? — perguntou Billy.

— É só que... eu ouvi uma coisa hoje. A prefeita está pedindo verba para melhorar a entrada do abrigo. É muito escuro, ainda mais num dia como hoje, quando tem muita gente tentando descer Queria só te avisar...

Billy pousou a mão em seu braço.

— Shh, não diz mais nada. As pessoas vão ouvir, e a última coisa que a gente quer é criar pânico. Mas não precisa se preocupar. Eu fico de olho em tudo enquanto estão descendo. Se alguém tropeçar, num segundo eu estou lá para ajudar a levantar.

— Você faz um bom trabalho, Billy. — Ela sorriu e viu como o rosto dele se iluminou com o elogio.

— Vai ficar com a sua família. Tem muita gente descendo aqui hoje. Barbara já está lá embaixo. — Ele apontou para a multidão que seguia para o saguão da bilheteria. O chefe de Billy, o Sr. Bolton, estava com dificuldade de controlar quantas pessoas havia na escada rolante. Os degraus escuros e escorregadios da escada na entrada não eram o único perigo ali. Aquela escada rolante íngreme poderia causar todo tipo de problema, caso muitas pessoas tentassem passar ao mesmo tempo.

— Tá bom. Mais tarde a gente se vê, talvez depois que tudo isso passar, tudo bem?

Ele fez que sim, e Nellie seguiu para a escada rolante. Ela respirou fundo, descendo até as profundezas da estação para passar mais uma noite debaixo da terra, enquanto os bombardeiros alemães faziam Deus sabe que tipo de estrago nas ruas lá em cima.

4

Nellie se juntou à família no lugar de sempre, ao lado da família Waters, no fim da plataforma equipada de uma ponta até a outra com beliches. Já estavam todos acomodados, George deitado na cama de cima, lendo uma aventura do piloto Biggles, e Em e Charlie sentados lado a lado na de baixo, conversando baixinho com os pais de Billy e Barbara, no beliche da frente. O beliche triplo seguinte abrigava Babs no alto, Flo embaixo, e o saco de dormir de Flo no meio. Estavam todos tensos, como sempre ficavam quando tinham que enfrentar uma noite no abrigo. Pelo menos ali embaixo, o som das bombas e dos canhões da artilharia antiaérea ficava distante e abafado, e Nellie sabia que eles estavam seguros. Ela estremeceu. Tinha se acostumado, mas nunca deixara de sentir pavor daquilo tudo. Ao redor, havia o burburinho das conversas e um sentimento de camaradagem, de que estavam todos no mesmo barco não importava o que acontecesse, apoiando-se e enfrentando aquilo como uma comunidade. O "espírito da Blitz", como diziam os jornais. Às vezes era difícil sustentar isso, mas Nellie sempre fazia o possível para se manter alegre, principalmente por causa de Flo, que estava agora toda encolhida, parecendo pequena e assustada diante dos ruídos abafados lá em cima.

Nellie vasculhou os seus pertences.

— Aqui. Cinco folhas, giz de cera e dois lápis, igual a gente combinou. — Ela entregou tudo para Flo. A menina se jogou de bruços no beliche e começou a desenhar.

Nellie subiu no beliche de cima e abraçou Babs, que, para aliviar o clima, logo começou a contar uma história de como na fábrica, naquele dia, uma das suas colegas havia costurado os bolsos de uma jaqueta do Exército por engano na parte de trás, em vez de na frente. Todas elas experimentaram a roupa, brincando sobre o que alguém poderia colocar num bolso nas costas.

Quando a guerra começou, Nellie tinha 15 anos e estava prestes a começar o ano de estágio no curso de secretariado. Na época, eles achavam que tudo iria ficar bem longe, na França e na Bélgica, que nem a guerra anterior. Mas, em 1940, ela passou a ser travada nos céus, e então veio a Blitz, e, de repente, estavam todos envolvidos, todos os moradores de Londres e de outras cidades. O conflito já não era algo distante; estava ali, à sua volta, afetando tudo o que faziam. O racionamento, a falta de mercadorias nas lojas, que os obrigava a "aproveitar e remendar". E, claro, os bombardeios intermináveis.

Nellie e a família tinham sorte. Não perderam ninguém próximo. Mas em todo ataque isso era uma possibilidade. Um conhecido da escola havia morrido com a família inteira quando a casa fora bombardeada e eles estavam abrigados no porão. Três rapazes da rua onde morava, amigos de Billy, alistaram-se assim que a guerra foi declarada. Dois já estavam mortos — um durante a retirada de Dunquerque e o outro, que havia recebido treinamento como piloto de caça, tinha sido abatido durante a Batalha da Grã-Bretanha. Tantas vidas jovens perdidas, e para quê?

— No que você está pensando? — perguntou Babs, e Nellie percebeu que estava perdida em devaneios.

— Ah, nada.

— Bom, eu tenho uma coisa para contar. É sobre Amelia Thomas.

— O que tem ela? — Amelia era uma colega do tempo da escola que agora trabalhava como garçonete no pub do bairro.

— Está grávida! — Barbara arregalou os olhos ao falar e ficou esperando a reação de Nellie à notícia.

— Não!

— Gravidíssima.

— Já tem um tempão que ela anda saindo com Walter Hargreaves, pelo menos quando ele não está servindo. No mínimo ele vai se casar com ela. — Nellie torceu para que isso acontecesse mesmo. Amelia era uma moça alegre e divertida, e odiaria vê-la abandonada.

— É, acho que sim. Provavelmente da próxima vez que ele tirar licença. Ela já vai estar enorme. O bebê deve nascer em fevereiro do ano que vem.

— Tadinha. Acho que tem uma loja na Roman Road que tem umas coisinhas para neném — comentou Nellie. — Sábado que vem vou dar uma passada lá e pedir para reservarem algumas coisas. Não posso aparecer em casa com nada de bebê, não até todo mundo saber de Amelia, senão o meu pai vai achar que sou eu, e eu ia estar frita!

Babs riu.

— Eles iam achar que é de Billy!

— Eu e Billy? Que ideia! — disse Nellie, rindo.

Mas Barbara ficou séria.

— Eu não devia ter feito troça. Ele gosta muito de você. Muito mesmo, tá bom? — Ela segurou a mão de Nellie e a apertou. — Eu sei que vocês dois fazem piada com isso, mas bem no fundo ele gosta de verdade. Não vai partir o coração dele, hein? Eu sei que não é a sua intenção, mas ele é meu irmão, e não quero que sofra.

Nellie piscou os olhos. Não tinha percebido que os sentimentos de Billy por ela eram tão profundos. Ela e Billy — houve uma época, logo depois de saírem da escola, em que flertavam um com o outro.

Billy, porém, nunca a chamou para sair. Ele era um homem maravilhoso, mas eram amigos havia tanto tempo, que era difícil imaginá-lo como outra coisa. Ela apertou a mão de Barbara em resposta.

— Não vou. Você sabe que eu também gosto muito dele. Mas...

— Não desse jeito — concluiu Barbara.

Nellie fez que sim.

— Vai ver é só porque eu o conheço há muito tempo. Ele parece mais um irmão para mim agora.

Houve um som distante, como se em algum lugar lá em cima uma bomba tivesse explodido. Nellie estremeceu, e Flo gritou, assustada.

— Será que a tia Ruth e o tio John vão ficar bem no abrigo Morrison da casa deles? — perguntou Flo. — Eu podia ter ficado para cuidar da tia Ruth. E do Oscar.

— Eles vão ficar bem. Não se preocupa. Anda, deita.

Flo se aconchegou debaixo do cobertor.

— Canta para mim?

— Tá bom. Se ajeita aí. — Nellie se sentou no chão de pernas cruzadas, perto da cabeça de Flo. Cantar para a irmã sempre a ajudava a dormir, não importava o que estivesse acontecendo lá em cima. Ela começou a cantar baixinho.

"Dorme, menina, e em paz ficarás,
A noite toda.
O anjo de Deus a ti guardará,
A noite toda."

Como costumava acontecer quando cantava, esqueceu-se de onde estavam e por que estavam ali. O mundo à sua volta diminuiu até só restarem ela, a pequena Flo e a cantiga de ninar. Deixou a voz fluir, e no começo Flo a observava de olhos arregalados, até que eles começaram a ficar pesados e ela enfim se rendeu ao sono, enquanto Nellie recitava a última estrofe praticamente num sussurro.

"Mesmo com corações encobertos pelo pesar
A esperança da nova alvorada nos dá
A promessa de um feliz amanhã
A noite toda."

Ajeitou o cobertor da irmã e deu um beijo carinhoso em sua testa.

5

Na manhã seguinte, ao sair do abrigo, Nellie respirou o ar frio e correu os olhos ao redor. Era sempre um alívio saber que se tinha sobrevivido a mais uma noite, embora sempre houvesse uma pontada de ansiedade por não saber o que iria encontrar e se a sua própria casa ainda estaria de pé. Não havia nenhum sinal evidente de estragos causados por bombas nas imediações do metrô. Sentiu a ansiedade nas entranhas começar a diminuir. Conferiu a hora. Tinha apenas tempo de passar em casa, deixar a roupa de cama, se lavar e arrumar antes de ir para o trabalho.

Ao seu redor, centenas de pessoas faziam o mesmo — saíam do abrigo, piscavam diante da claridade do sol e voltavam para casa, antes de ir para o trabalho. Os sortudos suspiravam de alívio ao entrar em suas ruas e ver as casas ainda de pé, intocadas. Haveria outros para quem a vida nunca mais seria a mesma.

Quando sua família dobrou a esquina da Morpeth Street, Nellie ficou aliviada ao ver que não havia nenhum dano. Nem na casa deles, nem na de nenhum vizinho, nem na escola que ficava no fim da rua.

— Bom, parece que tivemos sorte de novo — comentou Charlie.

— Ouvi muitas bombas — acrescentou George. — Muitas mesmo.

Em deu uma olhada em Nellie.

— Você poderia dar uma passada na casa de Ruth e John no caminho para o trabalho? Coisa rápida. Achei que a gente ia se encontrar no metrô ontem. Eles devem ter ido para a outra plataforma.

— Pode deixar, mãe — respondeu Nellie, sabendo que Em precisava arrumar Flo para a escola. Em seguida, ela se lembrou da bagunça que o Oscar tinha feito com a tinta. — Eu já ia passar lá hoje de manhã mesmo. Pode ser que eles tenham resolvido ficar no abrigo Morrison ontem. O pulmão de Ruth não estava bom quando passei lá. — Nellie percebeu que, por algum motivo, não queria dizer que havia sugerido que ficassem em casa. Pelo menos não até ter certeza de que estavam bem.

Pouco depois, com roupas limpas, de cabelo escovado e com uma caneca de chá e uma torrada com margarina na barriga, Nellie correu até a Royston Street. Precisaria limpar o piso de Ruth e John depressa, e a mancha na poltrona ia ficar para outra hora. Ao entrar na rua, viu uma nuvem de poeira mais adiante que fez suas mãos suarem e o coração bater acelerado. Havia ambulâncias na rua e pessoas circulando. Sentiu um enjoo de preocupação e apertou o passo.

— Ai, não. Aqui não — implorou.

Ao se aproximar, viu com um horror crescente que havia caído uma bomba — deve ter caído muito perto da casa deles. Não muito longe dali, a Sra. O'Brien, do número 10, balançava a cabeça, triste, e os Hough, que moravam do outro lado da rua, ficaram observando-a com uma expressão de pesar, e isso só podia significar uma coisa. Ela contou os números das casas. *Não, por favor, não...* A casa desaparecida era a deles. As casas vizinhas estavam com as janelas quebradas, uma chaminé caída, algumas telhas faltando; mas a de Ruth e John... no lugar dela, havia apenas uma pilha de escombros que se esparramava pela rua. Ainda dava para ver o papel de parede na sala de estar, numa parede lateral. Uma porta, ainda pendurada na dobradiça, girava, solitária, rangendo. Em cima da pilha de tijolos, havia uma cabeceira destroçada e torta. Nos fundos da casa, algo estava em chamas, e as mangueiras dos bombeiros estavam voltadas para o incêndio.

— Tia Ruth! Tio John! — Ela gritou os nomes e correu para os escombros. Um bombeiro interrompeu o seu caminho e a segurou pelos braços.

— Não, moça, você não pode entrar. Não é seguro. Você conhecia os moradores?

— Meu tio e minha tia — conseguiu dizer, querendo se soltar das suas garras e correr para o que restava da casa, encontrar os dois, resgatá-los dos destroços. — Eles... — Não conseguiu dizer a palavra.

— Se estavam em casa, infelizmente não podem ter sobrevivido, querida — disse o bombeiro num tom condoído agora. — Foi atingida em cheio.

— Mas eles deviam estar num... num abrigo Morrison... — acrescentou ela; porém, assim que pronunciou as palavras, soube que o abrigo não teria feito diferença. Um abrigo Morrison não resistiria a um impacto direto.

O bombeiro se limitou a fazer que não com a cabeça, num gesto triste, deu um tapinha no braço dela e voltou às suas funções. Nellie ficou olhando para o que restava da casa, desejando que não fosse verdade, rezando para que de alguma forma eles tivessem sobrevivido.

— Ah, Nellie, querida. Sinto muito. — A Sra. Perkins, vizinha da tia Ruth, aproximou-se de Nellie e lhe deu um abraço. — Tiraram dois corpos hoje de manhã. Eles se foram, meu amor.

Nellie sentiu os joelhos fraquejarem e caiu no chão, chorando. A Sra. Perkins se agachou ao seu lado na rua e fez carinho nas suas costas.

Nellie baixou a cabeça entre as mãos e ficou balançando para a frente e para trás, de olhos bem fechados, como se isso pudesse bloquear a realidade do que havia acontecido. De alguma forma, tinha que contar para a família. Mas não ia conseguir, de jeito nenhum, explicar que Ruth e John haviam ficado em casa por culpa *dela*. Se ao menos não tivesse dito a eles que usassem o abrigo Morrison! O sentimento de culpa era avassalador. E tinha Flo. Ela adorava os tios. Só de pensar em Flo, seu sangue gelou. Se Nellie tivesse cedido à sua súplica e a deixado ficar com Ruth e John, sua irmã podia muito bem ter morrido na noite anterior também.

De repente, lembrou-se de Oscar.

— E o cachorro, o galgo? Ele... Ele morreu também?

A Sra. Perkins fez que não com a cabeça.

— Ele está na cozinha lá de casa. Está imundo, pobrezinho, e sofreu uns cortes, mas nada muito feio.

— Vou levar ele comigo — afirmou Nellie, decidida.

Nellie foi atrás da Sra. Perkins até a sua casa e encontrou Oscar enrolado num cobertor. Assim que a viu, ele levantou a cabeça e sacudiu o rabo fraquinho. Nellie sentiu o choro vindo de novo. Era tudo o que restava dos tios. Ajoelhou-se ao lado dele e acariciou sua cabeça com gentileza. Viu alguns cortes sob o pelo e a sujeira. Um na cabeça, outro na pata direita.

— Ai, meu pobrezinho. Eu vou te levar para casa e vamos cuidar de você.

Nellie olhou para a casa destruída do outro lado da rua. Menos de um dia antes, estivera na sala de estar, com Ruth e John, e agora não havia mais nada. A Sra. Perkins podia dizer o que fosse, mas ela sabia que era tudo culpa sua. Tremeu diante do pensamento, sentindo-se meio tonta.

— Vem, querida — chamou a Sra. Perkins com gentileza. — Deixa eu te ajudar a voltar para casa. Você não pode ficar sozinha nesse estado.

Nellie estava trêmula e abalada. Pesarosa, aceitou o braço da mulher e se deixou guiar até em casa. Ao se aproximarem da Morpeth Street, com a mão na coleira de Oscar, sentiu uma pontada na barriga, como se alguém tivesse arrancado as suas entranhas. Sentia um aperto no coração pelo peso tanto da perda quanto da culpa. Não fazia ideia de como, neste mundo de Deus, iria conseguir contar à família o que tinha acontecido.

6

Nellie agradeceu à Sra. Perkins e se despediu com um abraço na esquina da Morpeth Street. No caminho de casa, havia conseguido se acalmar um pouco, mas ainda estava tremendo, sentindo a dor da perda varar seu corpo.

Enquanto seguia pela rua, Charlie estava saindo para trabalhar.

— Pai! — chamou ela, e ele parou, deu meia-volta e a viu com o cachorro.

— O que...? — começou ele, e ela notou o momento em que ele percebeu seu rosto vermelho e molhado, os olhos inchados e os cabelos desgrenhados. Charlie entendeu o que havia acontecido e ficou pálido, agarrando-se ao batente da porta quando os joelhos cederam.

— Ah, não. Ruthie não. A minha pobre Ruthie não.

Em deve ter ouvido alguma coisa, porque também saiu e se juntou a eles.

— Sinto muito, pai! — sussurrou Nellie, quando os alcançou. — Eles estavam no abrigo Morrison. A casa foi atingida em cheio. Eles não tiveram a menor chance... — Sua voz foi sumindo, e ela se desfez em lágrimas.

Em deixou escapar um soluço de tristeza e levou a mão à boca. Charlie balançava a cabeça, incrédulo, olhando de Nellie para Oscar e dele para ela, como se a qualquer momento Nellie fosse dizer: "Não

53

se preocupe, não é verdade, foi só uma brincadeira, eles estão bem." Ele se ajoelhou ao lado do cachorro e segurou o focinho de Oscar, fitando seus olhos como se buscasse uma confirmação, e soltou um gemido baixo de angústia.

— Vamos entrar — chamou Em, baixinho, e Charlie se deixou ser levado para dentro de casa. Nellie foi atrás dele e colocou o velho cobertor da Sra. Perkins na cozinha, junto do fogão, e Oscar se deitou sobre ele na mesma hora. Ela pôs uma tigela de água no chão ao lado do cachorro.

Charlie desabou numa cadeira da cozinha com os cotovelos apoiados na mesa e a cabeça nas mãos.

— O que eles estavam fazendo no abrigo Morrison? Por que não foram para o metrô com a gente? Eles sabiam que era mais seguro. Se eles tivessem ido para o metrô, só o coitado do cachorro teria morrido. — Ele fitou Nellie ao falar.

— Imagino que seja porque Ruthie estava muito mal — comentou Em. — Foi azar, só isso... — Seu rosto estava coberto de lágrimas.

— Azar? *Só azar?* Eles morreram. A minha única irmã e o marido dela! E você chama isso de azar? — Charlie deu uma pancada na mesa, e Oscar soltou um gemidinho.

Nellie mordeu o lábio. Pensou em contar para ele que a culpa era sua, para que o pai gritasse com ela e não com Em, mas isso não faria bem nenhum. Ia ter que explicar o porquê, e então todos eles iriam ficar preocupados de usar o abrigo do metrô... De repente, a guerra parecia tão mais próxima. Nellie olhou para os pais, em busca de segurança e orientação, perguntando-se como alguém podia lidar com esse tipo de perda. Mas Em parecia não acreditar no que tinha acontecido, e Charlie estava irritado com o mundo cruel que havia levado a irmã e o marido dela antes da hora. Tudo o que Nellie podia fazer era chorar, mas nada iria trazer Ruth e John de volta.

— Pelo menos a nossa Flo não estava com eles — comentou Em. — Poderia ter sido muito pior.

Charlie deu um berro:

— Já é ruim o suficiente! — Oscar choramingou mais uma vez, e então Charlie se virou para o cachorro, como se tivesse esquecido que ele estava ali. — Desculpa, meu rapaz. Você também perdeu os dois, eu sei. Ele está muito machucado? — perguntou a Nellie.

— Sofreu uns cortezinhos... na cabeça e na pata.

Charlie saiu da cadeira e se ajoelhou ao lado do cachorro para ver como ele estava.

— Nada grave. A partir de agora você vai ficar com a gente, tá bom? Vou te levar num veterinário.

Em olhou para Nellie e lhe ofereceu um sorriso fraco, que Nellie retribuiu, secando as lágrimas. Sabia que a mãe não gostava de cachorros, mas, se cuidar do Oscar pudesse ajudar a aliviar a perda da irmã, não iria dizer nada para Charlie.

— Você vai tirar o dia, Nellie, considerando o que aconteceu? — quis saber Em pouco depois.

Nellie fez que não com a cabeça.

— Não, mãe. Acho melhor ir, não posso deixar a Sra. Bolton na mão.

— Mas... — começou Em, tocando o braço da filha.

— Mãe! Por favor. Eu preciso ir para o trabalho! — gritou Nellie, desvencilhando-se do toque da mãe. Ela sabia que Em estava só tentando ajudar, mas não podia ficar sozinha com os próprios pensamentos, não agora. Precisava se manter ocupada.

Charlie a interrompeu:

— Deixa ela ir, se quiser. Não tem nada que Nellie possa fazer aqui, e o trabalho vai ser uma distração. Vou tirar o dia para organizar o enterro.

⌇

Quando entrou cautelosamente na sala da Sra. Bolton, preocupada com a recepção que teria por chegar tão atrasada, já era meio-dia. Sabia que havia perdido pelo menos uma reunião naquela manhã.

Mas, assim que entrou, a prefeita se levantou da cadeira.

— Nellie! Aconteceu alguma coisa, não foi? No ataque de ontem. Senta. — Ela chamou Gladys, da equipe de datilógrafas, e pediu que fizesse um chá, então fechou a porta da sala e olhou para Nellie com compaixão.

— A casa dos meus tios foi atingida.

— Ah, não. E eles...?

— Os dois morreram — sussurrou Nellie, e as lágrimas começaram a escorrer por seu rosto. Nunca havia se imaginado chorando no trabalho, mas não conseguiu se conter.

A Sra. Bolton se aproximou e passou um braço pelos seus ombros.

— Sinto muito. Eu sabia que tinha acontecido alguma coisa. Você nunca chega atrasada. Perdemos algumas outras pessoas em Bethnal Green ontem à noite. Uma família na Roman Road que não chegou ao abrigo a tempo. Também morreu um bombeiro quando uma casa em chamas desabou em cima ele. Todas essas perdas, quando isso vai acabar? — Ela balançou a cabeça com ar resignado. — Você não devia ter vindo — insistiu, dando um tapinha no ombro de Nellie. — Tire o restante da semana de folga. Nós damos conta sem você. E, por favor, Nellie, promete que vai falar comigo se precisar de alguma coisa, tá bom?

Nellie fez que sim.

— Mu... Muito obrigada. A senhora é muito gentil.

Um minuto depois, Gladys entrou com o chá.

— Vai para casa quando terminar o chá — disse a Sra. Bolton para Nellie com a voz suave. — Ela sofreu uma perda terrível ontem à noite, Gladys. Você não poderia acompanhá-la até em casa?

— Claro, Sra. Bolton.

Nellie tomou um gole e se forçou a oferecer um sorriso de agradecimento a Gladys. Havia um brilho de empatia nos olhos da amiga. Ela se sentou ao lado de Nellie e começou a conversar baixinho, algumas fofocas do escritório, as últimas travessuras dos gatinhos que a gata dela havia tido recentemente, um caso que lembrara de uma viagem que tinha feito para Brighton, antes da guerra. Tudo para afastar a cabeça de Nellie da perda dos tios, tomando cuidado para não importuná-la ainda mais, dando-lhe tempo para beber o chá e se recompor, antes de voltar para casa.

Nellie acabou tirando só dois dias de folga. Seus pais já tinham organizado quase tudo para o enterro e, na prefeitura, pelo menos ela podia escapar da tristeza contida da sua casa e das visitas constantes que vinham oferecer condolências.

Babs era a única pessoa que Nellie queria mesmo ver, e elas passaram vários fins de tarde sentadas no banco do quintal, conversando.

— Eles devem ter achado que ia ser mais fácil ficar no abrigo Morrison, com a sua tia doente do jeito que ela estava — comentou Babs, e Nellie fez que sim.

— É, foi por isso que eles ficaram em casa. Eu passei lá naquele dia. Levei a roupa lavada para ela. E trouxe Flo de volta para casa. — Ela fungou para conter uma lágrima. — Só de pensar que seria a última vez que ia ver os dois e não fazia ideia. Tadinha da tia Ruth. Tadinho do tio John.

Babs pousou a mão em seu ombro para reconfortá-la, e, de repente, tudo que Nellie queria fazer era se abrir com a amiga.

— Fui eu... eu que sugeri que eles deviam ficar em casa, em vez de ir para o metrô. Para facilitar. Se eu não tivesse dito aquilo, eles iam estar...

— Eles teriam morrido do mesmo jeito — concluiu Babs, interrompendo-a. — Porque já tinham decidido fazer aquilo de qualquer maneira, independente do que você dissesse. — Ela olhou bem nos olhos de Nellie. — Nada de ficar se culpando — acrescentou, muito séria.

Nellie ofereceu um pequeno sorriso para a amiga.

— Obrigada. Mas não conta para os meus pais que eu falei que eles deviam ficar em casa, tá? Eles podem não ser tão compreensivos quanto você.

— Tenho certeza de que seriam, mas pode deixar que não conto. E, sempre que precisar de um ombro amigo, pode vir conversar comigo, tá bom?

— Pode deixar.

Elas ficaram sentadas em silêncio, e Nellie se sentiu reconfortada pela presença da amiga.

Todos os vizinhos e amigos de Ruth e John vieram prestar suas homenagens no dia do enterro, assim como Babs e a família. Desde o começo da guerra, havia muitos enterros na comunidade, mas todos eram importantes, e o padre conseguia tornar cada um deles especial.

No fim do dia, Charlie reuniu a família em torno da mesa da cozinha.

— Bom. Não quero mais perder ninguém nessa família. Então tomei uma decisão. — Neste momento, ele fitou cada uma das pessoas reunidas. — Está na hora de as crianças serem evacuadas de novo. Os bombardeios voltaram a ficar mais frequentes. Londres não é mais um lugar seguro, e, se alguma coisa acontecesse com elas... — Ele se interrompeu, balançando a cabeça. — Quero as crianças no interior, onde sei que vão estar mais seguras.

Nellie notou como a mãe estava tentando se controlar. Odiou mandar George e Flo para o interior da primeira vez. Como tantos outros moradores de Londres, na época a família aproveitou a chance de mandar os filhos mais novos para um local seguro, usando o Esquema de Evacuação do Governo. Eles partiram assim que a Blitz começou e permaneceram fora por quase um ano. Em ficou apavorada com a possibilidade de Flo, com apenas 4 anos na época, se esquecer dela, por isso economizou cada mínimo centavo para pegar um trem até Dorchester e visitá-los duas vezes.

— Bom, eu... não sei. Quer dizer, ia ser mais seguro para eles, mas será que vai continuar tendo tanto ataque aéreo assim? Ou será que vai acabar e vamos ficar com cara de tacho por ter mandado as crianças embora?

— Tem muita gente mandando os filhos embora de novo — respondeu Charlie. — No outro dia, três colegas que trabalham comigo disseram que vão mandar. Todo dia, tem ônibus lotados de crianças partindo. Não tem nenhum sinal de que os ataques vão parar, e dizem que estamos fazendo mais bombardeios lá, então é lógico que eles vão retaliar. Vai ser melhor assim, Em. E, se isso acabar, ou melhor, quando acabar, a gente traz as crianças de volta para casa, igual da outra vez.

— Bom, eu não vou — afirmou George, cruzando os braços. — Eu tenho as minhas galinhas para cuidar. Não é justo com a mamãe nem com Nellie. Eu que tenho que cuidar delas.

— Você vai fazer o que mandarem, rapaz — rosnou Charlie.

— Eu já tenho 13 anos. Quase 14. Nellie não foi evacuada quando a guerra começou. Na época você falou que ela tinha idade suficiente para ficar.

Charlie abriu a boca para responder, mas Em pousou a mão em seu braço, para contê-lo.

— Ele tem razão. George já tem idade suficiente para fazer a própria escolha, Charlie. Se ele quiser ficar, que seja. Desde que me prometa que vai direto para o metrô no minuto em que a sirene tocar. Nada de ficar enrolando aqui com as galinhas dele.

— Eu juro, mãe — prometeu George solenemente.

— Só Flo, então — concluiu Charlie.

Nellie ficou surpresa que ele tenha cedido com tanta facilidade. Talvez estivesse enfim reconhecendo que George estava crescendo. Ele sempre contava como tinha abandonado a escola com apenas 14 anos para trabalhar nas docas. "Fiquei me achando um homem e tanto", dizia ele. E era só um ano mais velho do que George agora.

— Não quero ir sozinha! — choramingou Flo, abraçando Nellie, que estava sentada ao seu lado.

— Shhh, Flo. Lembra como você gostou da outra vez... as vacas, os porcos e aquelas árvores todas! Você vai ficar num lugar lindo de novo. — Nellie a abraçou apertado, puxando a irmãzinha para o colo.

— Eu vou ficar com a Sra. Thompson? Na fazenda Hilltop?

— Não deve ser na mesma fazenda, mas aposto que vai ser um lugar parecido, no interior, com alguém tão legal quanto a Sra. Thompson. — Nellie só podia rezar para que fosse esse o caso.

— E se for um lugar horrível, onde maltratam crianças? — murmurou Em. — A gente ouve cada coisa...

Flo pareceu apavorada.

— Não quero ir! Da outra vez, com George, foi tudo bem. Mas sozinha, não!

Nellie afagou o cabelo da irmã.

— A mamãe está sendo bobinha. A gente vai escrever para você toda semana, e você vai poder escrever de volta e contar tudo sobre os animais na fazenda com que fez amizade.

— Ela vai e pronto — afirmou Charlie. Ele se levantou e saiu da cozinha, tentando conter a raiva.

— Nãaaaao! — choramingou Flo. — Eu tenho que ir mesmo?

— O papai mandou... — Nellie iria ficar de coração partido de ter de se despedir de Flo. Primeiro perderam Ruth e John, e agora a guerra ia separá-la da irmã mais uma vez. Mas era melhor assim.

Tinha que ser forte; não queria chorar na frente de Flo. Se a irmã visse o quanto ela estava chateada, ia ser pior ainda.

Em fez que sim lentamente.

— É, Flo, minha querida. Você tem que ir. É mais seguro, e vai ser uma preocupação a menos para mim e para o seu pai, com todos esses ataques. Vem aqui, lindinha. — Ela esticou a mão, e Flo desceu do colo de Nellie e subiu no da mãe. Em deu um beijo no alto da sua cabeça. — Vamos torcer para não ser por muito tempo, querida. Tem gente que diz que vamos ganhar a guerra. É só enquanto estiver tendo bombardeio. O seu pai perdeu a irmã, não foi? Foi uma perda terrível para ele. Ele não quer correr o risco de perder a filhinha também, não é mesmo?

A porta dos fundos se abriu, e Charlie voltou. Parecia mais calmo agora, mas dava para ver que estava decidido.

— Amanhã vou inscrever Flo. — Charlie atravessou a cozinha e abraçou a filha mais nova, que ainda estava no colo de Em. — Vai ser melhor assim, minha lindinha. Só estamos fazendo o melhor para você.

Flo continuava amuada, mas Nellie percebeu que estava se fazendo de forte, tentando ao máximo não chorar. Sua irmã era tão boazinha. A alegria da família, era o que Nellie sempre pensava. A preferida de todo mundo, e ninguém jamais conseguia ficar chateado com ela. Ia sentir saudade de Flo, mas seu pai tinha razão. Era o melhor a fazer.

Charlie se abaixou e deu um beijo na bochecha dela, limpando suas lágrimas com as costas do dedo.

— Não fica triste, lindinha. Não torna isso mais difícil para a gente, tá bom?

Flo retribuiu o beijo e fez que sim, com o rostinho firme, triste e sério ao mesmo tempo.

Como que confirmando sua decisão, naquele exato momento a sirene de ataque aéreo soltou seu gemido já tão conhecido.

— Pelo amor de Deus. Hoje, não — exclamou Charlie. — Já não sofremos o suficiente essa semana?

Não adiantava reclamar. Desanimados, recolheram os sacos de dormir e seguiram para o abrigo. Depois do que aconteceu com Ruth e John, Nellie não estava mais preocupada com a segurança do abrigo no metrô. Enquanto as pessoas tomassem cuidado ao descer os degraus, não haveria problema. E era melhor arriscar cair nos degraus do que uma bomba atingir a casa com eles dentro.

7

— Amanhã, Flo vai para o interior — anunciou Charlie ao chegar do trabalho, no dia seguinte ao enterro. — Sábado. Já está tudo certo. Hoje passei no escritório da Associação Feminina de Serviço Voluntário para colocar o nome dela, e me disseram que tem vaga e que ela pode ir na próxima leva de evacuados. Isso vai ser amanhã. É um sinal, não acha, Em? O fato de que tinha vaga com tão pouca antecedência deve significar que é a coisa certa a fazer, e que é melhor ela ir. Tem um ônibus que vai buscar todo mundo junto dos arcos da ponte ferroviária e levar para a estação de Waterloo, e uma mulher da associação vai encontrar as crianças lá e viajar com elas. Flo tem que pegar o ônibus às dez com a mala pronta. E é para levar a máscara de gás dela.

— Odeio aquela máscara de gás — disse Flo.

— O quê? Depois daquela trabalheira para arrumar uma do Mickey? — perguntou Em.

No começo da guerra, todo mundo recebeu uma máscara de gás, pois havia o medo de que os alemães usassem armas químicas. Algumas crianças menores ganharam máscaras no formato do Mickey, para parecerem menos assustadoras. Nellie não as achava nem um pouco parecidas com o Mickey. As máscaras eram horríveis de usar, mas as crianças tinham de levar aonde quer que fossem. Assim como os adultos, embora a própria máscara de Nellie estivesse havia meses na sua mesa do trabalho.

Nellie sabia que Em estava contendo as lágrimas. Tinha entreouvido os pais discutindo a questão no quarto na noite anterior, quando Flo já estava dormindo, repassando de novo e de novo as vantagens de mandar Flo ou mantê-la em Londres, até finalmente decidirem, relutantes, que era melhor que ela fosse.

— Você não precisa usar a máscara. É só levar — argumentou Nellie. — Vai ficar tudo bem, Flozinha. Que nem eu falei. Seja forte, igual a uma mocinha.

Flo fitou a irmã solenemente e fez que sim.

— Vem. Vamos fazer as malas agora.

Nellie deu a mão para a irmã e a levou para o segundo andar. Havia uma pequena mala de papelão que ela havia usado quando fora evacuada da outra vez e que ainda estava com seu nome numa etiqueta. Nellie pegou a mala de baixo da cama dos pais e levou para o quarto que dividia com Flo. Fez de tudo para fazer da arrumação uma brincadeira: quem conseguia dobrar um colete mais rápido, quem fazia a menor bolinha de meias. E o tempo todo ela fingiu que a mala era da boneca de Flo, com as roupas da boneca, e que era a boneca que estava sendo evacuada, mas levando Flo para fazer companhia.

Deu certo. Flo riu o tempo todo, esquecendo por que estavam fazendo as malas. E Nellie aproveitou esse momento com a irmãzinha. Sabe lá quando teriam outros como esse. Talvez fosse dali a um mês ou dois, mas poderia levar um ano ou mais. Essa fase, em que ainda era bem novinha, era tão preciosa, e era difícil suportar a ideia de que mais uma vez iria perder tantos dias como esse. Provavelmente ainda mais difícil que antes, porque já havia passado por isso antes. Iria morrer de saudade de Flo. E sem dúvida seria ainda pior para Em e Charlie.

Na manhã seguinte, estava chovendo. Um dia cinzento, úmido e chuvoso que combinava com o humor da família.

Flo se despediu de cada galinha pelo nome, e abraçou Oscar até que ele se debateu para se soltar. Charlie e George se despediram de Flo em casa, pois só era permitido que dois membros da família acompanhassem cada criança, e eles decidiram que seria melhor que Em e Nellie a levassem até o ponto de ônibus. Nellie carregou a malinha da irmã, pois Flo estava abraçada à boneca. Num ombro ia a terrível máscara de gás dentro do estojo, e calçava um dos melhores sapatos que tinha, vermelhos. Saíram de casa com bastante antecedência, e mesmo assim o ônibus já estava esperando, com uma multidão de crianças e pais se demorando na despedida, como se houvesse um prêmio para o último a embarcar. Muitos estavam chorando, embora todos estivessem tentando se conter. Isso não ajudava em nada, pensou Nellie, olhando para os rostos sujos de lágrima à sua volta. Flo também notou, e já estava com o lábio inferior tremendo. Que mundo mais injusto em que os mais novos, os mais vulneráveis — que eram também os que mais traziam alegria para a família — tinham que ir embora.

— Está na hora. Vamos fazer uma fila aqui — anunciou o motorista. — Preciso de nome e sobrenome, e depois você entra no ônibus. Vou sair daqui a dez minutos. — Ele tinha uma lista de nomes numa prancheta e, a cada criança que embarcava, ele marcava o papel.

Nellie abraçou Flo, que estava chorando baixinho.

— Vai dar tudo certo, Flo. Não esquece que a gente colocou papel e giz de cera na mala. Quero ver um monte de desenhos bonitos quando você voltar. Quem sabe você não consegue mandar uns por carta, se tiver algum sobrando que você possa mandar.

Em havia desistido de engolir o choro e abraçou Flo com as lágrimas escorrendo pelo rosto. Nellie pousou a mão com carinho no ombro da mãe, tentando lhe transmitir força. Não era bom para Flo ver a mãe tão triste. Não quando ela própria ainda estava se esforçando para parecer corajosa, embora Nellie também estivesse lutando contra as lágrimas.

— Vamos — chamou Nellie. — Vou entrar com você, ajudar a encontrar um lugar e guardar a sua mala. Traz a boneca.

Em apertou a filha uma última vez e a soltou, relutante, então Nellie levou Flo até a porta do ônibus. O motorista marcou seu nome no papel e, quando Nellie perguntou se podia entrar para ajudar a irmã, ele fez que sim com a cabeça. Flo escolheu um lugar nos fundos do ônibus. Nellie guardou a mala debaixo do banco e a alertou com muita ênfase que ela devia ajudar a boneca a olhar pela janela. Flo respondeu com um sorrisinho.

— Certo! Últimas despedidas, e os membros da família precisam descer do ônibus — pediu o motorista. — Estou saindo.

Nellie deu um beijo em Flo.

— Divirta-se — disse ela e se forçou a sorrir ao descer do ônibus e se juntar a Em.

O motorista deu a partida no motor, que expeliu uma nuvem de fumaça preta pelo escapamento. Com uma barulheira mecânica, o ônibus começou a avançar.

— Ah, olha a carinha dela! — avisou Em, e Nellie ergueu os olhos e a viu com o nariz colado na janela dos fundos do ônibus. Flo estava chorando, ou melhor, se esgoelando, pela forma como escancarava a boca. — Ai, eu não vou aguentar isso! — Em começou a correr atrás do ônibus, acenando para o motorista.

— Mãe, para! Vai ser melhor assim, nós todos decidimos. O papai falou... Não deixa ela ver como você está triste! — Nellie alcançou Em e a segurou com força.

— Não posso... Não posso deixar a minha filha ir embora! Ai, eu não aguento! Ela é tão pequenininha, e está sozinha... Tudo bem quando ela estava com o irmão mais velho, mas agora não... — Em se virou para Nellie. — Não posso correr com esses sapatos. Para o ônibus, tira ela lá de dentro! Por favor! Isso está errado, ela vai ficar com a gente, a gente vai toda noite para o metrô... Só busca ela para mim! Eu falo com Charlie...

Nellie ficou olhando para Em, incapaz de acreditar no que estava ouvindo, mas a angústia da mãe era real. Era como se o coração dela estivesse sendo arrancado do corpo por aquele ônibus, como se os laços que a ligavam à filha mais nova estivessem sendo esticados até quase arrebentarem e, se eles se rompessem, seria Em quem quebraria. E não só Em. Nellie também. Flo era a alma da família, e ela teve uma sensação súbita e terrível de que, se Flo os deixasse agora, nunca mais iriam vê-la. Decidindo-se depressa, virou e correu o mais rápido que pôde atrás do ônibus, no meio da rua, ofegando, tentando se aproximar do motorista, com o casaco aberto balançando ao vento.

Estava quase ao lado do ônibus, que havia diminuído a velocidade por causa do trânsito, com os pulmões queimando por causa do esforço, quando percebeu que havia um furgão vindo no sentido contrário, com o motorista prestando mais atenção na sua prancheta do que na pista. Nellie não tinha para onde ir. Ia ficar espremida entre o ônibus e o furgão. Gritou, em pânico, esperando a qualquer momento o impacto do furgão.

E então foi envolvida bem apertado por braços fortes, e o furgão passou tão perto que o sentiu levantando seu casaco, com o motorista buzinando ao enfim vê-la.

— Sua louca! — gritou o homem que a segurava, mas ela só conseguia olhar para o ônibus, que agora estava ganhando velocidade, afastando-se com sua irmãzinha querida a bordo.

— Para aquele ônibus! — gritou ela, desvencilhando-se dos braços e voltando a correr. Ele correu também, mais rápido que ela, gritando com um sotaque dos Estados Unidos ao alcançar a lateral do ônibus e acenando freneticamente para o motorista. Nellie então percebeu que ele estava com a farda da Força Aérea dos Estados Unidos.

O motorista enfim percebeu e parou, e Nellie correu até a porta e bateu nela. Flo já estava de pé, atravessando o corredor.

O motorista abriu a porta.

— O que foi? Esqueceu alguma coisa?

Nellie não conseguia falar, e Flo passou por ele, saiu do ônibus e se jogou nos seus braços.

— Neeelliiie! Eu não quero ir!

— A mamãe... também não quer... que você vá... — respondeu Nellie, ofegante, descansando o rosto na cabeça de Flo. Nellie estava arfando, com o coração batendo acelerado.

— Que história é essa? Vai tirar a criança do ônibus? Não dava para saber que não queria mandar ela antes de embarcar? — O motorista do ônibus ergueu as mãos, exasperado.

— O que está acontecendo? Você podia ter morrido, correndo no meio da rua! — O piloto americano estava curvado, as mãos apoiadas nos joelhos, tentando recuperar o fôlego.

Nellie o fitou de relance. Ele não tinha a menor ideia do que estava acontecendo, não sabia que, se ela tivesse deixado Flo naquele ônibus, poderia passar anos sem vê-la. Não entendia o que eles tinham sofrido.

— Deixa eu pegar a mala de Flo — pediu ela ao motorista —, então você pode seguir viagem. Me desculpa... mudança de planos.

— Tudo isso para tirar uma criança de um ônibus? — exclamou o piloto. — Para onde ela estava indo?

— Estava sendo evacuada, mas não vai mais — respondeu Nellie bruscamente. Ela passou por ele e entrou no ônibus para pegar a mala de Flo.

— Qual é o nome dela? Tenho que tirar da lista — resmungou o motorista, enquanto Nellie voltava com a mala de Flo. As outras crianças no ônibus estavam olhando, de boca aberta, algumas chorando por não serem elas a sair do ônibus.

— Flora Morris — respondeu Nellie.

— Acho que ser evacuada para o interior é mais seguro — comentou o americano. — Você devia deixar. Tem muita bomba caindo em Londres hoje em dia.

— E você acha que eu não sei disso? — rebateu Nellie. — Cuida da sua vida. — Quanta arrogância dizer a ela o que fazer! Ele não sabia de nada. — Deixa que a gente resolve o que é melhor para ela. Vem, Flo. Vamos voltar para a mamãe. — Em vinha correndo pela rua, aliviada de ver que o ônibus tinha parado.

— Eu não mereço nenhum agradecimento? Salvei sua vida ali atrás — gritou o americano para ela, enquanto Nellie pegava Flo pela mão e começava a fazer o caminho de volta.

— Obrigada! — gritou Flo, acenando para o homem.

— Não fala com ele, é um estranho — repreendeu-a Nellie, soando mais irritada do que pretendia. O homem a *havia* ajudado, tinha que admitir, mas ela com certeza iria acabar alcançando o ônibus. A rua tinha um sinal mais adiante. Se o ônibus tivesse parado, ela teria conseguido, sem a ajuda daquele homem que a chamara de "louca". E não foi um pouco exagerado da parte dele dizer que tinha salvado sua vida?

— Você me tirou do ônibus, eu não queria ir — dizia Flo enquanto elas andavam.

— A mamãe resolveu que queria que você voltasse — disse Nellie —, e eu estou feliz de ter você de volta. Anda, dá um abraço nela. — Ela deu um empurrãozinho na irmã, que correu para os braços de Em.

Nellie ficou olhando para Em e Flo abraçadas, chorando. Charlie estava irredutível na ideia de que Flo precisava ser evacuada. Mas ali, olhando para a irmã, ela entendeu que os meses que tinham pela frente teriam sido longos e sombrios sem a presença ensolarada de Flo na família. Como os meses terríveis da Blitz. Eles não podiam passar por isso de novo.

Ray Fleming ficou observando a louca que havia perseguido um ônibus sair de mão dada com a irmã mais nova. Era bem enérgica, e muito bonita também, mas, nossa, como era ingrata e mal-educada!

Sequer agradeceu depois de todo o esforço dele para ajudá-la. Ela devia *a vida* a ele! Aquela moça não parecia em nada com as de seu país, nem com as mulheres recatadas que trabalhavam na base aérea, no braço feminino da Força Aérea britânica — o Serviço Territorial Auxiliar. Ray tinha chegado ao país apenas duas semanas antes, enviado dos Estados Unidos como integrante da 8ª Força Aérea para sobrevoar a Alemanha com bombardeiros. Até então não conhecia ninguém de fora da base aérea.

Agora, aquela moça, que obviamente amava a irmã mais nova, uma mulher de personalidade forte, fora do convencional, que desprezava o perigo... Ela, sim, era diferente. Um enigma. Tinha aquele — como chamava mesmo? — espírito de buldogue britânico. Teve que admirá-la. Fosse outra a situação, talvez quisesse conhecê-la melhor.

Ray ficou observando por um instante, enquanto a criança corria para os braços da mãe, e então se afastou. Ele tinha um precioso dia de folga pela frente e muita coisa para fazer até a hora que marcou com um amigo no pub naquela noite. Tirou a moça da cabeça e seguiu no sentido contrário ao dela.

8

— Ele vai me matar — murmurou Em para Nellie, enquanto elas voltavam para casa com Flo.

— Mas que...? — disse Charlie, passando as mãos na cabeça. — O ônibus não veio?

— Veio, mas... — começou Em.

— A gente botou ela lá dentro, mas aí... — acrescentou Nellie.

— Aí a Nellie saiu correndo atrás do ônibus, e um homem também, eles pararam o ônibus e me tiraram de lá — concluiu Flo, de queixo empinado, como quem desafia o pai a ficar bravo com ela.

— Isso é verdade? — perguntou ele, olhando de Em para Nellie e de volta para Em. Seu pai parecia uma bomba não detonada, pensou Nellie. A qualquer momento iria fazer *Bum!*, e eles todos iam ter de correr para se proteger.

— Hmm, é... Ai, Charlie, foi de partir o coração, a carinha dela! Ela estava tão apavorada sozinha, e eu não consegui... simplesmente não consegui... Talvez se George estivesse com ela, mas a gente decidiu mandar ela sozinha, e Flo é tão pequenininha ainda.

— Mas que merda, mulher! Como você fez uma coisa dessa? A gente conversou sobre isso! Uma porção de vezes! Nós decidimos, eu e você, que era o que precisava ser feito. E aí você vai e... e... — Ele agitou a mão vagamente, andando de um lado para o outro.

Flo se encolheu contra a parede, de olhos arregalados e assustados observando o pai.

— Eu sei disso, mas... — Em estendeu as mãos num gesto de paz.

— Vou fazer um chá — disse Nellie. — Vem, Flo. Você pode me ajudar. — Um chá arrumava a maioria das coisas, não é? Ela foi até a cozinha, e Flo foi atrás.

— O papai está muito bravo?

— Agora está, mas espera só uns minutinhos, e ele vai ficar bem — respondeu Nellie. Pelo menos ela esperava que sim. Mas Nellie podia ouvir as vozes exaltadas no cômodo ao lado, os pais repassando os mesmos argumentos de antes.

— Obrigada por me tirarem daquele ônibus. Fiquei assustada lá dentro, sozinha — sussurrou Flo. Nellie a abraçou com força, e Flo começou a chorar, as lágrimas molhando o ombro da irmã.

Pouco depois, Charlie atravessou a cozinha com passos pesados e foi para o quintal, sem dúvida para tentar se acalmar. Ele olhou de relance para as duas, e Nellie imaginou ter visto um vislumbre de aceitamento em seu rosto.

— Vai ficar tudo bem, Flozinha — disse ela, dando um beijo na cabeça da irmã.

Nellie passou o restante da manhã ajudando Em com as tarefas domésticas. E à tarde, quando começou a chover e não dava para sair de casa, ficou jogando rouba monte e tapão com Flo, jogos antigos que Ruth havia ensinado a todos eles e que elas sempre jogavam com a tia. Enquanto se divertia com a irmã mais nova, pareceu-lhe impossível quão perto Flo esteve de ser levada. Nellie se sentiu radiante de felicidade diante da presença de Flo.

— Vai passar no Angel and Crown hoje? — perguntou Babs a ela, lá fora, no quintal, num momento de trégua da chuva. — Billy está de folga e, segundo ele, hoje não tem risco de ataque aéreo. Ele vai, eu também. Aposto que você está precisando se distrair um pouco, sua vida não tem andado fácil ultimamente.

Nellie fez que sim. Babs tinha razão, a vida andava difícil, e desde que os tios morreram ela não fazia nada além de trabalhar. Merecia sair e se divertir um pouco. Nellie sorriu para a amiga.

— Tá, vou sim. Obrigada pelo convite.

— Ótimo. Aí você me conta por que Flo não está num ônibus a caminho de Dorset nesse momento. — Babs sorriu. Tinha visto o rostinho de Flo na janela. — Meu Deus, lá vem a chuva de novo. Corre!

As duas voltaram correndo para suas respectivas casas. Nellie estava de pernas cansadas e pés doloridos da corrida atrás do ônibus naquela manhã. Era bom ter algo de positivo aquela noite.

Nellie se arrumou com calma. Colocou seu vestido azul preferido, fez cachos no cabelo e prendeu com grampos no alto da cabeça em dois rolinhos iguais, deixando a parte de trás solta. Cogitou desenhar uma linha com carvão nas costas da perna, para parecer que estava de meia-calça, mas achou melhor não. Isso não enganava ninguém. Pegou emprestado com Em um colar de contas pretas e passou um pouco de batom. Não muito, porque o que tinha já estava quase acabando e hoje em dia era muito difícil de encontrar nas lojas, mas o suficiente para dar um tom vermelho aos lábios. Era empolgante se arrumar, mesmo que fosse só para ir ao pub. Sair com os amigos era exatamente do que estava precisando.

— Você está parecendo uma princesa — disse Flo. Ela estava deitada na cama, abraçada à boneca, vendo Nellie se arrumar.

— Eu estou me sentindo uma princesa — respondeu Nellie, rodopiando para fazer a saia do vestido girar. — Agora vai dormir, e prometo que quando chegar vou entrar na pontinha do pé, para não te acordar. — Ela cruzou o quarto e deu um beijo na cabeça da irmã. — Que bom que você voltou, Flozinha.

— Eu nem cheguei a ir embora direito. — Flo riu.

A chuva havia diminuído, embora o céu ainda estivesse bastante encoberto, o que, com sorte, deteria os bombardeiros alemães aquela noite. Nellie foi pulando as poças no caminho do Angel and Crown. Havia combinado de encontrar Babs e Billy no pub, já que eles não tinham uma irmã mais nova para colocar para dormir. Ao se aproximar da porta, ouviu as risadas lá dentro, gente cantando e alguém tocando piano. Uma típica noitada no East End a todo vapor. Nellie sorriu, feliz.

— Ela chegou! — Billy a fitou com o rosto animado assim que ela entrou. Estava sentado com Babs num canto do pub, perto do piano. Um rapaz fardado tentava tocar um ragtime, mas ele errava as notas e ficava começando de novo. Billy se levantou. — Vai beber o quê?

— Gim-tônica, já que você está pagando. Eu fico com a próxima rodada. Oi, Amelia! Tudo bem? — Amelia estava trabalhando no bar. Era um bom jeito de esconder a barriga, pensou Nellie, embora sem dúvida logo todos saberiam da sua condição.

— Tudo bem, obrigada, Nellie. Acho que a noite vai ser animada. — Amelia ouviu o pedido de Billy e deu uma piscadela para ele, o que o fez corar até o pescoço.

— Tem alguma notícia de Walter? — perguntou Nellie a Amelia.

— Tenho, sim — respondeu ela com um sorriso. — Recebi uma carta hoje de manhã. Ele está bem. Está com saudade. Parece que vai ter alguma investida grande por aí, mas não pode dizer o que é, não com as cartas dos soldados tendo que passar pelos censores. Está tentando arrumar uma licença para quando... você sabe... a hora chegar.

— Que bom que ele está bem. Se cuida, hein? — disse Nellie, antes de se juntar a Babs à mesa.

— Tudo bem? — perguntou Babs.

— Melhor agora que consegui sair um pouco. Para ser sincera, essa semana está difícil.

Babs passou um braço pelos ombros de Nellie.

— Eu sei. Relaxa um pouco.

— É exatamente isso que pretendo fazer. — Nellie afastou o braço da amiga. Gentileza demais agora a iria fazer chorar... chorar a perda dos tios, o estresse de quase mandar Flo embora e depois recuperá-la. Melhor não falar disso. Queria aproveitar a noite. Ela sorriu animada para Babs, na esperança de que isso funcionasse como um aviso para a amiga não oferecer compaixão demais em público.

— Aqui, belezura — disse Billy, pousando uma bebida em frente a Nellie. — Você está linda hoje. Saúde!

— Saúde! — Nellie ergueu o copo e brindou com os amigos.

— Sua mãe está feliz que Flo não foi embora? — perguntou Billy.

— Está. Não consegue parar de abraçar a filha. Foi a coisa certa.

— Então, o que aconteceu? Você botou ela no ônibus e depois tirou?

— Por aí. Tive que correr atrás do ônibus no meio da rua. Um americano fardado correu junto comigo.

— Que aventura! — comentou Babs, sorrindo.

— É, foi uma aventura e tanto!

Quando o soldado parou de tocar piano, uma onda de aplausos irrompeu pelo pub.

— Agora uma música de verdade! — gritou alguém. — Amelia! Você sabe tocar!

Um coro começou a pedir que Amelia tocasse, até que, por fim, corando, ela saiu do bar e se sentou ao piano.

— Andou ganhando peso, hein, gracinha? — comentou um homem sentado num banco do bar e lançou uma piscadela lasciva para ela.

— Não é da sua conta — respondeu ela.

— E de quem é, então? — continuou ele, esticando a mão para tentar dar um tapinha na sua barriga.

— Não encosta em mim! — Amelia afastou a mão do sujeito.

— Opa, deixa a dama em paz — disse Billy, ficando de pé na mesma hora. Ele encarou o homem de frente. Billy era magro, mas mais alto do que o outro sujeito, e estava com cara de quem não ia levar desaforo para casa. Nellie ficou olhando, estranhamente orgulhosa dele. A asma podia até ter impedido Billy de lutar na guerra, mas ele não hesitaria em entrar numa briga para proteger uma mulher.

— Essa aí não tem nada de dama. Olha só! Não é nem casada e já está buchuda.

— Já que você não tem educação, então vai embora do pub dela. — Billy deu um passo à frente.

Babs arfou.

— Billy, não vai arrumar briga — avisou ela.

— Fica calma. O cara está recuando, olha — disse Nellie, e ele de fato tinha dado um passo para trás.

O dono do pub, chefe de Amelia, tinha percebido a comoção. Ele foi até o homem e teve uma palavrinha com ele, que levou a cerveja para uma mesa num canto.

— Obrigado, cara — agradeceu ele a Billy. — Ela não precisa de confusão.

— Obrigada, Billy — disse Amelia. Ela sorriu para ele e então se sentou ao piano. — Tá bom, gente. Querem ouvir o quê?

As pessoas sugeriram de tudo, desde "Knees Up Mother Brown" até "Ave Maria". Amelia ouviu alguns pedidos e começou a tocar uma sequência de músicas populares de salão que colocou todo mundo para cantar junto.

Nellie, Billy e Barbara se juntaram aos outros, animados. Depois de algumas músicas, Babs se virou para a amiga.

— Você devia cantar alguma coisa para a gente. Sua voz é tão bonita, todo mundo ia prestar atenção.

— Ah, que isso. Eu não. — Nellie corou com o elogio, mas sentiu uma onda de animação. Sim, cantar seria maravilhoso, se entregar à música por alguns minutos.

Billy olhou para Nellie.

— Babs está certa. Você tem uma voz incrível. Canta alguma coisa para a gente.

— O quê?

— Uma de Vera Lynn? — sugeriu Barbara. Ela deu um tapinha no braço de Amelia. — Você pode tocar para Nellie cantar? Se não for um problema.

— Claro que não — respondeu Amelia, terminando uma música e se virando para Nellie. — O que vai ser, Nellie?

Nellie refletiu um pouco.

— Você conhece "The White Cliffs of Dover"?

Amelia sorriu.

— É claro que sim. Certo, lá vai.

Amelia tocou a introdução. Nellie se levantou e logo começou a cantar, a voz elevando-se acima do piano. Como sempre acontecia quando cantava, ela se entregou à música. A melodia ocupou todo o espaço à sua volta, até que ela mal notava coisa alguma, tudo o que havia era Amelia, o piano e a música, e todo o resto desapareceu.

Enquanto cantava, as conversas se silenciaram, as pessoas pousaram as bebidas na mesa e ficaram todos ouvindo, observando aquela moça de voz fascinante.

— Melhor que Vera — murmurou alguém que foi logo calado. Mais de uma pessoa teve que tirar um lenço da manga ou do bolso para secar os olhos.

Billy não conseguia tirar os olhos de Nellie. Ele nem se importava com a irmã, que o observava de perto. Que ela reparasse, que todo mundo ali soubesse o quanto ele amava aquela mulher que conhecia desde sempre, mas que agora não saía da sua cabeça. Ela era tudo para ele. O mundo inteiro. E talvez, quem sabe, um dia ela o amaria tanto quanto ele a amava, e então seu mundo estaria completo. Ele não conseguia parar de sonhar com esse futuro.

Billy fez uma promessa a si mesmo. Naquela noite, enquanto voltava para casa, ele iria pegar Nellie pela mão e se afastar de Babs. Então iria convidá-la para sair, um encontro de verdade, só eles dois. Iria levá-la ao cinema, se ela quisesse, ou para tomar um chá e comer um bolo na Lyons Corner House. O que ela quisesse.

Se ela dissesse sim, já era um começo, um pequeno passo para realizar seu sonho. Se dissesse não... Bom. Não ia se torturar pensando nessa possibilidade. Pelo menos não por enquanto, não enquanto ela estava cantando e ele podia imaginar que cantava só para ele.

9

O aviador norte-americano Ray Fleming estava a uma mesa com o amigo Clayton. Era a primeira vez que ia a um pub no East End, e era bem diferente do que estava acostumado — ele morava numa região tão rural que precisava dirigir uns trinta quilômetros para encontrar um pub. Ali todo mundo morava perto e ia a pé, e todos pareciam se conhecer. Até os soldados britânicos deviam estar lotados na região, porque pareciam bem à vontade com a moça que atendia o bar.

Ele e Clay tinham tomado duas cervejas quentes e sem gás. Os ingleses chamavam de *bitter*.

— Você gosta disso? — perguntou Clay depois de experimentar, fazendo careta.

— Acho que a gente vai ter que se acostumar — respondeu Ray, dando de ombros. E não era tão ruim assim depois que se tomava uns dois copos.

Quando a moça do bar começou a tocar piano, dando início a uma cantoria, eles pararam de conversar. Era como se todo mundo, menos eles, soubesse a letra das músicas. Mas era divertido mesmo assim.

— Nos Estados Unidos não tem piano nos pubs — comentou Clay, sorrindo enquanto eles tentavam se juntar ao refrão.

Então uma moça se levantou para cantar, e todo mundo parou para ouvir. Ray olhou para ela e a reconheceu na mesma hora.

— Olha, é ela — sussurrou para Clayton.

— Ela quem?

— A moça de quem falei. A que correu atrás de um ônibus e tirou a irmã mais nova de dentro dele.

— É ela?

— É ela.

Ela de imediato capturou a atenção de Ray — assim como a das demais pessoas no pub — com a beleza da sua voz ondulante, cantando sobre tempos melhores por vir. Aquela música ele conhecia. Todo mundo conhecia. Tocava tanto no rádio.

— "Amanhã, quando o mundo estiver livre" — sussurrou Ray junto com ela, quando chegou ao verso.

Agora que podia observá-la com atenção, notou como era naturalmente bonita — mas como parecia totalmente alheia a isso. Tinha cabelos escuros, olhos grandes, lábios carnudos, com um pouco de batom para acentuá-los. Era magra, mas curvilínea, estava com um vestido azul que lhe caía muito bem. E transmitia uma sensação boa, o jeito como se entregava à música, mas ao mesmo tempo trazia o público consigo.

No entanto, tinha sido tão rude e indiferente, ignorando-o depois da sua ajuda para deter o ônibus. "Não fala com ele, é um estranho", dissera para a irmã. Mas e se ele se apresentasse e deixasse de ser um completo estranho? Não achou que a encontraria de novo, mas ali estava ela, uma verdadeira rosa inglesa, cantando feito um anjo. Ray ficou intrigado com aquela moça. Era a sua voz, lançando um feitiço sobre ele. Não tinha como resistir.

— Você ainda está aqui? — perguntou Clayton, com uma risada, quando a música terminou. — Parecia que você estava em outro mundo. Quer outro copo desse negócio?

— Claro, por que não? — respondeu Ray, e o amigo foi até o bar pedir as bebidas.

A moça que estava cantando se abaixou para falar com a funcionária do bar ao piano, e, um instante depois, a música recomeçou. Desta vez, ela cantou "We'll Meet Again". Ray e todo mundo no pub sabiam a letra de cor, e logo todos se juntaram a ela. A moça conduzia o canto das pessoas com um sorriso no rosto, obviamente se divertindo muito. Agora, ela queria envolver todos na música, em vez de apenas se entregar a ela.

Quando a música acabou, ela sentou ao lado da amiga, e foi então que o notou. Ele a viu arfar e se inclinar para perto da amiga para dizer alguma coisa. A outra garota, a loira, olhou para ele e se virou de volta, então disse algo que fez as duas rirem.

Clayton voltou com as bebidas.

— Vou lá. Vou ver se consigo vencer a fleuma britânica. Vem comigo, ela tem uma amiga — chamou Ray.

Clayton arregalou os olhos, mas seguiu o amigo até as moças, trazendo consigo os dois copos de cerveja. Algumas pessoas ficaram olhando. Esse pub não costumava receber muitos americanos, diferente dos que ficavam perto da base aérea.

O homem magro que acompanhava as duas mulheres estava no bar, esperando para ser atendido. Ray torceu para que ele demorasse para conseguir chamar a atenção de alguém no bar. A moça ao piano tinha começado a tocar outra coisa, uma música animada, perfeita para as conversas serem retomadas.

— Boa noite. Nós nos encontramos hoje mais cedo, lembra? — Ray não sabia qual ia ser a reação dela. Sem dúvida ela não tinha sido muito simpática na rua.

— Lembro, claro. Você me chamou de "louca". — Ela o fitou com uma expressão provocante, como se o estivesse desafiando a repetir aquilo.

Ray sentiu o rosto corar.

— É, chamei. Mas, olha, me desculpa. Falei isso no calor do momento. Aquele furgão quase atropelou a gente.

A outra garota, a loira, o encarava. Ele tentou apelar para ela:

— Eu ajudei a sua amiga aqui a tirar a irmã mais nova de um ônibus. E ela nem me agradeceu.

A loira se virou para a outra e falou, com o dedo em riste:

— Nellie, que falta de educação! Você tem que agradecer ao moço — repreendeu ela num tom de brincadeira, antes de sussurrar alguma coisa no ouvido da amiga. Ray achou ter ouvido a palavra "bonito". O que quer que tenha sido, a garota, a cantora, corou da cabeça aos pés.

— Ela está bem? Sua irmã? — perguntou Ray.

— Hum, ã-hã, ela está bem. Olha, desculpa. Calor do momento, igual você falou. Em geral eu não sou tão... mal-educada com estranhos. Então... obrigada. Flo está feliz de ter voltado para casa, e está todo mundo muito aliviado por ela não ter ido embora.

— Que bom. Ray Fleming — apresentou-se ele, estendendo a mão, e ela a apertou. Era um bom sinal, estava quebrando o gelo.

— Nellie Morris.

— Prazer em conhecê-la, Nellie Morris.

Ela corou enquanto apertava sua mão.

— E obrigada também por salvar a minha vida.

— Não tem de quê. — Ele sorriu. — Quer dizer, *tem, sim*. Não é todo dia que salvo a vida de uma dama.

— Com que frequência? — Havia um quê de flerte e atrevimento nos seus olhos ao lhe fazer a pergunta.

— Com que frequência o quê?

— Com que frequência você salva a vida de uma dama?

— Ah, deixa eu ver. — Ele fingiu refletir um pouco, contando nos dedos. — Bom. Você é a primeira.

Ela riu, parecendo satisfeita com a resposta. Naquele momento, o rapaz magro voltou à mesa, trazendo duas bebidas para as moças. Ao se sentar, ele fitou Nellie com uma cara zangada que Ray não pôde deixar de notar. Será que era namorado dela? Ou seria irmão? Ray lançou a Nellie um olhar questionador, e ela entendeu.

— Ah, esse é Billy Waters, meu vizinho de porta e irmão de Barbara. Billy, esse é Ray Fleming. Foi ele que me ajudou a tirar Flo do ônibus hoje de manhã.

— Você devia ter deixado Flo ir — comentou Billy secamente. — No longo prazo, teria sido melhor para ela.

Ray estava prestes a responder, mas mudou de ideia. Em vez disso, voltou-se para Nellie.

— Eu também queria dizer que você tem uma senhora voz, Nellie Morris. Nunca ouvi nada parecido. Você deixou o pub inteiro em êxtase.

Ela sorriu, exibindo as covinhas na bochecha, e então deu uma risadinha.

— Outro exagero. Êxtase é um pouco demais, Sr. Fleming. Mas fico feliz que tenha gostado.

— Pode me chamar de Ray. — Nossa, como era bonita. E por baixo daquela fachada de atrevimento havia um estranho misto de vulnerabilidade que o agradava. Bastante. — Você vai cantar de novo?

Ela olhou de relance para a moça do bar ao piano, que agora estava tocando um ragtime, deixando bem evidente a inaptidão do soldado que havia tentado tocar antes dela.

— Acho que não. Acho que passou o clima.

— Se você quiser tocar, Amelia deixa — comentou Barbara. — Quer que eu pergunte para ela?

— Não, estou muito bem aqui, agora. — Ela sorriu, e Ray torceu para que a presença dele tivesse algo a ver com isso. — Certo, Ray, me conta alguma coisa de você. De onde você é?

— De Michigan — respondeu ele, e ela franziu a testa.

— Você vai ter que me explicar onde fica isso.

— Fica no norte do país, entre o lago Michigan e o lago Huron. Já ouviu falar dos Grandes Lagos, não é? — Ray torceu para não ter soado arrogante. Não tinha ideia do quanto se ensinava de geografia e história dos Estados Unidos nas escolas britânicas.

Ela fez que sim.

— Já. Chicago fica no lago Michigan, não é?

— Fica, mas Chicago é em Illinois, no sul do lago. A casa dos meus pais, onde eu morava, fica um pouco mais acima.

— Para o leste ou para o oeste? — Ela olhou para o nada como se estivesse visualizando um mapa mentalmente, e Ray, bom, Ray não pôde deixar de admirar seu perfil.

— Para o leste.

— Você mora numa cidade?

Ele deu uma risadinha e fez que não com a cabeça.

— Não. Meus pais têm uma fazenda, e a propriedade deles termina na beira do lago. Fica no meio do nada. Chicago é a cidade grande mais próxima, e para chegar lá a gente precisa cruzar duas fronteiras estaduais. No meio ainda tem Indiana — explicou ele, diante do olhar de incompreensão dela. — São três horas de carro.

— Não consigo imaginar como seria morar tão longe de uma cidade — comentou ela, voltando-se para ele. Nossa, ele poderia se perder naqueles enormes olhos castanhos!

— Você sempre morou em Londres?

Ela fez que sim.

— Sempre. Nasci aqui, na casa onde moro até hoje. Mas sempre quis me mudar, viajar e ver o mundo, conhecer lugares emocionantes. O mais longe a que fui foi Southend.

— Bom, então você está ganhando de mim, Nellie. Alguns dos meus colegas, inclusive o Clayton aqui, já foram para Southend, mas eu não. Eles disseram que o píer está fechado, para impedir os alemães de desembarcarem, e a praia está cheia de barreiras antitanque.

— Não voltei lá depois que a guerra começou. Não é a lembrança que tenho. Naquela época era só passeio de burro na praia

84

e sorvete no calçadão — comentou ela, e Ray ficou tocado com o tom de tristeza na sua voz. Deve ser difícil, pensou ele, ver sua cidade natal virar alvo de bombardeiros inimigos toda noite, ver seu destino de férias preferido fechado, sem ter a menor ideia de quando isso vai acabar.

— Vão tirar tudo quando a guerra acabar — comentou com gentileza, e foi recompensado com um sorriso deslumbrante.

— Espero que sim. Um dia quero levar Flo para conhecer.

— Ah, vai levar. Prometo.

— Também quero ir com ela para lugares mais exóticos — continuou ela com um sorriso.

— Para onde, por exemplo?

— África. Estados Unidos. Austrália. — Ela fez um largo gesto com a mão, como se quisesse abranger o mundo inteiro, e quase derrubou a bebida dele. — Ui! Desculpa, Ray.

Ele riu.

— Segurei bem a tempo. Bom, eu já viajei pelos Estados Unidos todinhos... norte, sul, leste e oeste. E já fui para o Havaí. Antes da guerra, estive no México. — Ray notou como os olhos dela se iluminavam à medida que ele falava dos lugares aonde tinha ido e das coisas que tinha visto.

Eles começaram a conversar sobre o mundo lá fora, e os olhos de Nellie brilharam, fazendo o coração de Ray palpitar. Ele notou que Clayton e Barbara também pareciam estar se dando bem, rindo das piadas um do outro, flertando de leve. O homem solitário — o irmão de Barbara, cujo nome, para vergonha de Ray, já havia esquecido — tinha ido até o piano e estava observando a moça do bar tocar.

E quanto a Ray... bom, ele já estava enfeitiçado. Nellie queria ver o mundo e, de repente, ele se deu conta de que queria ser a pessoa que o mostraria para ela. Tinha que passar mais tempo com aquela garota. Como precisava daquilo. Foi então que teve uma ideia.

— Bom, garotas, no fim de semana que vem vai ter um baile na base aérea. Por que vocês não vão? Tem um ônibus que vai daqui até North Weald, e o último ônibus volta de lá tarde o suficiente para vocês aproveitarem bem o baile. O que acham?

Ele prendeu a respiração enquanto Nellie olhava para Barbara, e de volta para ele, e depois de novo para Barbara. Ela estava com um sorrisinho no canto da boca, como se tivesse gostado da ideia, e então, que alegria, Barbara ergueu uma sobrancelha e fez que sim de leve com a cabeça.

— Se você for, eu vou, Nellie — disse ela, e Ray ficou tão feliz que seria capaz de subir na mesa e dar um beijo nela.

— Bom... então tá. Por que não? — respondeu Nellie com um sorriso largo no rosto enquanto dava um gole na bebida. Mas ela manteve os olhos fixos nos dele.

Se ele havia entendido direito o gesto — e como esperava ter entendido! —, ela também tinha gostado dele.

— O que está acontecendo aqui? — Era aquele sujeito, o irmão de Barbara, que tinha voltado para ver sobre o que eles estavam falando.

— Vai ter um baile na base aérea de Clayton e Ray — explicou Barbara. — No sábado que vem. Você vem também? Não tem problema, não é, Clay?

— Claro que não! Quanto mais gente melhor — respondeu Clayton. Mas o irmão (Billy! O nome dele era Billy!) fez que não e fechou a cara.

— Não posso. Estou de plantão no fim de semana que vem nas duas noites. Babs, tem certeza de que...

— Nós duas vamos. Eu e Nellie. A gente cuida uma da outra — disse Barbara com firmeza, deixando claro quem mandava entre os irmãos.

— Vamos cuidar bem das garotas, Billy. Somos gente decente. Não precisa se preocupar. — Ray torceu para que suas palavras tranquilizassem o rapaz. Era gentileza dele se sentir tão responsável pela irmã e pela amiga, mas elas eram adultas e podiam fazer as próprias escolhas.

— Achava melhor que eu fosse também — devolveu Billy com um tom petulante se insinuando na voz. Ele encarava Ray como se Ray tivesse roubado alguma coisa dele.

— Ah, Billy — insistiu Nellie. — É uma pena você ter que trabalhar nesse dia. Mas quem sabe na próxima, não é mesmo? Da próxima vez, vai todo mundo. Tem sempre baile na base aérea? Vão muitas garotas, além dos militares? — Enquanto falava, Nellie fez um carinho tão casual no braço de Billy, que Ray ficou com ciúme. Estava claro que os dois eram próximos. Eram só vizinhos ou havia algo mais? Esperava muito que não.

— Ã-hã, vão muitas garotas — respondeu Clayton. — Lá da região e daqui de Londres também, e ainda tem as que trabalham na base. Tem baile todo mês.

— Tomara que você possa ir no próximo, Billy. —· Ray ergueu o copo para brindar com ele, mas tudo o que recebeu foi um olhar mal-humorado.

— É melhor eu ir embora — disse Billy de repente. — Tenho que trabalhar amanhã. Até mais, Babs e Nellie. — Ele se levantou e saiu do pub sem nem olhar para trás.

— Ah, não liga para ele — disse Barbara com uma risadinha. — É só ciúme. Ele não gosta que ninguém fale com Nellie.

— Não estou interrompendo nada nem arrumando problemas para você, estou? — perguntou Ray. Precisava perguntar, não precisava? Para o caso de... haver algo entre Nellie e Billy... Ele prendeu a respiração e ficou esperando a resposta.

— De jeito nenhum — disse Nellie, e, graças a Deus, sorriu para ele ao falar isso. — Ele é que nem um irmão para mim também, só isso. É só um pouco protetor... com nós duas.

— É bom ter alguém que tome conta de você — comentou Ray.

Tentou não demonstrar, mas estava muito satisfeito de ter se livrado de Billy, que estava acabando com o clima da noite. Agora podiam rir, conversar e se conhecer melhor, e tudo com a perspectiva de um baile no fim de semana seguinte. Desde que ele sobrevivesse às missões de voo programadas para ele até lá, é claro.

10

— Estaria tudo bem se Billy fosse junto — disse Charlie, quando Nellie pediu permissão para ir ao baile. Era domingo à noite, Flo estava dormindo, e George, no quarto dele. Nellie escolheu um momento em que os pais estavam descontraídos, mais propensos a aceitar. Mas Charlie franziu a testa. — Não gosto da ideia da nossa Nellie saindo com esses homens que a gente nem conhece.

— Pai, eu não vou sozinha. Babs vai comigo.

Nellie cruzou os braços, em tom de desafio. Não gostava de contrariar Charlie, mas já era adulta. Ela e Babs eram capazes de cuidar de si próprias. Além do mais, queria muito ir ao baile. Se divertir, conhecer gente nova e... verdade seja dita, queria muito ver Ray de novo. Sentiu um friozinho na barriga ao pensar nele. Ray tinha alguma coisa — um sorriso bondoso, olhos honestos — que a encantava. Ele era diferente dos rapazes do East End que ela conhecia. Exótico, interessante, tão viajado. Já havia ido a lugares com os quais ela só podia sonhar: Califórnia! Nova York! Havaí! Nellie queria conhecê-lo melhor. Tinha vergonha quando pensava na primeira impressão que teve dele, quando o achara arrogante. Ele só estava tentando ajudar, e ela havia sido tão mal-educada.

— Deixa ela ir, Charlie — interveio Em. — As garotas merecem se divertir um pouco. Essa guerra horrorosa acabando com a juventude delas. É igual Nellie falou, vão ser duas tomando conta uma da outra.

— Não sei, querida. Não sei se está certo você ir. Estou só pensando na sua segurança. A gente ouve cada coisa sobre esses americanos.

— Que tipo de coisa, pai?

— Cheios de dinheiro, cheios de lascívia, e está cheio deles aqui. É melhor tomar cuidado quando eles estão por perto, está me ouvindo?

Nellie chegou a arfar, mas se manteve firme.

— E se eu tomar cuidado, posso ir?

— Hmm. — Charlie encarou a lareira vazia por um instante, pensando. — Essa guerra infernal. Se não fosse por isso e pela ideia de que todos nós podemos morrer amanhã, que nem a pobrezinha da Ruthie, eu diria que não. Mas sua mãe tem razão. Contanto que você me prometa que vai se comportar e voltar antes de meia-noite. Senão... — ele sacudiu o indicador na direção dela com firmeza — vai ser a última vez.

Nellie sorriu e se lançou em seus braços, beijando-o no rosto.

— Obrigada, pai!

— Desgruda, garota! Não precisa disso — exclamou Charlie com um misto de felicidade e vergonha diante da demonstração de afeto.

Os dias seguintes foram muito arrastados para Nellie. A Sra. Bolton passou a semana irritada, nervosa por ainda não ter recebido uma resposta da Defesa Civil de Londres a respeito do pedido de verba para aumentar a segurança no abrigo da estação de metrô. Nellie ficou pisando em ovos perto dela, tentando não aumentar o estresse da chefe. Mas a perspectiva de ir ao baile com Ray no fim de semana ajudava — na verdade, não conseguia pensar em outra coisa —, e ter Flo em casa tornava as noites mais agradáveis. Felizmente, não houve mais ataques aéreos, o que significava que não tinha que se questionar se tirar Flo do ônibus havia sido a coisa certa ou não.

Por fim, o sábado chegou. Depois de ajudar Em com algumas tarefas domésticas, Nellie podia começar a se arrumar para o baile.

Babs apareceu com uma bolsa cheia de roupas, bobes de cabelo, maquiagem e acessórios.

— Não é grande coisa — disse ela —, mas divido com você. — As duas tinham o quarto de Nellie só para elas, já que Flo estava brincando na rua com uns amigos.

— Eu também — respondeu Nellie, sorrindo. — Vamos ficar deslumbrantes, confie em mim. Que vestido eu boto? O vermelho e verde ou o azul? — Ela levantou as duas opções, que já havia tirado do armário e colocado na cama.

— Adoro o azul, mas você usou na semana passada. Ray já te viu com ele! Talvez seja melhor o outro.

— Sempre acho que fico igual a uma árvore de Natal nesse vestido. — Nellie queria ter comprado uma roupa nova, mas não tinha mais cupons de roupa. De qualquer forma, as lojas não tinham nada de novo. Ia ter que se virar, mas, nossa, como queria ficar bonita para Ray! Ela o imaginou se apaixonando por ela e sorriu diante da ideia.

— Que isso, você fica linda nele! E por que esse sorrisinho? — quis saber Babs.

— Ah, é só... ansiedade por causa do baile. — Nellie tentou, mas não conseguia parar de sorrir. Sentia-se leve de tão animada.

— Eu também! Ei, abre a janela. Está quente aqui. Não quero suar no vestido. — Babs estava abanando o rosto com a mão.

— Ei, quem sua é cavalo. Cavalheiros perspiram, e damas reluzem — explicou Nellie com sotaque de grã-fina e sobrancelha arqueada, o que fez Babs ter um ataque de riso. Ela abriu uma fresta na janela para entrar ar fresco.

— Assim está melhor — disse Barbara.

— Babs, você achou Ray bonito? — perguntou Nellie.

— Nossa, e como. Ele é ma-ra-vi-lho-so! — disse Babs, articulando bem a palavra com ar dramático e fazendo Nellie rir.

— Do que vocês tanto riem? — A voz de Billy chegou lá de fora. Nellie abriu mais a janela e botou a cabeça para fora. Na casa ao lado, Billy também estava com a cabeça para fora, fumando um cigarro.

— Billy! Achei que você estava trabalhando hoje, não?

— De plantão, hoje à noite.

— Pobrezinho. — Nellie fez biquinho. — Ter que trabalhar enquanto a gente vai dançar. — Ela riu de novo. — Mas alguém tem que proteger o país, não é, guarda Waters?

— Pois é. Divirtam-se. — Billy voltou para dentro e fechou a janela do quarto.

— Ele vai me matar se souber que eu te falei isso, mas ele está com ciúme — comentou Babs baixinho. — Ciúme de você passando a noite com um americano boa-pinta.

— Ou talvez mais de um! — exclamou Nellie com voz esganiçada. — A base aérea está cheia de americanos. O seu Clayton vai estar lá também!

— Ele não é *meu*. — Barbara fez que não com a cabeça. — Ele é educado e me faz rir, mas não faz o meu tipo. — Ela fitou Nellie, curiosa. — Você gostou de Ray, não gostou? Só de falar nele fica toda boba.

Nellie corou intensamente.

— A gente se deu muito bem. E, sim, gostei bastante dele. Mas, ai, Babs, a gente mal se conhece, não é? Quem sabe quem mais vamos encontrar hoje! — Mas Nellie suspeitava de que ninguém estaria à altura de Ray Fleming. Mal o conhecia, mas não podia ignorar o frio que sentia na barriga toda vez que revivia a noite que passaram juntos no pub.

— Vocês prometem que vão pegar o último ônibus de volta para casa? Lembra o que o seu pai falou sobre chegar antes de meia-noite — avisou Em, enquanto ajudava Nellie a vestir o casaco.

— A gente promete. — Era a quinta vez que Em perguntava isso, não que Nellie estivesse contando. Sabia que a mãe estava preocupada. Era a primeira vez que Nellie saía de Londres à noite desde o começo da guerra. Na verdade, a primeira vez na vida. Ela só tinha 15 anos quando a guerra começou.

— E vocês vão ter *juízo?*

As duas fizeram que sim. De canto de olho, Nellie notou que Babs estava tentando não rir.

— Pode deixar, mãe. Vamos cuidar uma da outra.

— Bom, divirtam-se, ouviram? Divirtam-se com juízo e a cabeça no lugar. Deus sabe que vocês não têm muita chance de sair. Essa guerra maldita está acabando com a juventude de vocês. — Ela deu um abraço e um beijo nas duas. Nellie ficou espantada de ver um brilho de lágrimas em seus olhos.

— Obrigada, mãe. — Ela também a abraçou. — Anda, Babs, está na hora.

Elas saíram de casa de braços dados e seguiram para o ponto de ônibus. Nellie sentiu uma onda de empolgação tomar seu corpo. Logo iria vê-lo novamente.

Poucos minutos depois, estavam no ônibus a caminho da cidade de North Weald, ao norte de Londres. Pegaram um assento duplo no meio do ônibus, sob os assobios de um grupo de soldados britânicos que estavam saltando quando subiram.

— Aonde estão indo, garotas? Aonde quer que seja, vão se divertir mais se ficarem com a gente, vocês não acham, rapazes?

Elas sorriram uma para a outra, mas ignoraram os soldados. Quando o ônibus começou a andar, Babs se virou para Nellie.

— Nem acredito que estamos saindo da cidade à noite. Indo para longe do risco de sofrer um ataque aéreo e ter que ir para o metrô.

— Ainda não dá para ter certeza — devolveu Nellie, embora não quisesse diminuir a empolgação da amiga. — Quer dizer, já estamos a caminho, mas se a sirene tocasse agora...

Babs fez careta e assentiu com a cabeça.

— O ônibus iria até o abrigo mais próximo para deixar todos os passageiros lá. E, agora, o abrigo mais próximo é o metrô de Bethnal Green. Meu Deus, imagina se isso acontecesse e a gente acabasse lá toda emperiquitada!

— Anda, motorista, acelera! Tira a gente de Londres — murmurou Nellie. Odiava imaginar que a noite pudesse ser destruída por um ataque aéreo, principalmente agora, com elas dentro de um ônibus, as duas arrumadas. E, para piorar, não iriam ter como avisar Ray e Clayton por que não tinham ido. Provavelmente, nunca mais os veriam.

Cruzou os dedos, rezando em silêncio, desejando do fundo do coração que corresse tudo bem. Ao seu lado, Babs estava em silêncio, olhando pela janela, enquanto passavam por casas intercaladas pelos vãos de onde bombas haviam caído. Nellie imaginou que a amiga estivesse pensando a mesma coisa. Só iriam relaxar quando saíssem da cidade e pudessem aproveitar o baile com seus pares.

11

Depois de quase uma hora, saltaram num ponto de ônibus em North Weald, na esquina do local do baile. O salão estava enfeitado com bandeirinhas, e havia muita gente circulando do lado de fora, algumas pessoas fardadas, e outras, não. Nellie pegou a bolsa e o casaco e saltou depois de Babs. Para sua surpresa e alegria, Ray e Clayton estavam no ponto, esperando por elas, sentados num muro, fumando. Assim que viram as meninas descendo do ônibus, ficaram de pé, apagaram os cigarros e se aproximaram.

— Nellie! Barbara! Vocês vieram mesmo! — exclamou Ray.

Nellie sorriu com a barriga revirando de nervoso só de olhar para ele. Era ainda mais bonito do que se lembrava e parecia feliz de verdade em vê-las.

— E não é que viemos? Certo, agora vamos. Temos um baile nos esperando!

Ray lhe ofereceu o braço, Clayton foi conduzindo Babs, e os quatro dobraram a esquina, em direção ao salão.

— Cuidado com o meio-fio — disse Ray a Nellie, puxando-a de leve. — É meio irregular aqui.

— Obrigada. — Nellie apertou o braço dele com mais força, gostando de ter alguém tão gentil cuidando dela. Gostando também de sentir o calor e a força do braço dele sob o paletó.

Depois de deixar os casacos na chapelaria, eles entraram no salão e se depararam com uma banda tocando os últimos sucessos de Glenn Miller.

— Vou pegar as bebidas — avisou Ray. — Gim-tônica, Nellie?

Ela fez que sim com a cabeça, e ele foi para o bar, enquanto Clayton procurava uma mesa para os quatro. O salão estava enchendo depressa com todo o tipo de militares, moças com seus uniformes de auxiliar da Força Aérea e mais alguns civis.

— Já pensou em se juntar à Força Aérea? — perguntou Nellie a Babs.

— Não. Azul combina mais com você do que comigo — respondeu ela com uma piscadela que fez as duas rirem.

— Vocês duas estão lindas essa noite — disse Ray ao voltar com as bebidas. Nellie corou ao notar como ele manteve os olhos fixos nela.

— A semana foi boa? — perguntou ela, enquanto ele se sentava ao seu lado.

— Foi tudo bem. Voei as minhas missões. Sobrevivi, a minha tripulação toda também. É só isso que peço. — Ele se aproximou dela.

— Fiquei me perguntando... por que você estava em Bethnal Green no fim de semana passado? Não é o lugar mais interessante do mundo. Imaginei que vocês fossem para o West End nos dias de folga. — Nellie tinha passado a semana toda pensando nisso.

— Ah, um avô meu era de Bethnal Green — respondeu Ray. — Ele se mudou para os Estados Unidos há cinquenta anos. Eu queria ver onde que ele morou com os meus próprios olhos. Quando escrevi para meus pais e disse que estava lotado na zona leste de Londres, eles sugeriram que eu conhecesse o bairro.

Então ele era vinte e cinco por cento de Bethnal Green. Saber disso fez Nellie gostar ainda mais de Ray.

— E você gostou de lá?

— É um bom lugar. Ótimo. Muito diferente dos campos e das planícies a que estou acostumado. Eu te contei que os meus pais têm uma fazenda na beira do lago Michigan. No verão, a gente veleja no lago. No inverno, às vezes ele congela e dá para andar de patins.

— Parece lindo!

— E é mesmo. Quem sabe um dia você não conhece. — Ele sorriu para ela ao dizer isso, fazendo soar quase como um convite.

De repente, tudo que Nellie queria era ir com ele, velejar no verão e andar de patins no inverno. O mais próximo que tinham disso em Bethnal Green era a pequena lagoa onde Flo havia ido alimentar os patos.

— Eu? Viajar para os Estados Unidos? Adoraria. — Nellie deu um suspiro. — De navio? Ou de avião? De avião seria ainda melhor. Nunca voei para lugar nenhum na vida.

— Eu já sobrevoei Paris. Vi a Torre Eiffel, o Sena, a Notre-Dame. Mas só do alto. E as bombas fizeram muito estrago, vão precisar reformar algumas áreas. — Ray tinha um quê de amargura na voz.

— Londres também. — Ela se lembrou das ruas de Bethnal Green, com buracos onde antes havia casas. Da casa de Ruth e John, que, quando criança, era um abrigo acolhedor onde ela se sentia protegida e aninhada e que agora não passava de uma pilha de escombros. Nellie estremeceu.

Seus pensamentos devem ter ficado transparentes em seu rosto, pois ele a fitou com simpatia e então pegou sua mão, fazendo-a sentir uma onda de calor pelo corpo.

— Um dia vão reconstruir. Quando a gente ganhar essa guerra. Acredite em mim, Nellie. — Ela olhou bem nos olhos dele, como se pudesse ver o futuro lá dentro, quando a guerra acabasse e eles estivessem em paz.

Foi então que a banda começou a tocar "Chattanooga Choo Choo", e Ray se levantou e a puxou junto.

— Você me deve uma dança, Srta. Morris! Levanta, vem!

Antes que se desse conta, Nellie estava nos braços dele, sendo levada pela pista, ofegante e rindo.

Ray dançava bem. Ele a conduzia com seus movimentos, um empurrãozinho aqui ou uma puxadinha ali, embora a segurasse com gentileza. A ela só restava relaxar e se deixar ser conduzida numa espécie de *swing*, embora não soubesse todos os passos. Ficou meio sem fôlego, tentando acompanhar o ritmo dele, mas adorou cada segundo.

— Onde você aprendeu a dançar assim? — perguntou ela, ofegante.

— Na Escola Secundária de Lake Shore. O meu par tinha dois pés esquerdos. Ela me fez tropeçar no baile de formatura, e quase quebrei o nariz. — Ele sorriu. — Comparada com ela, você é muito melhor em todos os sentidos, Nellie Morris.

Quando a música acabou, ele a segurou, e, por um instante, ali, nos braços dele, com Ray olhando nos seus olhos, foi como se o mundo à sua volta tivesse desaparecido. Adorava estar nos braços dele — era uma sensação tão boa, tão certa. Jamais tinha sentido nada parecido. Era como uma cena de cinema, quando a mocinha se apaixona pelo mocinho à primeira vista. Bom, para ela e Ray era à segunda vista. Sentia vergonha agora ao se lembrar de como o havia tratado quando o vira pela primeira vez. Mas isso tinha ficado para trás. Naquele momento, nos braços de Ray, com o rosto a centímetros do dele, sustentando seu olhar, sentia que estava onde deveria estar. Que pertencia àquele lugar.

Foi com enorme relutância que eles se afastaram. Por um instante, ela havia se esquecido de que estavam num salão de dança lotado. Ray pegou sua mão, e ela se deixou conduzir de volta à mesa deles.

— Então você aprendeu a dançar na escola? — comentou ela, enquanto eles se sentavam novamente.

— É, a gente tinha aula. E onde você aprendeu a cantar?

Sorriu, feliz por ele ter se lembrado de quando ela cantou.

— A mesma coisa, na escola. Tínhamos uma professora, a Srta. Lacey, que dava aula de música e dirigia o coral da escola. Era a minha aula preferida.

— A de que eu mais gostava era matemática. E quer saber qual eu mais odiava? Geografia. — Ele se aproximou dela, falando em tom de segredo: — Uma vez, a professora me deu uma bronca na frente da turma toda porque eu copiei um texto de um livro didático, em vez de escrever uma redação do zero. — Ray deu um sorriso irônico. — Eu tinha copiado palavra por palavra, até a parte que dizia "ver capítulo 18". Acho que foi isso que me entregou.

Ela riu.

— Rá! É, deve ter sido mesmo. Eu gostava de geografia.

Ele fez que não com a cabeça.

— Eu não. Eu queria ir a todos aqueles lugares no mundo inteiro, e não ler sobre eles em livros empoeirados. Queria ver com os meus próprios olhos.

— Ah, eu também! — Adorou saber que, como ela, Ray queria viajar pelo mundo. Um dia, prometeu a si mesma, era o que ia fazer. E, enquanto pensava nisso, percebeu que o estava imaginando com ela naquelas viagens, sempre ao seu lado. Era apenas a segunda vez que se viam, mesmo assim... perguntava-se ela... será que eles teriam uma chance? Quem sabe não seria Ray quem iria tirá-la de Bethnal Green para lhe mostrar o mundo, como sempre sonhou.

12

— Nellie! É melhor a gente ir embora, senão vamos perder o último ônibus e arrumar encrenca! — chamou-a Babs, agitada.

— Ih! Que horas são? — Nellie olhou ao redor, à procura de um relógio, mas não tinha nenhum na parede. Queria que a noite tivesse durado para sempre, mas havia acabado tão depressa.

— A gente tem menos de cinco minutos. Anda!

Nellie não tinha opção — Charlie iria matá-la se elas perdessem o ônibus, e ela nunca mais iria poder sair de novo. Lançou um olhar triste para Ray, como quem pedia desculpas, e saiu correndo atrás de Babs. Mas ele e Clayton foram no encalço delas.

Um minuto depois, com os casacos dobrados no braço, os quatro viraram a esquina, correndo a tempo de ver o ônibus indo embora do ponto.

— Ai, não! A gente demorou demais! — gritou Babs, mas Nellie começou a correr atrás do ônibus. Valia a pena tentar... quem sabe o motorista não pararia se a visse.

— Você sempre corre atrás de ônibus, sua louca? — gritou Ray, segurando-a nos braços. — Dessa vez, você não vai conseguir alcançá-lo.

— Mas... Mas... a gente não pode perder esse ônibus! — Ela tentou se soltar para continuar correndo, mas então percebeu que ele tinha razão, não havia a menor chance de alcançar o ônibus, que já havia desaparecido.

Babs veio correndo até eles, com Clayton logo atrás.

— O que a gente vai fazer? Estamos presas aqui!

— A culpa é nossa — disse Ray. — Devíamos ter ficado de olho na hora.

— Não, nós é que devíamos — respondeu Babs. — Nós é que tínhamos que pegar um ônibus.

Nellie balançou a cabeça.

— O que a gente vai fazer?

Os quatro ficaram olhando de um para o outro por um instante. Nellie estava repassando freneticamente na cabeça todas as possibilidades. Não podiam voltar a pé, estavam a quilômetros de casa! Será que podiam arrumar um lugar próximo para passar a noite e pegar o primeiro ônibus do dia? Quem sabe não conseguiriam chegar antes de seu pai acordar e perceber que ela não tinha voltado para casa. Olhou para Babs, que cobria a boca com uma das mãos. Ela estava tão enrascada quanto Nellie. Clayton estava ao seu lado, com as mãos nos bolsos, olhando para o chão.

— Escuta, tive uma ideia — disse Ray, olhando para Clayton.

— O quê? — Clayton ficou confuso por um instante e então pareceu entender. — Ah, já sei no que você está pensando. Não é meio perigoso?

— Perigoso? — disse Nellie. No que Ray estava pensando? Só conseguia pensar na fúria de Charlie quando ela enfim voltasse para casa, ainda mais se fosse na manhã seguinte.

— Nem um pouco. Hoje é sábado. Todo sábado à noite ele vai visitar a amiga dele. Vai estar bem longe daqui.

À luz da lua crescente, Nellie viu o brilho de empolgação nos olhos de Ray. Ela olhou dele para Clayton, e então de volta para Ray, tentando imaginar do que estavam falando.

— Contanto que ninguém veja — respondeu Clayton, sorrindo.

— Da última vez, ninguém viu — devolveu Ray com uma piscadela. Babs pousou as mãos nos quadris.

— Dá para explicar o que vocês estão planejando?

Os dois pilotos riram.

— Está tudo bem, não se preocupem, garotas. Ray tem um plano para levar vocês de volta para casa. E vão acabar chegando antes do ônibus. Anda. — Clayton foi na frente, Ray pegou a mão de Nellie, e os quatro passaram correndo pelo salão do baile, atravessaram a cidade e seguiram por uma estradinha em direção à base aérea. Já havia gente voltando para a base, mas o baile seguia a todo vapor, por isso a maioria continuava no salão.

— Vamos ter que ser rápidos — disse Clayton. — Antes de o baile acabar e de todo mundo voltar para cá.

— Dá tempo — respondeu Ray. Ele os levou para os fundos do prédio da base aérea. — Espera aqui com as garotas. — E deu a volta no prédio.

— Qual é o grande plano dele? — perguntou Babs.

— Daqui a pouco você vai entender — disse Clayton com um sorriso, recostando-se casualmente no capô de um carro elegante que estava estacionado ali.

— Ah! — exclamou Nellie, levando a mão à boca ao imaginar qual era o plano. Clayton sorriu ainda mais e fez que sim para ela.

— O quê? Alguém, por favor, pode me explicar o que está acontecendo? — pediu Babs, batendo o pé no chão.

— Acho — disse Nellie, virando-se para Clayton — que eles vão levar a gente para casa nisso. — E apontou para o carro.

Babs chegou a arfar.

— De quem é o carro?

— Do nosso capitão na base. Mas ele não precisa do carro agora, e vocês, garotas, precisam muito. Conseguiu?

Ray tinha acabado de fazer a curva para os fundos do prédio. Ele acenou com a cabeça e ergueu um molho de chaves.

— Entrem, garotas. Sua carruagem.

Nellie não conhecia ninguém em Bethnal Green que tivesse carro, tirando o Sr. e a Sra. Bolton. No East End, as pessoas simplesmente não tinham carro. Não podiam pagar e não precisavam. Ia-se a tudo que é lugar de ônibus, metrô ou a pé. Nellie nunca havia entrado num carro, e, até onde sabia, Babs também não. O mais perto disso que tinham experimentado eram os ônibus e a charrete das excursões da escola para Southend, aos domingos. Mas não ia admitir isso. Esperou Ray destrancar o carro e abrir as portas traseiras.

— Clay e Babs atrás, Nellie pode vir comigo na frente. Certo?

— Ótimo — respondeu Nellie, embora não tivesse a menor ideia se era melhor ir atrás e deixar Clayton na frente. Ela deu a volta para o lado do carona, e Ray abriu a porta para ela.

Era bem diferente de subir num ônibus. Era preciso enfiar o pé e baixar a cabeça ao mesmo tempo. Devia haver um jeito mais feminino de entrar num carro, pensou Nellie, mas não fazia a menor ideia de como seria. Ainda bem que Ray esperou pacientemente até que ela estivesse acomodada e só então fechou a porta.

Nellie sentiu um tapinha no ombro e, ao se virar, viu Babs sorrindo de orelha a orelha no banco traseiro. Sua expressão dizia: "Isso é tão emocionante, mas não conta que a gente nunca entrou num carro antes!" Nellie conteve uma risadinha e ficou esperando Ray dar a volta e sentar no banco do motorista. Que aventura aquela noite estava se tornando! Cada momento com Ray era empolgante.

— Tudo bem, senhoritas? — perguntou Ray. — Estamos num Austin 10 Cambridge. Foi construído em 1938 e é do nosso chefe, então é melhor a gente tomar muito cuidado com ele. Mas ele não vai saber que pegamos emprestado e logo vamos trazer ele de volta. Tem bastante combustível. Eu sei o caminho até Bethnal Green, então vamos deixá-las em casa sãs e salvas.

Nellie pensou uma coisa.

— Você sabe dirigir esse negócio, não sabe?

Ray jogou a cabeça para trás e riu.

— Claro que sei. Dirijo desde os 15 anos. Não, antes disso. Eu costumava dirigir trator na fazenda dos meus pais quando tinha 12. Nos Estados Unidos, é muito mais comum ter carro do que aqui, principalmente no interior, onde a gente mora. Você tem que dirigir. Não tem outro jeito de chegar nos lugares. — Ele deu uma piscadinha para ela. — E eu já dirigi esse carro antes, mas não conta isso para o capitão! De qualquer forma, é melhor ir logo, antes que alguém veja.

Ele apertou o botão da ignição e o motor roncou. Logo, estavam disparando pelas estradas rurais. Pareciam avançar muito mais rápido do que num ônibus, mas talvez fosse impressão sua por estar sentada tão perto do chão. Ray parecia ter confiança no que estava fazendo, dirigindo por pistas estreitas com facilidade e, uma vez que chegaram aos arredores de Londres, não teve problema com os outros veículos. Por causa do regulamento do blecaute, os faróis do carro estavam parcialmente encobertos, para manter o feixe voltado para baixo. Prédios escuros passavam de ambos os lados; aqui e ali, podia ver pessoas com lanternas escondidas nas mãos, voltando de pubs ou da casa de amigos, pensou Nellie.

Como não precisavam parar nos pontos de ônibus, a viagem de volta foi muito mais rápida do que a de ida, e logo Nellie começou a reconhecer as ruas. Não muito longe de casa, ouviram um barulho alto e repentino, como dois tiros em rápida sucessão, e Nellie gritou e se afundou no banco do carro.

— O que foi isso?

Clayton riu, e Ray pousou a mão em seu ombro.

— Está tudo bem, Nellie. Foi só um estouro no escapamento.

— Achei que estavam atirando na gente! — exclamou Nellie, aliviada, mas ainda um tanto assustada com o barulho.

— Se os alemães tivessem pousado, iam ser mais do que só dois tiros — comentou Clayton. — Ia ser mais um "rá-tá-tá-tá-tá!" — Ele fez uma boa imitação de metralhadora, e todos riram.

— Vire à esquerda aqui, e depois à direita — disse Nellie, percebendo que estavam na Cambridge Heath Road, quase na esquina da Roman Road. Algumas pessoas seguiam na direção do metrô para passar a noite.

— O metrô funciona a essa hora? — perguntou Ray.

— Ah, a nossa estação ainda não está aberta para trens. É um abrigo antiaéreo. Tem gente que dorme lá toda noite, por precaução — respondeu Nellie. A vida deve ser tão diferente para quem mora fora de Londres, pensou ela. Embora uma base aérea fosse um alvo por si só.

— Ah, é, tinha ouvido falar que algumas estações estavam sendo usadas como abrigos. Não sabia que a sua era uma delas. Você e a sua família vão para lá? — Ele olhou para ela ao fazer a pergunta.

— Só quando tem ataque aéreo. Mas, na Blitz, a gente passava toda noite lá.

— É difícil de imaginar isso — comentou Clayton, balançando a cabeça.

— A gente mora aqui — disse Babs. Estavam na Morpeth Street agora, perto das casas de Nellie e Barbara.

— Fico feliz de ter trazido vocês em segurança — disse Ray. Ele parou o carro, saiu e abriu a porta para Nellie. Clayton fez o mesmo com Babs e a levou até a porta de casa.

Nellie saltou do carro com um pouco mais de elegância do que quando entrou e parou diante dele. Ray se aproximou e pegou as mãos dela nas suas.

— Nellie, tive uma noite maravilhosa. Obrigado.

Ela sorriu.

— Obrigada pelo convite e por nos trazer em casa! Quando perdemos aquele ônibus, achei que ia ser o nosso fim. Estaríamos em apuros se não tivéssemos chegado hoje. — Ela olhou para casa. Como a janela do quarto dos pais dava para os fundos, eles não podiam vê-la agora. Flo estaria dormindo, então o único que poderia olhar pela janela se tivesse ouvido o carro era George. Voltou-se novamente para Ray. Ele iria beijá-la? Nunca tinha sido beijada, não de verdade, só um beijinho rápido de Billy uma vez, debaixo de um ramo de visco no Natal. Mas agora queria muito que Ray a beijasse.

De canto de olho, viu que Babs tinha entrado em casa e que Clayton estava parado a uma distância discreta, aparentemente fascinado pelo céu noturno. Seus olhos caíram nos lábios de Ray.

— Ah, Nellie — sussurrou ele, então a abraçou, e seus lábios estavam nos dela. O beijo foi tudo o que ela sonhou que poderia ser, quente, demorado e profundo. Ela ergueu os braços e envolveu o pescoço dele, puxando-o ainda mais para perto. Parecia que toda a sua alma estava se derretendo na dele, como se o tempo tivesse parado, o mundo não estivesse mais girando, e a guerra fosse uma memória distante. Se algum dia tivesse de escolher um momento que gostaria que durasse por toda a eternidade, pensou ela, ia ser aquele.

13

— Você parece animada, Nellie Morris! — disse Gladys, na fila da cantina para o café da manhã. — Muito bom te ver tão feliz.

Ao voltar ao trabalho, na segunda-feira, Nellie andava pela prefeitura sentindo-se como se estivesse nas nuvens.

— Obrigada — disse Nellie. — E estou mesmo.

Gladys olhou para ela com atenção e pousou as mãos nos quadris.

— Aconteceu alguma coisa, não foi? Dá para saber...

Nellie sorriu.

— Conheci uma pessoa.

— Um homem?

Nellie fez que sim e olhou para a colega, tímida.

— Decente?

— Bom, acho que é!

— É isso que importa, então. — Gladys tinha um tom de voz suave. — Fico muito feliz, Nellie. Você merece se divertir um pouco. Mas não deixa que ele te roube da prefeitura, tá bom? Precisamos de você aqui. A Sra. Bolton sempre diz que não daria conta sem você.

Nellie sentiu uma onda de orgulho ao ouvir isso.

— Deixa de ser boba. Claro que não vou embora. Além do mais, a gente acabou de se conhecer.

— Mas você gosta dele. Dá para notar. — Gladys riu com gentileza. Nellie sorriu para ela, tentando não saltitar de felicidade.

Ela voltou para o escritório da prefeita com seu café e encontrou a Sra. Bolton andando de um lado para o outro, brandindo no ar uma carta que tinha acabado de abrir.

— Não acredito. Eles recusaram.

Nellie pousou o café na mesa.

— O que foi, Sra. Bolton?

— Aquela verba que a gente pediu para tornar o abrigo da estação de metrô mais seguro. Eles negaram. — A prefeita desabou na cadeira e jogou a carta na mesa. — É *caro* demais, segundo eles. Quanto custa a segurança das pessoas é o que eu me pergunto! Quanto custa, Nellie?

Nellie encarou a chefe. Que resposta esperava dela? Não era possível colocar um preço na segurança das pessoas. A Defesa Civil de Londres deve ter decidido que tinha coisas mais importantes com que gastar dinheiro, embora, pelo que Nellie se lembrava da carta que elas tinham mandado, o Conselho Distrital de Bethnal Green não tivesse pedido muito para fazer as melhorias.

— Como podem fazer isso, senhora? A senhora nem pediu tanto assim. O que eles acham que vai acontecer, que a gente vai deixar isso de lado? Vamos insistir, não vamos?

— Vamos, sim. Não vou deixar isso de lado, Nellie. Vou escrever de novo e argumentar ainda mais em nosso favor. — A Sra. Bolton bateu a mão na mesa.

Nellie arfou diante da emoção da prefeita, então pegou o bloco de notas e um lápis, pronta para anotar uma nova carta.

A Sra. Bolton olhou para ela e fez que não com a cabeça.

— Ah, agora não, querida. Estou com muita raiva agora. Preciso organizar minhas ideias antes de mandar uma carta. Aquele engenheiro que veio aqui?

— O Sr. Smith, senhora.

— Isso, Smith. Ele falou que podia "acontecer um desastre". Com essas palavras, Nellie, exatamente essas palavras. — A Sra. Bolton ergueu o indicador no ar. — Eu escrevi isso na minha carta, e mesmo assim eles recusaram. — A Sra. Bolton balançou a cabeça e voltou a andar de um lado para o outro pela sala. — O que eles estão esperando, que alguém *morra* naqueles degraus? Deve ser isso. Mas aí vamos ter sangue nas mãos.

— Sra. Bolton, nós não podemos simplesmente fazer a reforma? O conselho não tem recursos que possa usar? Se é por uma questão de segurança... — Nellie falou com cautela, temendo estar passando dos limites, ou dizendo alguma besteira que faria a prefeita pensar que estava sendo boba.

— Estou tentada a fazer exatamente isso — respondeu a Sra. Bolton. — Mas infelizmente não podemos usar o dinheiro dos contribuintes sem aprovação. Por lei, somos obrigados a pedir autorização do departamento pertinente no governo para gastar qualquer verba e, neste caso, é o Ministério do Interior, que é responsável pela Defesa Civil. Se eles aprovassem, o Tesouro reembolsaria. Mas eles disseram que não. Que raiva!

Com isso, a prefeita saiu da sala com o barulho dos saltos no piso.

Nellie tomou seu café e voltou a datilografar, pensando no que tinha ouvido. Visualizou a entrada do metrô — aqueles degraus escuros e irregulares, a grade inadequada no alto. O tanto de gente que às vezes descia por lá, quando a sirene de ataque aéreo soava. Quando se chegava ao saguão da bilheteria, parecia muito mais seguro — já se estava debaixo da terra, protegido do pior dos bombardeios, e Billy e os outros guardas da Divisão de Precaução Contra Ataques Aéreos estavam lá para garantir que todos chegassem à plataforma em segurança. O problema era só aquele afunilamento na descida da rua. Por que a Defesa Civil não concordava com as melhorias sugeridas? Era uma coisa tão fácil e tão pequena de executar, e que poderia fazer toda a diferença.

Pensou em contar para os pais, mas teve medo de que, se o fizesse, eles pudessem achar mais seguro ficar em casa ou usar um abrigo mais distante aonde talvez não chegassem a tempo. Mas, se não dissesse nada e algum deles se machucasse a caminho do abrigo, ficaria arrasada. Decidiu que precisava falar alguma coisa para a família.

Mais tarde naquela noite, depois do jantar, quando estavam conversando sobre como tinha sido o dia de cada um, Nellie pigarreou.

— Aconteceu uma coisa no trabalho que não sai da minha cabeça. Não sei se posso contar isso, mas vou falar mesmo assim. — Em e Charlie olharam para ela, curiosos, e George e Flo ficaram sentados, esperando pacientemente. Nellie respirou fundo e continuou: — Pedimos a um engenheiro que inspecionasse a entrada do abrigo da estação. Aqueles degraus... a gente sempre comenta que não ia querer tropeçar ali, na pressa de fugir de um ataque aéreo.

— Eu tropecei uma vez — comentou Em. — Torci o tornozelo.

— Eu sei. Enfim, o engenheiro sugeriu umas melhorias, e a Sra. Bolton pediu verba para fazer a reforma, mas a Defesa Civil recusou.

— Que tipo de melhorias? — Charlie sempre queria mais detalhes.

— Instalar um corrimão, uma barreira contra esmagamento, melhorar a iluminação, esse tipo de coisa.

— Que absurdo que tenham negado isso — comentou Em.

— Pois é, a prefeita está furiosa. Ela vai recorrer da decisão. Mas, enquanto isso, temos que tomar muito cuidado sempre que formos para lá, tá bom? Flo, você tem sempre que segurar na mão de alguém.

Flo a encarou com olhos arregalados e assustados. Nellie passou o braço pelos ombros dela.

— Ai, Flo, não precisa ficar com medo. Só estou dizendo que é para tomar muito cuidado quando a gente for lá. Só por precaução, entendeu?

Sua irmã fez que sim solenemente. Nellie sorriu.

— Pronto. Estão avisados.

— Obrigado, querida — disse Charlie, e Nellie sabia que tinha feito a coisa certa. Havia alertado a família para que tomasse cuidado, mas não os tinha assustado a ponto de não quererem ir para o abrigo. — Por favor, nos avise se resolverem fazer alguma coisa. O problema é que não podem fechar a entrada enquanto trabalham nela. Precisam deixar aberta, porque é o único acesso ao abrigo. Me pergunto se foi por isso que a Defesa Civil não quis fazer melhorias.

Talvez ele estivesse certo, pensou Nellie. Mas tinha que haver uma maneira de fazer as reformas com segurança durante o dia e manter a entrada aberta para o caso de um ataque aéreo noturno. Não era o que o Sr. Smith tinha dito?

Ela balançou a cabeça. Nellie sabia que jamais se perdoaria pelo que tinha acontecido com Ruth e John. Pelo menos iria garantir que o mesmo não aconteceria com seu núcleo familiar. Faria de tudo para mantê-los em segurança.

14

À medida que o outono foi passando, o ano foi ficando mais frio. Os dias se tornaram mais curtos, e os jornais traziam notícias da guerra no norte da África, enquanto os Aliados reagiam contra as forças de Rommel.

— Esse Montgomery é um herói — comentou Charlie, ao ouvir as notícias no rádio certa noite.

Mas foram as palavras de Churchill que deixaram Nellie animada, quando ele anunciou: "Isto não é o fim. Nem sequer é o começo do fim. Mas é, talvez, o fim do começo." O discurso do primeiro-ministro a reconfortou. Os Aliados estavam vencendo.

— Nós vamos ganhar, não vamos, pai? — perguntou ela, e, quando Charlie fez que sim com a cabeça, ela sorriu. Podia lidar com a situação, sabendo que estavam fazendo progresso.

A presença de Ray, no entanto, estava transformando uma época sombria em algo empolgante, e Nellie se sentia animada com a novidade que ele trazia para sua vida. Estava feliz de verdade pela primeira vez em muito tempo. Desde o baile, ele vinha a Bethnal Green sempre que tinha folga. Já haviam ido ao cinema várias vezes, andando por parques e canais, passeando por feiras. Nellie adorava mostrar a Ray sua casa, sua comunidade e, mais ainda, adorava ouvir as histórias da vida dele nos Estados Unidos. Os pais dele pareciam tocar uma operação impressionante na fazenda, e dava para ver o quanto ele havia aprendido ajudando em casa ao longo dos anos — ele parecia um especialista em tratores e debulhadoras. Era um mundo diferente do que ela estava acostumada, criada na cidade. Ele contou da irmã mais nova, Nora, que lembrava Flo; e do irmão mais velho, que ajudava a tocar a fazenda; do cachorro vira-lata chamado Paddy, que ele havia encontrado abandonado quando ainda era um filhotinho, que tinha levado para casa, para cuidar, e de quem fora inseparável até sair de casa para se alistar na Força Aérea dos Estados Unidos.

— Coitado do Paddy. A minha mãe disse que ele ficou sem saber o que fazer quando fui embora. Mas agora ele está grudado em Nora. Dorme na cama dela e come da palma da mão dela, para desgosto da minha mãe.

— Paddy parece fazer parte da sua família que nem o Oscar da nossa — comentou Nellie.

— É, só que o Paddy não é tão bonito quanto o seu Oscar. Nem corre tão rápido.

Os pais de Nellie sabiam que ela estava saindo com Ray, embora ele ainda não tivesse conhecido formalmente a família. Charlie vinha murmurando sobre querer ter certeza se ele era "adequado". Então ele foi convidado para um chá numa tarde de domingo.

— Não sei por que estou tão nervosa de conhecer Ray — comentou Em pouco antes da hora marcada. — Que bobeira, não é? Talvez porque nunca tenha conhecido um americano antes. Só de pensar que ele nasceu do outro lado do oceano e agora está aqui, em Bethnal Green!

— Hunf — grunhiu Charlie. — É um homem feito como outro qualquer. Só acho bom ele ser um sujeito especial, já que nossa menina parece estar apaixonada por ele.

— Bom, daqui a pouco você vai ver — disse Nellie, sentindo frio na barriga. — Ele vai chegar daqui a meia hora.

— Meia hora! — Em levou as mãos ao rosto. — Perdi a noção da hora. Tenho que escovar o cabelo e terminar o bolo que fiz para ele! — Ela correu até a cozinha.

— O ianque maldito merece mais atenção que eu, na minha própria casa — murmurou Charlie, mas Nellie sabia que no fundo ele também estava animado de conhecer Ray. O nervosismo dos pais não estava ajudando. Não conseguia parar quieta, toda hora conferindo o cabelo no espelho, e deve ter experimentado umas três roupas diferentes antes de se decidir por uma saia vermelha e um suéter azul-marinho. Não que ela estivesse preocupada que algo fosse dar errado, só queria que saísse tudo perfeito, porque estava encantada por Ray.

Alguém bateu à porta.

— Deve ser ele — disse Nellie, ficando de pé. Ao abrir a porta, encontrou Ray de farda e quepe na mão. Estava tão bonito, tão elegante. Mal podia acreditar na sorte que tinha de tê-lo encontrado.

— Nellie, você está linda! — disse ele, cumprimentando-a com um beijo no rosto.

— Você também! Anda. Está todo mundo doido para te conhecer. — Ela o levou até a sala de estar e o apresentou a Charlie, Em, George e Oscar. — E Flo, que você já conheceu.

— Ah, eu preciso te agradecer, pequena Flo. Foi por sua causa que conheci sua bela irmã. Obrigado. — Ele se curvou profundamente diante dela, o que a fez rir.

— Você tem chiclete, parceiro? — perguntou Flo, imitando a frase que os meninos mais velhos repetiam para todos os soldados dos Estados Unidos que encontravam na rua. E riu de novo.

— Tenho uma coisa muito melhor — disse Ray. Ele enfiou a mão no bolso e tirou um saquinho de papel. — Você gosta de bala?

— Bala?

— É doce, Flo. — Nellie traduziu para ela.

Assim que ela pegou a sacolinha e abriu, seus olhos se iluminaram.

— Obrigada! — exclamou ela de olhos arregalados.

Ray trouxe meias-calças de nylon para Nellie e Em e um charuto gordo para Charlie. Explicou que o aconselharam a levar um estoque dessas coisas dos Estados Unidos para dar de presente, já que eram difíceis de encontrar na Inglaterra. Para George, trouxe uma pilha de cartas de cigarro que ele mesmo havia colecionado. Nellie e a família sorriram e agradeceram, todos comovidos pela sua generosidade.

— Bom, vou fazer um chá — anunciou Em, apressando-se para a cozinha.

Ray sorriu.

— Vocês, ingleses, e o seu chá — comentou ele.

— Nós gostamos bastante — respondeu Charlie. — Vocês, ianques, não bebem?

— Não tanto quanto vocês. — Ray sorriu. — Mas vocês com certeza sabem fazer chá direito! Nos Estados Unidos, a gente bota limão em vez de leite. Demorei um pouco para me acostumar, mas agora prefiro assim.

— Limão! — Nellie riu. — Não lembro a última vez que vi um limão fresco. Não depois que a guerra começou.

— Isso porque não é você que fica na fila da quitanda quando recebem — disse Em, voltando para a sala com uma bandeja carregada de coisas para chá, além do bolo que tinha feito. — Aqui. Tem uma semana de ração de açúcar para a família inteira nesse bolo, então espero que tome chá sem açúcar!

— Não, senhora, eu gosto só com leite. O cheiro do bolo está delicioso. Que honra.

Em sorriu, orgulhosa, enquanto cortava uma fatia, e Nellie começou a se sentir mais tranquila. Estavam todos encantados com Ray, como ela sabia que aconteceria. Ray a pegou olhando para ele e sorriu, um sorrisinho secreto só para ela, que a fez reluzir por dentro.

Era a primeira vez que ela trazia um namorado para casa. A primeira vez que tinha um namorado! E queria muito que a família gostasse dele tanto quanto ela, mas era um alívio que Ray estivesse causando uma primeira impressão tão boa.

A tarde passou depressa, enquanto eles comiam e conversavam. Charlie e Ray começaram uma discussão sobre a guerra.

— Que bom que vocês entraram — comentou Charlie. — No mínimo, vai encurtar o conflito.

— Vai, sim, senhor — respondeu Ray. — De certa forma, os japas fizeram um favor para a Europa quando bombardearam Pearl Harbor. Senão a política isolacionista dos Estados Unidos podia ter durado ainda mais.

— Uma pena que tenha sido preciso uma coisa tão terrível para vocês entrarem.

Ray fez que sim, e os dois ficaram em silêncio por um instante, contemplando as perdas.

Depois que o bolo foi comido, George levou Ray até o quintal para conhecer as galinhas, e Nellie os encontrou discutindo sobre o melhor jeito de tratar de galinha com ovo preso.

— Meus pais criam galinha — contou ele a ela. — Cresci com elas correndo pelo quintal de casa. O seu irmão está cuidando bem dessas aqui. — Então foi a vez de George sorrir, orgulhoso. — Mas, verdade seja dita, nunca achei que ia encontrar galinha no meio de Londres! É muito diferente da gente lá em casa, na fazenda, onde elas têm tanto espaço para correr que nem sabem o que fazer com isso. — Todo mundo riu do comentário.

Ray olhou para o relógio.

— Tenho que ir — disse ele a Nellie. — Achei que talvez pudesse pegar aquele carro emprestado hoje, mas não deu. Vou ter que ir de ônibus, e preciso chegar à base daqui a uma hora.

— Tudo bem. Vou com você até o ponto.

Nellie entrou com ele para pegar os casacos e para Ray se despedir da família. De mãos dadas, os dois seguiram até o ponto. Assim que dobraram a esquina, Nellie se virou para Ray e suspirou.

— Ufa. Correu tudo bem, mas ainda bem que acabou! — Estava animada por ele ter se dado tão bem com sua família. Ray havia conquistado todo mundo, e ela estava tão contente que todos pareceram gostar dele.

— Sua família é muito bacana — comentou Ray. — Adorei conhecer todos eles. Mal posso esperar para você conhecer a minha.

— Não vejo como isso seria possível — respondeu Nellie, baixinho.

— Não até a guerra acabar. Mas isso não vai durar para sempre, Nellie. — Ray parou de andar e a puxou para os braços. — Você tem que acreditar nisso. E confie em mim quando digo que quero muito que a gente dê certo.

— Eu também — disse ela, e Ray lhe deu um beijo tão demorado que foi como se o tempo tivesse parado.

Por fim, ele se afastou, e os dois seguiram depressa até o ponto, correndo para não perder o ônibus.

— A gente tem um problema com ônibus, não é? — comentou Ray dando uma risada ao embarcar.

Ela acenou, ainda sentindo a marca dos lábios dele nos seus e repetindo as palavras mentalmente. Ele queria muito que eles dessem certo! Ele queria apresentá-la aos seus pais em Michigan! Esse pensamento fez uma onda de empolgação atravessar seu corpo.

Os dias no trabalho, até poder vê-lo de novo, pareciam intermináveis. O único alívio para a monotonia era a hora do almoço, com Gladys, que queria ouvir todos os detalhes do seu relacionamento.

— Quando essa guerra acabar, ele vai te arrastar para... para onde? Montana? Missouri?

— Para Michigan — respondeu Nellie. Elas estavam sentadas na cantina da prefeitura, terminando de comer.

— Uns nomes tão exóticos, não é? Você tem muita sorte, Nellie. Adoraria que um piloto americano fisgasse o meu coração e me levasse para longe daqui.

Nellie riu.

— Mas, por enquanto, não vou a lugar nenhum, certo? Primeiro, a gente tem que ganhar essa guerra. Ray está aqui para ajudar. — Sentiu uma pontada de ansiedade. Ela e Ray nunca falavam disso, mas havia sempre a preocupação de ele não sobreviver à missão de voo seguinte, ou à seguinte a essa. Qualquer uma poderia ser a última.

— Ele é um homem bom. Todos eles são. Fazendo o que podem para nos ajudar a derrotar Hitler — disse Gladys.

— Por falar em derrotar Hitler — disse a Sra. Bolton, aparecendo atrás delas sem aviso e então se virando para Nellie —, está na hora de você voltar para sua mesa. Vou escrever mais uma vez para a Defesa Civil e preciso que datilografe a carta.

— Desculpa, Sra. Bolton — disse Nellie, levantando-se. Tinha se atrasado apenas um minuto no intervalo do almoço, mas sabia que a prefeita era exigente com o horário.

O sábado seguinte foi um dia cinzento de novembro. Nellie e Ray estavam andando pela feira da Roman Road. Havia muita gente na rua, apesar do tempo ruim. Nellie cumprimentou a Sra. Perkins. Eles passaram por um soldado de muletas, com a perna da calça dobrada e presa no joelho, e o ajudaram a escolher uma barra de sabonete perfumado para dar de presente para a mãe. Ray comprou uma para Nellie também, além de um saquinho de caramelos para Nellie levar para Flo. Ela adorava esses momentos, andar juntos pela rua, vendo o que estava à venda. A feira não estava tão agitada ou animada como um dia havia sido, mas ainda era um lugar divertido, e Ray também parecia gostar dela.

— Me diz uma coisa: vocês compram de tudo aqui? — perguntou Ray, enquanto eles passavam por uma barraca vendendo material para tricô.

— Praticamente tudo — respondeu ela —, embora não tenha mais tanta barraca, nem tanta coisa à venda, como antes da guerra. — Tinha visto um padrão de tricô para luvas, cachecol e gorro e estava se perguntando se conseguiria fazer. Um conjunto para o inverno seria um presente de Natal perfeito para ele. Nellie resolveu voltar e comprar a padronagem e um pouco de lã assim que pudesse, quando Ray não estivesse junto, para poder lhe fazer uma surpresa.

— Não tem feira assim nos Estados Unidos. Só loja normal, maiores e com menos gente. E mais novas. Gostei disso, fazer compras ao ar livre.

— É bom, desde que não esteja chovendo — comentou Nellie, e, como se os deuses da chuva a tivessem ouvido, naquele momento caiu um dilúvio.

Ray segurou Nellie pela mão.

— Corre!

Ela obedeceu, rindo, enquanto eles se esquivavam freneticamente de feirantes que tentavam cobrir as mercadorias com lonas e corriam pela rua até alcançar a entrada de uma loja abandonada.

— Podemos nos abrigar aqui até a chuva passar — disse ele, puxando-a para perto.

O espaço era minúsculo, só um metro quadrado entre a calçada e a porta, coberto por uma marquise pequena. A loja, que um dia havia sido uma ourivesaria, até onde Nellie se lembrava, estava fechada desde o começo da guerra. Ninguém tinha necessidade nem dinheiro para comprar joias extravagantes depois do início dos conflitos.

Nellie se espremeu contra ele, com as mãos em seu peito, o rosto dele a centímetros do seu. Podia sentir o calor e a força de seu corpo através do casaco.

— E o que a gente vai fazer enquanto espera a chuva passar? — perguntou ela, flertando com ele.

— Não faço ideia — respondeu ele na mesma moeda. — Não faço a menor ideia.

E então baixou a cabeça e a beijou. Ela envolveu o pescoço dele, perguntando-se se poderiam ser vistos, talvez por alguém que pudesse contar aos pais dela, então decidiu que não se importava. Os lábios dele eram quentes e macios, e, como sempre acontecia quando ele a beijava, o tempo pareceu parar, e o mundo desapareceu, e só havia eles, só aquele momento, e nada mais importava.

— Droga. A chuva está passando — comentou Ray, quando pararam para respirar. — Melhor a gente sair daqui, antes que...

Ray não completou a frase, e Nellie achou melhor não perguntar o que ele ia dizer. Sentiu um calor tomar seu corpo quando pegou a mão dele e os dois voltaram para a rua.

— Vamos, humm, nos refrescar com um pouco de bolo e café — sugeriu ele, e ela fez que sim.

Eles foram até uma Lyons Corner House que havia ali perto, lotada de gente se abrigando da chuva repentina.

— Você sabe que o café vai ser de chicória, não é? — avisou ela.

— Sei. Eu meio que gosto. Já me acostumei com o sabor amadeirado e o cheirinho de noz. Ah, olha, eles têm limonada.

— Humm, é o que vou querer. E um scone. — Ela olhou para Ray e sorriu. Que dia maravilhoso eles estavam tendo. Quem diria que um dia comum, ir à feira, pegar um temporal e depois tomar uma limonada pudesse ser tão mágico. Ray tornava a vida cotidiana tão divertida e especial.

Ele fez o pedido e insistiu em pagar. Quando a garçonete saiu, ele esticou a mão por cima da mesa e pegou a dela.

— Você me deixa tão feliz, Nellie. Só andar com você já é tão bom.

— Também me sinto assim — disse ela, e, por um instante, ficaram apenas sentados ali, de mãos dadas, olhando um para o outro, soltando-se apenas quando a garçonete chegou com o pedido.

— Não falta muito para o Natal — comentou Nellie.

— A gente devia ir para o West End. Passear. E depois ir a um clube. Algum lugar bacana, para comemorar o Natal. O que acha?

— No West End? — Nellie tentou se lembrar de quando havia ido pela última vez àquela parte da cidade. Já tinha saído à noite por lá? Achava que não, embora antes da guerra tenha ido fazer compras e visitado museus. — Nossa, eu ia adorar!

— Então vou pedir sugestões para os rapazes. Você merece ser tratada como uma princesa, Nellie.

Ela sorriu ao ouvir isso. Certamente se sentia como uma princesa quando estava com Ray. E como gostava dessa sensação!

15

Eles tiveram sorte com o clima no dia em que foram ao West End. Fazia frio, mas o céu estava claro e azul, com um sol fraco. Ray queria ver todos os pontos turísticos, todos os prédios importantes de que tinha ouvido falar, mas nunca vira. Nellie pediu emprestado um mapa das ruas do centro de Londres a Charlie e planejou um roteiro para ele. Eles pegaram um ônibus até a Oxford Street e começaram o dia na loja de departamentos Selfridges. A loja havia sido atingida por uma bomba no começo da guerra e estava com as janelas emparedadas, mas, por dentro, estava cheia de pessoas comprando os últimos presentes de Natal.

— Quero comprar uma coisa especial para você — disse Ray, mas Nellie não deixou.

— A gente ia ter que carregar o dia inteiro, e temos muitos quilômetros para andar se você quiser ver todos os pontos turísticos.

Eles se contentaram em só olhar a loja, então foram até Oxford Circus e desceram a Regent Street. Ao passarem pela loja de brinquedos Hamleys, foi a vez de Nellie desejar algo de especial para Flo, mas já havia comprado o presente de Natal da irmã.

Então foram até a Trafalgar Square, onde Ray encarou a estátua do almirante Nelson no alto de sua coluna.

— Ele ajudou a Inglaterra a vencer uma guerra contra Napoleão, se não me falha a memória.

— Isso mesmo. E quem é o nosso Nelson, hoje em dia?

— Churchill, acho. Ou o general Montgomery.

De lá, seguiram até a margem do rio e pararam junto à grade, onde ficaram observando as barcas transportando mercadorias pela água, com os arcos da ponte de Westminster à direita deles. Nellie estremeceu ao sentir uma rajada de vento frio, e Ray a envolveu com um braço. Ela encostou a cabeça no ombro dele.

— Quando a guerra acabar, vamos voltar aqui e fazer um passeio de barco pelo rio até o fim — disse Ray.

Ela fez que sim.

— E vai ser de noite, quando não tiver blecaute e todos os prédios estiverem com as luzes acesas refletidas na água.

— Deve ficar tão bonito — respondeu ele, apertando-a junto de si.

— Embora uma das coisas boas do blecaute — comentou Nellie — é que dá para ver as estrelas. Normalmente não dá, porque tem muita luz nas ruas.

— Na casa dos meus pais, em Michigan, tem milhares de estrelas — disse Ray. — Você não adora imaginar que as estrelas que cresci olhando lá no lago Michigan são as mesmas que brilham sobre Londres?

Ela olhou de lado para ele.

— Agora você vai dizer que, se algum dia estivermos separados, basta olharmos para o céu e saber que estamos vendo as mesmas constelações. — Ela riu. — Pelo menos é isso que diriam nos filmes.

Ele riu.

— É, e eles estão certos. Na mosca, como vocês, britânicos, diriam.

Ela apertou o braço dele com força.

— Não quero nunca ficar longe de você, Ray — sussurrou ela.

— Nem eu.

Ela se recostou nele e inclinou a cabeça para trás, e Ray a beijou. A vida estava perfeita, pensou ela, com os lábios dele nos seus e uma noite maravilhosa pela frente.

Continuaram andando pelo Embankment, em direção ao esplendor escurecido das Casas do Parlamento. O Big Ben soou a hora quando passaram por ele.

— "Três horas, e está tudo bem" — declamou Nellie, imitando o chamado dos vigias noturnos de antigamente.

— Para onde agora? — perguntou Ray.

— Vamos dar uma olhada na Abadia de Westminster, onde o rei foi coroado, depois podemos cruzar o St. James's Park e fazer uma visita a ele.

— Visitar o rei?

Ela riu.

— Ã-hã, claro, eu conheço ele pessoalmente. Já vi várias vezes.

— Sério? — Ray parecia não acreditar, e ela riu de novo.

— Nos selos e nas moedas. Quis dizer que a gente pode ir até o Palácio de Buckingham. Você vai poder ver os soldados da Guarda Real em suas fardas vermelhas nas guaritas, na frente do palácio.

— Não existe nada parecido nos Estados Unidos — comentou Ray. — Vocês têm tanta tradição aqui.

— E é por isso que estamos nessa guerra para salvar isso de Hitler.

Eles andaram quilômetros de mãos dadas, sempre encontrando algo para comentar ou admirar. O West End era extravagante e glamoroso. As casas vitorianas geminadas de Bethnal Green, com buracos entre uma e outra de onde uma construção tinha sido bombardeada, foram substituídas por prédios maiores, lojas e empresas. Aqui e ali, havia evidências de bombardeios, mas não tanto quanto no East End, e Nellie ficou triste de ver que a comunidade dela estava sofrendo as consequências dos ataques de Hitler. Ali, as ruas movimentadas pareciam repletas de gente bonita com roupas fabulosas, ainda que fossem todas de modas anteriores à guerra. Quando começou a escurecer, Ray parou em frente a um restaurante.

— Vamos comer alguma coisa, depois vamos a um clube de jazz que um dos rapazes recomendou.

— Boa ideia! — exclamou Nellie, feliz. Que dia era aquele!

O bar que ele tinha escolhido ficava numa ruazinha secundária, em algum lugar no Soho, e, ao entrar, Nellie ficou nervosa. Nunca tinha ido a um clube de jazz antes. Ela fitou o lindo vestido cor-de-rosa que Babs havia lhe emprestado e se sentiu terrivelmente malvestida. Mas, ao abrir a porta para ela, Ray lhe ofereceu um sorriso apaixonado que ajudou a lhe dar confiança.

— Você está linda — sussurrou ele, apertando sua mão.

Ele comprou um gim-tônica para cada um, e os dois acharam uma mesinha não muito afastada do palco, onde havia uma cantora se apresentando. Ela estava com um vestido prateado que refletia a luz quando se movia. Nellie nunca tinha visto nada tão glamoroso. A cantora tinha a voz rouca, como se fumasse um maço por dia, e Nellie não conhecia nenhuma das músicas.

— Essa aí parece que gosta de um cigarro — comentou Ray com um sorriso peculiar. — A voz dela não chega nem perto da sua.

— Ah, nem vem, você está exagerando de novo. — Nellie lhe deu um empurrãozinho de brincadeira, mas, por dentro, ficou encantada com o elogio, sobretudo quando Ray apertou sua mão com carinho. Quando a moça terminou de cantar, ela aplaudiu com vontade, e Ray foi buscar outro drinque para eles. Enquanto ele estava no bar, o grupo seguinte se levantou para se apresentar — um quinteto animado e muito barulhento.

Quando Ray voltou, ele se abaixou e falou alguma coisa, mas ela não conseguiu ouvir por causa da música.

— Desculpa, o quê? — perguntou, e ele se abaixou mais e repetiu:

— Eu perguntei se você gosta de jazz?

— Não sei. Parece que eles ainda estão afinando os instrumentos. — Ela riu, e ele fez que sim e disse alguma coisa. Mas a banda era tão barulhenta, que não dava para ouvir.

Quando os músicos finalmente fizeram uma pausa, Ray fez careta.

— Você não está gostando muito dessa banda, está?

Nellie inclinou a cabeça para o lado, como se estivesse refletindo sobre a pergunta. Ele a havia levado ali, tinha pago a entrada, comprado duas rodadas de drinques caros, e ela detestaria dizer que estava odiando, mas, por outro lado, não queria mentir.

— Eu... bem... — começou ela, mas ele riu.

— Está tudo bem. Sua cara diz tudo.

Ray passou um braço pelos ombros dela.

— Eu sei que ainda está cedo, mas... que tal parar enquanto estamos ganhando e ir embora? — Ele olhou para ela em busca de uma resposta, então virou a bebida de uma vez só.

Nellie sorriu e fez a mesma coisa, então ele pegou sua mão e a levou para fora do clube, de volta para o ar fresco da noite e para longe daquela música horrível. Lá fora, ela se jogou nos braços dele, rindo.

— Desculpa, Ray, mas aquela música... não dá. Acho que nunca vou conseguir gostar daquilo. Adoro aventuras e experimentar coisas novas, mas acho que não vou gostar de todas.

— Nem eu. O cara que recomendou esse lugar disse que ouviu uma banda tocando Glenn Miller. Ele falou que era bacana, e achei que era isso que ia tocar hoje. Mas a noite é uma criança, e eu preferia ouvir outra cantora.

Nellie olhou para ele, franzindo a testa. Ray estava sugerindo ir para outro clube?

— Vamos para o Angel and Crown? — perguntou ele. — Quem sabe você não canta para todo mundo? Eu daria qualquer coisa para te ouvir de novo.

— Boa ideia — respondeu ela, lisonjeada.

— Vamos pegar um ônibus — chamou ele, e os dois seguiram pelas ruas estreitas e acabaram voltando para o rio sob a luz do início da noite. Ray parou e puxou Nellie para junto de si, então lhe deu um longo e demorado beijo.

— Eu me apaixonei perdidamente por você, Nellie Morris. — Ray suspirou.

— Eu também. — Nellie riu, sentindo as bochechas se enrubescerem. Ao beijar Ray de novo, ela pensou em como o dia tinha sido maravilhoso e que aquele era o jeito perfeito de encerrá-lo.

16

Billy acendeu um cigarro e encheu o pulmão de fumaça, depois abriu a janela do quarto.

Era uma noite escura, mas sem nuvens. Pelo menos a lua não estava brilhante, céu bom para bombardeiros, então tinham uma trégua nos ataques aéreos. Ele ficou observando as estrelas por um tempo, escorado no parapeito da janela, então avistou duas pessoas andando pela rua, juntas, de braços dados. Elas pararam quase debaixo da janela dele, e Billy percebeu que eram Nellie e aquele americano. Estavam conversando, falando baixo demais para ele ouvir, então olharam para cima como se também estivessem contemplando as estrelas. Billy voltou para dentro do quarto antes que o vissem, mas continuou observando por trás da cortina.

Eles conversaram um pouco mais, o americano apontou para alguma coisa lá em cima, e Billy viu Nellie acompanhando o dedo estendido. Ela falou algo que fez os dois rirem. E então eles se olharam, e o homem baixou a cabeça e a beijou. Nellie estava grudada nele, com os braços em volta de seu pescoço, e ele abraçava a cintura dela.

Era Billy que deveria estar ali, segurando-a nos braços, beijando-a, oferecendo-lhe seu amor. Ele a havia beijado nos lábios uma vez. No Natal do ano anterior, um beijo rápido, debaixo de um ramo de visco, e na época achava que tinha uma chance com ela. Mas não tinha feito nada para levar as coisas adiante. A culpa por ter perdido Nellie era todinha sua. Estava prestes a convidá-la para sair, na noite em que ela conheceu o americano. Se ao menos tivesse sido mais rápido.

Deveria ter dito alguma coisa havia muito tempo, contado a ela como se sentia, falado das esperanças e dos sonhos que tinha de que um dia pudessem ficar juntos. O que era o pior que poderia ter acontecido, se tivesse tido coragem de contar para ela? Nellie poderia dizer que não sentia o mesmo. O que, talvez, fosse mais fácil de suportar do que isto, do que ver Nellie feliz e aparentemente apaixonada por outra pessoa. Era uma tortura, sobretudo quando ela nem sabia que ele, Billy, poderia ter sido dela se o quisesse.

Agora sabia que não havia mais esperança para eles. Tinha perdido a oportunidade. Nellie queria mais emoção na vida do que ele poderia lhe oferecer. Billy queria ficar em Bethnal Green para o resto da vida, como os pais e os avós. Morar na Morpeth Street ou ali por perto, numa casinha, com Nellie ao lado.

Ouviu uma batida à porta, e Babs, que tinha voltado do bar, o chamou.

— Billy? Me empresta a fita adesiva? Estou embrulhando um presente para Amelia.

— Claro. Entra — respondeu ele. Talvez conversar com a irmã o animasse um pouco e o impedisse de afundar no poço de desespero que se abria diante de si.

— Obrigada — disse ela, entrando e despejando um monte de coisas na sua cama. — Olha, comprei uma lata de talco e uma touquinha de neném. Uma coisa para ela e uma para o bebê. Você acha que esse papel vai ficar bom? — Ele reconheceu o papel de presente na mão dela. Billy havia usado para embrulhar um presente para Babs no último aniversário dela.

— Vai ficar perfeito. Muito gentil da sua parte comprar um presente para ela.

— Daqui a pouco ela vai ter que ir embora de Londres para ter o bebê, então achei melhor dar logo. Minha nossa, que frio aqui dentro! A janela está aberta. — Babs atravessou o quarto e fechou a janela.

Nellie ainda devia estar lá fora com seu homem, percebeu Billy, pois Babs virou para ele de testa franzida.

— Você estava espionando ela?

— Não. Estava só fumando na janela quando ela chegou andando. Com ele. — Tentou manter a voz neutra, mas a irmã o conhecia muito bem.

Babs se aproximou e pousou o braço em seus ombros.

— Ai, Billy. Você gosta mesmo dela, não é?

Ele desabou na cama, e ela sentou ao lado dele, ainda o segurando.

— Eu devia ter dito para ela. Devia ter falado alguma coisa. Antes de ela conhecer esse cara. Agora, não posso. Perdi a chance. Ela se apaixonou por esse americano.

— Eu sei. Ela gosta muito dele, Billy. Sinto muito.

Ele fez que sim.

— Sei disso. Está na cara, só de olhar para ela quando está com ele. Se ele fizer qualquer coisa para machucar Nellie, qualquer coisa mesmo, vai se ver comigo. Eu mato esse sujeito.

— Ele é um homem bom, Billy. Não vai machucar Nellie. Tenho certeza. Ele se importa muito com ela. — Babs falava num tom suave, mas firme. Estava tentando reconfortá-lo, percebeu ele.

Billy se virou para a irmã.

— Só quero que ela seja feliz, sabe? Mais nada. Só a felicidade dela. Eu a teria feito feliz, se pudesse. Teria feito de tudo, de tudo por ela. Mas, se não for para ser eu, então *ele* vai ter de fazê-la feliz.

— Acho que ela está feliz, meu irmão querido. Acho, de verdade. — Ela o apertou com força. — É melhor terminar logo esse embrulho.

Billy procurou pela fita numa gaveta e a entregou a Babs. Estava um pouco mais tranquilo agora que ela havia garantido que o americano era digno de Nellie. Só ia ter que se acostumar com a ideia de que ela estava com ele. Não havia nada que pudesse fazer, e era verdade o que tinha acabado de dizer a Babs. Tudo o que queria era a felicidade de Nellie, com ou sem ele.

— Um dia você vai ser o melhor marido do mundo para alguém, meu irmão querido. — Ela lhe deu um beijo no rosto e saiu do quarto com o presente recém-embrulhado.

Billy abriu a janela outra vez. Olhou para fora e viu Nellie saltitando feliz para a porta de casa, acenando para o americano enquanto ele seguia pela rua. Sentiu um aperto no coração. Será que ia conhecer uma mulher que fizesse jus a Nellie Morris? Tinha suas dúvidas.

Enquanto tentava imaginar um futuro com outra mulher sem rosto, ouviu alguém cantando. Nellie também deve ter aberto sua janela. O quarto dela ficava do outro lado da sua parede — quantas vezes ele havia se deitado imaginando-a deitada do outro lado? Corou ao pensar nisso.

Ela estava cantando aquela música de *O Mágico de Oz*. Eles viram o filme juntos, no começo da guerra, quando havia sido lançado. Nellie, Babs e ele. Lembrou-se dos três voltando para casa, saltitando de braços dados e cantando: "Nós vamos ver o mágico."

Mas agora ela estava cantando "Over the Rainbow". Talvez tenha acordado Flo e estivesse ninando-a de novo. Ele prestou atenção na letra, a ideia de que havia um lugar onde os sonhos se tornavam realidade, um lugar além do arco-íris, se você conseguisse chegar lá. Ele cantou em silêncio com Nellie. Ela parecia ter escolhido a música a dedo para ele, uma letra que expressava seus sentimentos com tanta precisão. Como se ela pudesse ver dentro da cabeça dele, soubesse todos os seus pensamentos e desejos.

Era um momento quase perfeito. Ela, tão próxima, cantando para ele, mesmo sem saber. Ele, ali, sozinho no quarto com seus sonhos e seu cigarro, a cabeça repleta de pensamentos nela.

De sonhos que ele sabia que nunca iriam se realizar, mas, apenas por um instante, agora, se deixaria acreditar que, de alguma forma, em algum lugar, talvez se realizassem, e ela seria sua.

17

Em dezembro, um ano após o ataque a Pearl Harbor, os jornais relataram toda a extensão das perdas dos Estados Unidos naquele dia, um número recém-divulgado pela Marinha norte-americana.

— Quase dois mil e quinhentos mortos! — disse Charlie, lendo para a família. — Não consigo nem imaginar.

Além disso, os jornais daquele mês estavam repletos de relatos de ataques de submarinos alemães. Era de fato uma guerra mundial, pensou Nellie, travada debaixo do oceano e em terra firme. Lugar nenhum era seguro e, apesar do que todos diziam, ainda parecia estar a todo vapor, sem dar sinais de que iria acabar tão cedo. Ainda assim, o Natal estava quase chegando, e Nellie passava as horas de almoço percorrendo as lojas em busca de presentes para a família e os amigos. E para Ray, claro. Tinha comprado aquela padronagem de tricô que vira na feira e feito um cachecol e luvas para ele com a lã de um suéter velho que havia desmanchado. A lã era azul-escura, e o cachecol, canelado. Nellie tinha ficado muito feliz com o resultado. Para a mãe, havia comprado um frasquinho de água de colônia. Devia ser contrabandeado, já que conseguira de alguém no Angel and Crown, mas tudo bem, Em ia adorar o presente. Livros para George e Charlie — usados, mas que ela sabia que iriam gostar. O presente de Flo tinha sido o mais difícil. Havia decidido comprar tinta para aquarela e precisara de várias semanas para encontrar.

Nellie deu o presente de Ray alguns dias antes do Natal. Ele estaria de serviço durante as festas de fim de ano e não poderia ir a Bethnal Green. Nellie também trabalharia até a véspera do Natal. Então tiveram que se encontrar no domingo anterior, para andar pelo parque numa tarde muito fria e sentar num banco para trocar presentes.

Nellie gritou de emoção ao tirar as coisas da cesta que Ray havia arrumado para ela. Chocolate, meia-calça, um batom rosa, um romance, um lenço de seda, uma sacolinha de papel com jujuba de pera.

— Isso, na verdade, é para Flo — disse ele —, mas resolvi botar na sua cesta.

— Que presente mais gentil. Adorei tudo, e Flo vai adorar os doces. Obrigada. — Nellie se aproximou dele e lhe deu um beijo intenso. — E isso é para você.

Nellie havia embrulhado o presente dele em papel verde que tinha guardado do Natal anterior. Na verdade, pensou ela, o papel devia estar sendo reaproveitado por alguém da família todo ano desde antes da guerra. Amarrotado e rasgado, mas dava conta do recado, e, nervosa, ela lhe entregou o embrulho. Era a primeira vez que comprava um presente para um namorado, e estava torcendo para que Ray gostasse.

Ele sorriu ao abrir e tirar as luvas e o cachecol.

— Nossa, é perfeito.

— A lã é reaproveitada, mas fui eu que fiz.

Ray sorriu e colocou o cachecol no pescoço.

— Adorei. Porque sei que cada centímetro de lã aqui passou pelos seus dedos. Obrigado. Deve ter demorado tanto para fazer!

— Uma semana, mais ou menos — respondeu ela, corando. Não era a melhor tricoteira, mas o cachecol tinha ficado bom e as luvas lhe serviam. E sentar à noite para tricotar com o carvão queimando na lareira e o rádio ligado era relaxante. Isso quando eles não tinham de descer para o abrigo no metrô.

— Vou ter dois dias de folga na semana que vem. Ia adorar te ver, Nellie, e passar a virada de ano com você.

— Ai, Ray, eu ia adorar! — exclamou ela, e eles se beijaram mais uma vez. — Brrr! — Ela tremeu quando eles se separaram. — Como esfriou.

— Aqui, eu tenho um ótimo cachecol para te emprestar — disse Ray, enrolando uma ponta no pescoço dela e usando para puxá-la para outro beijo. — Vamos ao cinema, para esquentar.

— Ótima ideia! — Havia um filme novo passando no Empire que ainda não tinham visto, então foram para lá. Sua vida havia mudado tanto desde que conhecera Ray. Não conseguia mais imaginar como seria sem ele. Era o quarto Natal em tempos de guerra, mas torcia para que fosse o primeiro de muitos com Ray. Era diferente, uma emoção, ter alguém especial com quem dividir aquele momento.

Na véspera do Natal, ao se encerrarem os trabalhos na prefeitura para as festas de fim de ano, a Sra. Bolton deu a Nellie uma cestinha de papelão com algumas mercadorias.

— Não é muita coisa, mas espero que ajude a tornar o Natal mais especial para você e para sua família — disse ela, enquanto Nellie conferia na caixa os potes de conserva, as frutas cristalizadas, o presunto enlatado e até umas laranjas.

— É maravilhoso, obrigada! — Tudo que Nellie deu à chefe foi um lenço com suas iniciais bordadas num canto. E agora o presente parecia inadequado.

— Você merece, Nellie. Tenha um bom Natal, e até segunda. — A Sra. Bolton sorriu ao vestir o casaco, preparando-se para sair.

— Sim, Sra. Bolton. Obrigada de novo. Espero que a senhora e o Sr. Bolton também tenham um ótimo Natal.

— Ah, ele vai trabalhar. Vai estar no abrigo, acho. Eu também vou para lá, para fazer companhia nas horas de folga. — A prefeita deu de ombros. — Não é o Natal ideal, mas precisamos fazer de tudo pelo esforço de guerra, não é mesmo?

Nellie rezou em silêncio para que não tivessem que descer para o abrigo naquela noite. Pelo menos por Flo, esperava que pudessem acordar em suas próprias camas em casa na manhã de Natal.

Mas não era para ser. Tinham acabado de jantar, mas ainda não haviam lavado a louça, quando a já conhecida sirene soou. Flo caiu em prantos.

— O Papai Noel não vai me encontrar lá embaixo — lamentou ela. — Não vou ganhar presente!

— Shh, meu amor. Ele vai te encontrar, sim. Ele sabe que vai ter muita criança lá embaixo — disse Nellie, botando o casaco em Flo para levá-la para a entrada da estação, que ainda não havia sido reformada para ficar mais segura, e seguirem para o subsolo com todos os outros. Percy Bolton estava de plantão na bilheteria, e não Billy, e Nellie ficou triste de não ver o amigo.

O abrigo estava mais agitado que o normal, com gente cantando músicas de Natal e bebendo garrafas de cerveja que haviam levado. Com ou sem guerra, com ou sem ataque aéreo, as pessoas pareciam determinadas a celebrar a data.

Pouco depois, Babs apareceu com a família e disse a ela que Billy estava de plantão em outro lugar no abrigo.

— E, Nellie, acabei de ver Amelia. Ela está na outra ponta da plataforma. Parece chateada.

— Vamos falar com ela? Comprei um presente para ela, quer dizer, para o bebê. Mas ficou em casa.

— É, vamos — concordou Babs. — Vamos ver se conseguimos animá-la um pouco. Imagino que esteja com saudade de Walter.

— Ali — disse Nellie, apontando para a cama de baixo de um beliche, junto da parede. Amelia estava deitada de lado, com a grande barriga para fora da cama estreita. Estava de olhos vermelhos e com o rosto manchado, como se estivesse chorando havia muito tempo.

— Amelia, querida, o que foi? — sussurrou Nellie, sentando ao seu lado e pousando a mão em seu quadril, para reconfortá-la.

Amelia engoliu o choro, sentou e tirou um telegrama amassado do bolso.

— Ah, não — sussurrou Nellie, horrorizada. Não precisava ler para saber o que dizia. — Walter?

— Mo... Morto em combate. — Ela arfou em meio ao choro convulsivo, torcendo o anel de noivado no dedo. — Sem... Sem se casar. E... E ele nunca vai ver o... o nosso filho. — Ela passou um braço por cima da barriga num gesto protetor.

— Meu Deus, sinto muito — disse Babs.

— Ai, Amelia, isso... isso é tão... — começou Nellie. Não tinha palavras para aquilo. O que dizer? O que dizer numa hora dessas?

Ela puxou a amiga e a envolveu num abraço, e Babs fez o mesmo do outro lado.

Talvez palavras não fossem necessárias. Talvez só estar ali, abraçando-a, fosse o melhor que pudessem fazer por Amelia.

— Nunca me esqueço — disse Amelia em meio ao choro — de como Walter foi bom para mim quando a minha mãe morreu. Ele arrumou para mim o emprego no pub e o apartamento que fica em cima. Ele cuidou de mim, ajeitou as coisas para mim.

Nellie afagou os cabelos de Amelia e deixou que ela chorasse, lágrimas escorrendo pelo seu próprio rosto diante da infelicidade daquilo tudo. Em volta delas, outras pessoas balançavam a cabeça de tristeza, mas lhes dando espaço. Uma mulher passou a própria almofada, e Nellie e Babs a arrumaram com gentileza para Amelia se deitar.

— Aqui, lindinha — disse outra mulher, passando um cobertor. Nellie o pegou e cobriu a amiga.

— Chá — ofereceu um homem, servindo um pouco de uma garrafinha. Amelia deu um gole e abriu um sorriu fraco.

Não era muito, pensou Nellie — chá, uma almofada, um cobertor e compaixão. Nada que pudesse trazer Walter de volta ou diminuir a dor de Amelia, não por enquanto. Mas essas pequenas gentilezas, de pessoas que tinham tão pouco, a tocaram. "Estamos todos juntos nessa", era o que pareciam dizer, "e vamos todos ajudar uns aos outros enquanto isso durar, não importa o que aconteça."

— Tenta dormir — sussurrou Nellie para Amelia, que fez que sim, já de olhos fechados.

Babs e Nellie lhe deram um beijo na bochecha, então se levantaram e passaram um minuto observando-a, e a mulher que havia doado o cobertor falou:

— Vou ficar de olho nela. É minha vizinha. Tão triste o que aconteceu, não é?

— É, sim. Obrigada.

— Vocês, meninas, voltem para as suas famílias agora.

Sem uma palavra, deram-se as mãos e voltaram. Nellie secou uma lágrima, sabendo que Babs compartilhava de sua tristeza. Era devastador ver uma reviravolta tão cruel do destino se abater sobre Amelia. Elas eram tão jovens, deviam ter a vida toda pela frente, mas a de Amelia já estava marcada por tragédias e perdas inimagináveis.

— Cante para a gente, Nellie! — gritou alguém quando elas se aproximaram dos beliches de suas famílias.

— Você vai cantar? — sussurrou Babs.

Não estava com vontade, não depois de ouvir a notícia de Amelia, mas era 24 de dezembro, e as pessoas mereciam um pouco de alegria.

— Acho que sim — respondeu ela, limpando a última lágrima. Nellie deu um passo à frente, sorriu para os rostos que a encaravam em expectativa e se lançou numa versão animada de "Hark! The Herald Angels Sing" que logo fez todo mundo cantar junto.

Mas não foi de coração. Eles estavam presos debaixo da terra na véspera do Natal sem saber se teriam uma casa para onde voltar no dia seguinte, e a pobre Amelia tinha que lidar com a perda do noivo. Nellie não conseguia nem imaginar como a amiga estava se sentindo. Se algo assim acontecesse com Ray... Se um dia chegasse um telegrama dizendo que Ray tinha caído em combate... bom, ela... nem sabia. Não tinha como saber, não conseguia imaginar como iria se sentir. Seria o fim de tudo. De todas as suas esperanças e sonhos, da alegria que sentia quando estava com ele...

Ela se forçou a parar de pensar nisso. Como podia pensar em si mesma, em como se sentiria, quando o pior havia acontecido com Amelia? Lá estava a amiga, grávida, sem noivo. E era *Natal*. A guerra podia ser tão cruel.

Parte II

Inverno-primavera de 1943

18

Num fim de semana de fevereiro, frio, mas com bastante sol para iluminar o dia e dar ao céu um tom cintilante de azul, Nellie estava esperando Ray. Ele teria o dia todinho de folga e havia prometido vir a Bethnal Green para levá-la para passear. Ela estava animada e já de bom humor, depois de ler a notícia de que o 6º Exército alemão havia se rendido, derrotado pelos soviéticos após a Batalha de Stalingrado. Era um momento crucial, diziam os jornais, anunciando alegremente que a Alemanha estava agora travando uma guerra defensiva.

Estava de suéter e com sua saia de tweed preferida, o casaco e o chapéu a postos, quando ouviu uma batida à porta, e lá estava Ray, parado em frente de casa, sorrindo para ela. Atrás dele, encostada num poste, havia uma bicicleta preta.

— Você veio de bicicleta? — perguntou ela, apontando.

— Isso mesmo. E o quadro é bem forte... Estava me perguntando se você toparia montar nela. Dá para atravessar o East End todinho nisso. Visitar todo parque que a gente encontrar! Sua carruagem a aguarda, Srta. Morris.

Nellie riu.

— Vou tentar!

Ray passou a perna por cima da bicicleta e a segurou firme, enquanto Nellie cuidadosamente se acomodava no quadro. Ele passou os braços em volta dela para segurar o guidão, e ela se sentiu abraçada e segura.

— Pronta? — perguntou ele, e ela se virou e lhe deu um beijo em resposta.

— Pronta!

Ele começou a pedalar, e Nellie deu um gritinho, mas, depois de vacilar um pouco, conseguiram seguir em frente. Nellie segurou firme no guidão e tentou manter o peso centralizado na bicicleta, e logo eles estavam desbravando as ruas.

Passaram pela prefeitura.

— É ali que eu trabalho! — exclamou Nellie.

— Um prédio muito imponente — gritou Ray em resposta.

Nellie avistou uma figura conhecida andando pela rua com sua farda de guarda da Divisão de Precaução Contra Ataques Aéreos. Ela estava tão feliz que não conseguiu se conter e acenou para ele, gritando:

— Billy!

Billy os encarou ao passarem e levantou a mão num aceno, mas não sorriu. Nellie sentiu uma pontada de culpa. Havia prometido a Babs que não iria partir o coração dele, mas o que podia fazer? Não podia parar de sair com Ray só para não magoar Billy. Às vezes era preciso pensar na própria felicidade.

Billy encontraria outra pessoa. Alguma outra moça que enxergaria todas as virtudes que ele tinha, que o adoraria e que seria a esposa que ele merecia ter. Alguém que o faria se sentir do jeito que Ray a fazia se sentir.

E então eles atravessaram o Regent's Canal, com barcas amarradas ao longo da margem, e entraram no Victoria Park, passando pelos amigos de Flo, os cachorros de pedra que guardavam a entrada. Ray começou a cantar, e Nellie se juntou a ele:

Daisy, Daisy, o que você tem a dizer?
Você sabe que estou meio louco de amor por você.
Não posso pagar carruagem... um casamento fino não vamos ter,
Mas você, numa bicicleta feita pra dois, que lindo que ia ser.

Foram rindo e cantando a plenos pulmões, enquanto Ray conduzia a bicicleta pelos caminhos do parque. Quando a barriga de Nellie estava doendo de tanto rir, ele parou de pedalar e a ajudou a saltar. Ela rolou de rir, ofegante, e depois deu um grito quando ele veio por trás dela, com os braços por dentro do seu casaco, e lhe fez cócegas sem parar.

— Seu louco! — Ela se esquivou dele e então começou a persegui-lo, enquanto ele fugia e se protegia atrás de uma árvore. Toda vez que ela tentava dar a volta por um lado para pegá-lo, ele corria para o outro, provocando outro ataque incontrolável de riso.

Por fim, pararam a brincadeira, ofegantes, e caíram nos braços um do outro. O beijo foi longo e cálido, e então Ray a afastou de leve.

— Sua cara está meio vermelha — comentou.

— Por que será? A sua também. — Nellie fez um carinho em seu rosto. Queria que eles ficassem assim para sempre, que se divertissem juntos, sendo bobos juntos, só que, mais do que tudo, queria envelhecer com aquele homem. A vida parecia tão incerta com o país em guerra, mas a única coisa de que tinha certeza de era que queria um futuro com Ray.

Ray a conduziu com carinho até um banco do parque, passando um braço pelos seus ombros, enquanto eles se sentavam lado a lado. Virou o rosto dela para o seu e a beijou outra vez, segurando-a bem perto.

— Queria que o dia de hoje durasse para sempre, Nellie. Só nós dois, aqui no parque, num dia bonito. Sem guerra, sem conflitos, sem preocupações.

— Eu também — sussurrou ela.

Ele a segurou por mais um tempo e pegou sua mão.

— Vamos ter um cachorro, Nellie? Você e eu, depois da guerra?

Ele estava imaginando os dois juntos, morando em algum lugar, onde quer que fosse. Nellie abriu a boca, tentando encontrar um jeito de responder, até que ele falou novamente:

— Desculpa, Nellie. Às vezes digo o que me vem na cabeça, sem pensar no que estou falando. — Ele pegou a mão dela. — O que eu quis dizer foi: Nellie Morris, eu te amo. Quero ficar com você até o fim dos tempos. Quero passar a vida com você. Não me importa se vai ser na Inglaterra ou nos Estados Unidos, ou em algum outro lugar, quando essa guerra acabar.

Ele deu um longo suspiro, e ela o encarou. Ray a amava! Queria ficar com ela! Ele... Ele a estava pedindo em *casamento*?

— Quer dizer... — Ele balançou a cabeça. — Fiz de novo. O que estou tentando dizer é: Nellie Morris, você me daria a honra de se tornar a minha esposa? — Então ergueu a mão. — Não responda ainda. Eu quis dizer quando a guerra acabar. Não posso fazer isso agora, não quando poderia desaparecer num ataque a qualquer momento. Não posso correr o risco de transformar você numa viúva de guerra. Se acontecesse alguma coisa comigo, eu gostaria de saber que você vai estar livre para encontrar outra pessoa e ter uma vida feliz. Mas queria que soubesse que é isso que quero, do fundo do coração, e que espero que você também.

— Ai, Ray! Claro que sim. Eu também. — Nellie mal podia acreditar. Sentiu um frio na barriga e uma onda de pura alegria atravessá-la. Deixou a força das palavras dele se instalar em seu coração.

Ray a fitou com os olhos brilhando.

— Estou tão feliz, Nellie. Achei que era muito cedo, que o nosso relacionamento ainda estava muito no começo e que eu tinha que esperar para falar com você. Mas essa guerra... A gente tem que aproveitar a chance enquanto pode, pelo menos é o que as pessoas dizem. Então... foi o que eu fiz, falei com você agora. Para mim, é muito importante deixar as coisas claras entre nós. Eu te amo muito, Nellie.

— Eu também te amo — sussurrou ela. Nellie se sentiu flutuando. Estava apaixonada por um homem que também a amava e que queria se casar com ela. E eles iriam se casar assim que a guerra acabasse. Nunca tinha ansiado tanto pelo fim da guerra como naquele momento.

O sorriso de Ray se encheu da mais pura alegria. Ele a abraçou e a beijou intensamente. Ela sentia o amor dos dois ressoando entre seus corpos entrelaçados. Jamais havia imaginado que poderia se sentir daquele jeito — com o corpo inteiro vibrando de paixão e felicidade.

— Ah, Nellie. Estou tão feliz! Mas vamos manter isso em segredo até podermos oficializar.

— É, assim que a guerra acabar, vamos gritar do alto dos telhados para todo mundo ouvir. — Ela queria que o mundo inteiro soubesse. Queria que o mundo sentisse a alegria intensa que estava sentindo naquele momento. Era tão maravilhoso, era a cura para todos os problemas. Se as pessoas se apaixonassem como ela, não haveria guerra, nem mortes ou bombardeios. Só amor.

Ele olhou para ela com ternura e então beijou suas mãos.

— Vem, vamos sair daqui — disse ele. — Está ficando frio.

Nellie sentou no quadro da bicicleta de novo, e Ray pedalou de volta para a casa dela. Quando estavam se aproximando da entrada do metrô, Ray balançou a cabeça.

— Ainda não consigo acreditar que você passa noites inteiras lá embaixo, num beliche. Mas ainda bem que você tem para onde ir, quando tem um ataque. Sem dúvida, é o lugar mais seguro.

— É mesmo. Mas os degraus da entrada... quando estão molhados, ficam muito escorregadios, e é muito escuro lá embaixo.

— Então você tem que tomar muito cuidado. — Ray a puxou para perto e parou a bicicleta. Em seguida, apontou para a torre do relógio no alto da igreja, do outro lado da rua. — Que bela igreja. A gente pode se casar nela, quando a hora chegar.

Ela sorriu para ele.

— Eu ia adorar. Todo mundo do bairro se casa aí, na Igreja de São João. Ia ser perfeito.

— Anda, vem. — Ele encostou a bicicleta na grade da igreja, e Nellie o seguiu atravessando os portões de ferro forjado da entrada e ao longo da lateral do prédio. — Agora que já estamos decididos, tenho que fazer uma coisa.

Ele sacou do bolso um canivete, escolheu um bloco de pedra limpo na parede da igreja e esculpiu as iniciais e a data. Nellie ficou de vigia, apavorada que o sacristão aparecesse e desse uma bronca neles por vandalizar a igreja, mas também queria seu amor imortalizado em pedra.

— Pronto — disse Ray por fim. — NM e RF, fevereiro de 1943. Está gravado em pedra agora. Quando a gente se casar, boto a data também.

Ela observou de perto as letras. Eram discretas, só daria para ver se estivesse procurando por elas ou olhando muito de perto, mas ele havia escavado fundo no arenito macio.

— Será que vai durar?

— Para sempre. Tem que durar... Tem que durar tanto quanto o nosso amor — declarou ele, e a puxou mais uma vez para um beijo.

Nellie não se lembrava de jamais ter se sentido tão feliz. Aquele homem, aquele homem educado, engraçado, gentil, mas forte — ele era tudo o que ela sempre quis, e era dela. Sentiu uma alegria borbulhando dentro de si e soltou uma risadinha.

— Está feliz, é? — perguntou Ray, enquanto pedalavam para a casa de Nellie.

— Muito. — Logo a guerra iria acabar, e ela iria se tornar a Sra. Fleming, e eles iriam viajar o mundo e viver aventuras juntos. Nellie queria dançar, cantar e contar para todo mundo a novidade. Ia ser quase impossível guardar segredo, estava tão animada e queria que o mundo soubesse o que eles sentiam um pelo outro. Ela se aninhou nos braços dele, tentando não fazer a bicicleta balançar. Ray beijou a parte de trás da sua cabeça, e ela se sentiu extremamente amada.

Ray não queria que o dia acabasse. Aquele dia perfeito, o tanto que tinha se divertido, o novo e significativo passo que deram em seu relacionamento. Tudo o que queria era ficar ali naquele dia, de bicicleta, com Nellie nos braços. Sentindo o calor dela no seu peito, seus cabelos balançando ao vento contra o seu rosto. Jamais havia se sentido tão feliz. Ele a amava tanto, mais do que jamais soubera que era possível amar alguém. Ela significava tudo para ele.

E com a maré da guerra virando lentamente a favor dos Aliados, o conflito iria terminar, e eles iam poder se casar e ficar juntos pelo resto da vida.

Tudo o que tinha que fazer era sobreviver às missões de voo até a guerra acabar. Tudo o que tinha que fazer era permanecer vivo.

19

Já era março; 1943 estava voando. Os jornais não paravam de falar da campanha de bombardeios da RAF na Alemanha, sobretudo em Berlim. Desde o Natal que as coisas estavam calmas, quase não tinha havido ataques aéreos, mas, se a RAF bombardeasse Berlim, isso significaria apenas uma coisa para eles, em Bethnal Green, pensou Nellie, triste. Mais ataques aéreos em Londres, porque a Luftwaffe iria retaliar. Mais noites no metrô. Ela estava resignada quanto a isso e se agarrava à esperança de que cada dia que passava estavam mais perto do fim da guerra. O que mais eles poderiam fazer, senão se manter seguros enquanto esperavam que aquela guerra maldita enfim acabasse? E então ela e Ray estariam livres para se casar. A ideia de se tornar a Sra. Fleming a fez sentir um frio na barriga.

— Lá vamos nós de novo — lamentou-se Em quando as sirenes soaram certa noite. Já passava das oito, e Flo já estava na cama. — Sabia que haveria um ataque assim que a gente desligasse o rádio. É sempre um sinal. Ia consertar as calças do seu pai hoje, aquela bainha que se desfez. Agora vou ter de deixar para outro dia. George, tranca o Oscar na cozinha. Nellie, pode buscar Flo?

Nellie correu até seu quarto, no segundo andar, onde Flo continuava num sono profundo, apesar da sirene soando lá fora. Ela sacudiu a irmãzinha para acordá-la.

— Anda. A gente tem que ir para o metrô. Bota o casaco e os sapatos, depressa. Vou pegar os nossos sacos de dormir.

Flo encarou a irmã de olhos semicerrados, obviamente tentando processar as instruções, ainda sonolenta. Então esfregou o rosto e fez que sim, jogando as pernas para fora da cama.

— Muito bem. Me encontra lá embaixo daqui a um minuto, então. — Nellie desceu correndo de volta para o primeiro andar e pegou os sacos de dormir dela e de Flo na sala de estar.

George já estava junto da porta.

— Botei todas as galinhas no galinheiro bem depressa dessa vez — disse ele com um sorriso. — Hoje, não vou ser o último.

— Malditas galinhas, um dia ainda vão acabar com a gente — murmurou Charlie.

— Isso não é justo, pai. Dessa vez eu não demorei nada — reclamou George. — Você não me dá uma folga, hein?

— Não estou achando o Spotty! — veio um gemido do andar de cima. Flo apareceu no alto da escada, ainda de pijama, mas pelo menos tinha colocado os sapatos vermelhos.

— Pelo amor de Deus, minha filha — implorou Charlie. — George, ajuda ela a encontrar essa porcaria, já que você está tão cheio de si hoje.

— Encontra você — retrucou George, dando as costas para eles e se dirigindo para a rua.

— Esse menino está precisando de uma boa coça. Nellie, vai com ele. Em e eu cuidamos de Flo. — Charlie subiu a escada às pressas e pegou a menina.

— Neeelliiie! — choramingou Flo, e Nellie se virou para ir até a irmã, mas Em a empurrou para a porta.

— Não, amor, vai com George. Eu e o seu pai vamos logo em seguida com Flo. Anda, depressa.

— Te vejo no metrô — gritou Nellie para Flo. — Lá no beliche, te dou uns doces que Ray trouxe para você.

Nellie correu para alcançar George.

— O papai não tinha nada que reclamar — queixou-se George, quando ela o alcançou. — Eu guardei as galinhas, e mesmo assim ele gritou comigo.

— Ele só está com medo por nós — respondeu Nellie, tentando acalmá-lo. Lá no alto, os holofotes já estavam cruzando o céu, tentando encontrar bombardeiros inimigos.

— Vai ser um ataque dos grandes hoje — comentou George. — Estou com um pressentimento.

Eles viraram a esquina e chegaram à entrada da estação. Enquanto corriam para a escadaria, dois ônibus pararam, deixando dezenas de passageiros, que se apressaram para o metrô.

Ao descerem os degraus, Nellie os contou, como de costume. Dezenove degraus, uma curva para a direita, e mais sete. Isso a ajudava a não tropeçar no último, na escuridão.

Na bilheteria, Nellie procurou Billy, como sempre fazia. Havia vários guardas da Divisão de Precaução Contra Ataques Aéreos de plantão, mas por fim ela o viu, no alto das escadas rolantes, no lugar de sempre.

— Vai indo na frente, George — disse ela ao irmão. — Já te encontro lá embaixo, quero só dar uma palavrinha com Billy.

Nellie foi até ele, mas Billy a ignorou e continuou direcionando as pessoas para o nível da plataforma.

— Boa noite, senhora. Cuidado com onde pisa, senhor. A cantina está aberta, se quiser tomar um chá.

— Billy? Quanto tempo! Como você está?

— Oi, Nellie. Acho que você tem andado muito ocupada com o seu americano. Babs já está lá embaixo.

— Ah, que bom.

Billy não a cumprimentou com o sorriso de sempre nem parou para conversar um pouco com ela, como costumava fazer, mesmo trabalhando. Era verdade que, desde o Natal, mal o tinha visto. Os dois últimos meses passaram feito um borrão, mas não achou que ele seria tão formal com ela. Nellie estava ocupada com o trabalho e saía com Ray sempre que os dois tinham uma folga, mas ainda via Babs com bastante frequência — para conversar no quintal de casa, ou no metrô, caso houvesse um ataque aéreo, ou no Angel and Crown, vez ou outra. Mas as noites de folga de Billy não coincidiram com suas idas ao bar, e ela também não o havia encontrado na rua nem no abrigo. Pensando bem, quase não o via desde o dia em que passara por ele de bicicleta com Ray.

Olhou para a entrada, onde ainda tinha gente descendo. Não havia o menor sinal do restante da família.

— Meus pais e Flo ainda estão a caminho — disse ela. — Ficaram para trás, porque Flo perdeu alguma coisa. Aquele cachorrinho de enfeite que dei para ela no ano passado... é o talismã da sorte dela, e ela não desce aqui sem ele. Você fica de olho neles por mim? Diz que George e eu estamos nos beliches de sempre.

Por fim, Billy se virou para olhar para ela de verdade. Havia mágoa em seus olhos, e ela percebeu que, embora ele jamais fosse admitir, estava sofrendo por causa do seu relacionamento com Ray. Isso porque Billy ainda nem sabia que eles haviam decidido se casar. Ia ter que contar para ele em particular. Era o mínimo, considerando o que ele sentia por ela. Resolveu que contaria para Billy primeiro, antes de qualquer outra pessoa, e tentaria consertar as coisas entre os dois.

— Pode deixar, Nellie. — Billy fez que sim e se afastou para responder a uma pergunta de outra pessoa.

— Até mais, Billy — disse ela, descendo a escada rolante. Nellie olhou para trás uma última vez, na esperança de cruzar com o olhar dele, mas Billy estava olhando para a frente.

20

Nossa, ela estava mais bonita do que nunca, pensou Billy, enquanto Nellie vinha na sua direção a caminho das plataformas. Ele a vinha evitando ultimamente. Achou que, talvez, se não a visse, iria esquecê-la e pararia de pensar nela a cada minuto do dia. Nellie ia se casar com aquele americano bonitão que dava meia-calça e chocolate de presente para ela, que tinha conquistado toda a sua família e roubado o coração dela. Ele sabia disso e estava de coração partido. Babs dizia que ele ia encontrar alguém, que havia uma pessoa para todo mundo, mas ele só conseguia pensar que sim, havia *de fato* uma pessoa para todo mundo, e essa pessoa para ele era Nellie. Sempre foi Nellie. Desde que eram crianças e brincavam pelo bairro, batendo na porta dos vizinhos para depois sair correndo juntos. Desde que ela o havia beijado debaixo do ramo de visco naquele Natal. Desde que ele a ouvira cantando "All Through the Night" para acalmar a irmãzinha uma noite no abrigo. Sempre foi Nellie.

Tentou não olhar para ela, mas tinha que ser educado, não tinha? Devia agir com normalidade. Nellie perguntou como ele estava. De coração partido, era o que queria responder, mas não seria justo. Ela jamais havia lhe prometido nada; ele só não conseguia controlar o que sentia, ainda que lhe doesse muito o fato de que não fosse recíproco.

Ouviu um estrondo vindo de algum lugar lá em cima, algo como fogos de artifício, ou um escapamento estourando, e então um grito.

Foi até metade da escada para procurar Em, Charlie e Flo, como Nellie tinha pedido.

Era tão escuro naquela porcaria de escada, só com uma lâmpada protegida lá no alto. Havia dezenas de pessoas descendo, e ele se espremeu contra a parede para liberar o caminho, procurando por entre os rostos pela família de Nellie.

Uma mulher gritou de dor, e ele percebeu que ela havia caído no pé da escada. Correu para ajudá-la, mas outra pessoa caiu por cima dela antes que ele pudesse alcançá-la, e então outra, e mais outra, e mais outra...

Aconteceu tudo tão depressa. As pessoas foram caindo feito peças de dominó na escuridão, tombando para a frente, caindo de cabeça nos degraus inferiores, gritando ao desabar. E continuava entrando mais gente na escada, aos montes, e, ao entrar, elas também caíam, e seus corpos iam se acumulando numa pilha cada vez maior. De todo lado, ouvia-se gritos e gente arfando. Billy puxou o braço da pessoa mais próxima, uma mulher, mas ela estava presa pelo peso de quem havia caído por cima dela.

— Me tira daqui! — gritou a mulher, e outras pessoas presas gritaram à sua volta.

Mas estava tão escuro, tão difícil de ver o que estava acontecendo! Ele se atrapalhou com a lanterna, até que conseguiu acendê-la.

— Meu Deus do céu!

Billy não conseguia compreender a visão que tinha diante de si, jamais poderia imaginar uma coisa daquela. Parecia... Parecia uma imagem do inferno, de pecadores sendo lançados nas covas... pilhas de corpos, não, não eram corpos, eram *pessoas*. Homens, mulheres, crianças...

— Me ajuda! — exclamou uma mulher em algum lugar acima dele e, mais perto, alguém emitiu um som ofegante e sufocante.

— Não fica aí só apontando essa lanterna, cara! Ajuda a gente! Pelo amor de Deus! A gente está preso!— gritou uma voz, e Billy virou a lanterna para ele. Era um homem preso, com o peito e os braços para fora, mas com as pernas no emaranhado de corpos. Com o coração batendo acelerado, Billy se aproximou do sujeito e o puxou, segurando seus braços, passando os próprios braços pelos do homem e fazendo força. Tinha certeza de que, se conseguisse livrar uma pessoa, as outras todas iriam se soltar e cair no chão, e então iriam se levantar e limpar o poeira, rindo de como haviam ficado entaladas por um ou dois minutos e de como tinham escapado com uns poucos cortes e hematomas.

Mas o homem continuava preso e, não importava a força que fizesse, nada podia soltá-lo. Mais acima, outro homem clamava:

— Minhas costas! Ai, minhas costas! — Billy apontou a lanterna para cima e viu um sujeito de frente para a escada, que deve ter virado para tentar subir os degraus de volta para a rua. A pressão sobre ele era tamanha que estava sendo empurrado para trás.

— Meu Deus, ele vai partir ao meio — murmurou Billy. Soltou o homem que estava tentando salvar. Não havia nada que pudesse fazer. — Vou buscar ajuda — disse para ninguém em particular e correu de volta para a bilheteria. O Sr. Bolton estava no comando aquela noite, e havia pelo menos outros dois guardas de plantão, em algum lugar do abrigo.

O Sr. Bolton estava numa saleta que eles usavam de escritório.

— Senhor! Teve uma obstrução na escada da rua! — arfou Billy, o peito começando a se comprimir. Ele bateu no peito, como se isso pudesse ajudar, a última coisa que queria agora era ter uma crise de asma.

— Obstrução? Pois então desobstrua, rapaz! — respondeu o Sr. Bolton. — Chame alguns dos homens que estiverem descendo para ajudar... — Ele parou de falar e olhou para Billy, que estava balançando a cabeça. — Deixe-me dar uma olhada — murmurou, levantando-se da cadeira e seguindo Billy às pressas até a escada.

Billy acendeu a lanterna de novo para a massa de gente em apuros, que só tinha piorado nos poucos segundos em que havia se ausentado. Mais pessoas, embora menos estivessem gritando. Toda a largura da escada estava bloqueada agora, e só Deus sabia até que altura nas escadas subia a pilha. O feixe da lanterna iluminou rostos vermelhos, ofegantes, braços se sacudindo, expressões de pânico. O Sr. Bolton ficou parado por um instante, com a boca aberta, e então sacudiu a cabeça bruscamente, como se para se certificar de que estava vendo mesmo aquilo.

— Deus do céu. Estão completamente presos. Vamos precisar de mais ajuda. Faça tudo o que puder, Waters, e eu vou chamar os outros guardas e ligar para a polícia. Vamos precisar agir dos dois lados.

— Certo, senhor. — Billy arfou enquanto o Sr. Bolton corria de volta para a sua sala para soar o alarme.

Billy se virou para a parede de corpos para soltar algum, qualquer um que conseguisse. Moveu a lanterna, procurando alguém que talvez pudesse libertar, e ficou horrorizado de ver rostos ficando roxos, quase pretos. Essas pessoas estavam... mal conseguia pensar na palavra, quem dirá dizê-la... elas estavam *morrendo? Esmagadas?*

Notou um sapato vermelho, um sapato vermelho infantil, como o de Flo... Segurou e puxou, mas o sapato veio na sua mão. Então viu uma cabeça minúscula, presa entre o peito de um homem e a coxa de uma mulher, meio para cima. Um bebê. Uma coisa pequena e jovem, a boca abrindo e fechando, tentando respirar. Ainda vivo, então. E pequeno o suficiente para que ele conseguisse libertá-lo.

Billy se esticou, tentando pegar a criança, mas não a alcançou. Pisou cautelosamente na pilha de corpos abaixo, mas ninguém gritou. Esticou-se novamente, e desta vez conseguiu pegar o bebê pela cabeça e um dos braços e o puxou, apavorado com a possibilidade de puxar com força demais e machucar ainda mais a criança, mas logo se repreendeu pelo pensamento. Se não tirasse o bebê, ele iria morrer.

E estava dando certo. Empurrando o peito do homem, conseguiu abrir um espacinho, e o bebê se soltou. Era uma menina, pensou, a julgar pelo vestido e pela meia-calça que estava usando.

Billy deu um passo para trás, saindo de cima da pobre alma em que estava pisando. Sentia um aperto no peito agora, e a respiração vinha em suspiros sibilantes. Era como se fosse uma daquelas pessoas esmagadas sob o peso de tantas outras. Sentiu um pânico crescente, mas estava segurando uma criança pequena nos braços e, ainda que não conseguisse salvar mais ninguém, salvaria aquela coisinha miúda.

Outros guardas tinham chegado e, como ele, tentavam soltar as pessoas. O Sr. Bolton e outro guarda estavam lá, agarrando braços e pernas, qualquer coisa, e puxando o mais forte que podiam.

— A polícia está a caminho! — gritou o Sr. Bolton. — Leve o bebê para o posto de saúde. — Ele parou o que estava fazendo por um instante e olhou para Billy. — E, pelo amor de Deus, busque atendimento médico para você também.

Billy não precisou ouvir duas vezes. Saiu cambaleando o mais rápido que pôde até o posto de saúde, que ficava numa sala ao lado da bilheteria, ofegante e chiando, mas agarrando-se à menina como se fosse ela quem o estivesse salvando. No pé das escadas rolantes, viu mais alguns guardas impedindo outras pessoas de subirem.

No posto de saúde, havia uma enfermeira sentada, fazendo tricô calmamente, obviamente alheia ao drama que se desenrolava lá fora. Numa noite normal, o máximo com que lidaria seria uma enxaqueca, ou as consequências de um soco, ou uma criança com o joelho ralado por ter tropeçado na plataforma.

— Aqui... o bebê... — disse ele, ofegante, e ela pegou a criança e a colocou numa cama de campanha.

— Parece que você estava na guerra — disse ela para Billy, que desabou no banco mais próximo. Seu corpo implorava que ele se deitasse, mas Billy sabia que isso só iria piorar a situação. O melhor era ficar sentado, ereto, enquanto tentava levar oxigênio para os pulmões. A enfermeira começou a examinar o bebê, e ele apalpou os bolsos em busca dos cigarros medicinais, mas não estavam ali. Devem ter caído, pensou.

— Ne... Nebulizador — gaguejou, e a enfermeira se virou para ele.

— Asma?

Ele fez que sim, e ela abriu um armário depressa e pegou o aparelho. Entregou a ele, que colocou o tubo na boca e usou a bomba manual para borrifar uma névoa fina de remédio lá dentro. Billy inspirou o mais fundo que pôde e sentiu que estava funcionando, abrindo suas vias aéreas, reduzindo o pânico crescente que havia sentido.

— Está melhorando? — A enfermeira continuava tratando do bebê, que começava a fazer uns barulhinhos. Billy ficou feliz de ouvir aquilo, pois significava que a criança provavelmente iria sobreviver. Ele tinha salvado uma alma.

Billy fez que sim em resposta e inalou um pouco mais do remédio, depois se levantou. Tinha que voltar, fazer o que pudesse. Nenhuma outra vítima fora levada para o posto de saúde enquanto estava ali, percebeu ele. Não era um bom sinal. Certamente àquela altura já deveriam ter conseguido libertar alguém.

Ao voltar para a entrada, lembrou-se do apelo de Nellie para ficar de olho na sua família. Horrorizado, deu-se conta de que eles podiam ter sido esmagados — Em, Charlie, a pequeno Flo! Eles podiam estar entre as dezenas, talvez centenas de pessoas presas na escada. O sapatinho vermelho daquela criança... Graças a Deus, Nellie tinha passado antes de tudo aquilo começar. Graças a Deus estava em segurança.

Quando voltou, a cena ao pé da escada estava, se é que era possível, ainda pior. Vários guardas da Divisão de Precaução Contra Ataques Aéreos e outros homens ainda tentavam desembaraçar corpos, mas com pouco sucesso. O ambiente estava tomado de gritos e xingamentos, mas, para o seu horror, Billy percebeu que a maioria das pessoas na pilha agora estava em silêncio, pálida e sem vida.

21

O capitão de Ray o havia autorizado a pegar o carro emprestado, pois, de ônibus, ele jamais conseguiria chegar a Bethnal Green e voltar a tempo. Tinha que ver Nellie, tinha que dar a ela sua notícia. Não era algo que pudesse contar por escrito e agora parecia ainda mais difícil, porque, na última vez que estiveram juntos, Nellie havia aceitado sua proposta. Aquele tinha sido e sempre seria um dos dias mais felizes da sua vida, e, desde então, estava nas nuvens, até aquela notícia trazê-lo de volta para a terra. Ele só precisava contar a ela pessoalmente.

Dirigindo pelas já conhecidas ruas bombardeadas da zona leste de Londres, com suas casas que não passavam de uma casca em pé, ouviu a sirene de ataque aéreo soando. Era só o que faltava. A porcaria de um ataque aéreo. Continuou dirigindo, pensando no que fazer. A família de Nellie iria para o abrigo antiaéreo, era lá que ele provavelmente a encontraria. Lembrou que o irmão de Babs trabalhava no abrigo como guarda da Divisão de Precaução Contra Ataques Aéreos, então poderia ajudar.

Ao se aproximar da entrada da estação, viu uma multidão descendo a escada. Talvez Nellie estivesse bem ali. Parou atrás de um ônibus, que estava desembarcando passageiros. Naquele momento, houve um estrondo imenso, e ele amaldiçoou o carro. Maldito escapamento, estourando de novo. Uma mulher lá fora gritou:

— São os alemães! Eles estão aqui! Estão atirando na gente!

Ray pulou do carro para tentar acalmá-la, mas a mulher estava correndo com várias outras pessoas para a entrada da estação. Um míssil antiaéreo foi disparado, fazendo um barulhão. Mais pessoas gritaram e correram para a frente.

Ele seguiu a multidão, que avançava o mais rápido possível, sem pânico, em direção à entrada e então descia a escada.

Após descer uns poucos degraus, as pessoas que estavam na sua frente pararam de se mexer. Mas as que estavam atrás, não, e ele foi empurrado para as costas de quem estava na sua frente. A pressão aumentou.

— Parem! Voltem! Subam um pouco para me dar espaço! — gritou ele.

— Não dá! Estão empurrando lá atrás! — gritou outra pessoa acima dele nos degraus.

— Por que a demora? Anda, tem um ataque aéreo! — gritaram outras pessoas mais atrás, claramente alheias ao problema mais adiante.

Estava tão escuro só com aquela lâmpada fraca e encoberta para não iluminar a rua. Ray não conseguia ver o que estava detendo as pessoas na sua frente, mas havia dezenas delas, centenas até, emparelhadas e paradas.

Ray esperou a multidão na sua frente voltar a descer os degraus, mas ninguém se movia. As pessoas atrás dele estavam sendo empurradas para a frente por outras ainda mais atrás, e ele começou a se sentir espremido. Com a multidão cada vez maior, e Ray sendo empurrado contra os outros, seu peito foi sendo comprimido pelos que estavam ao seu redor. À medida que a pressão aumentava, a sensação era de enclausuramento, e ele não conseguia expandir os pulmões para respirar. Sentiu um pânico crescente diante do que estava acontecendo, mas, quando tentou pedir socorro, percebeu que não conseguia mais gritar, sua voz não passava de um leve sussurro.

Ray procurou por Nellie desesperadamente em meio à multidão. Sentiu o estômago embrulhar diante da possibilidade de ela estar um pouco mais à frente, também presa na multidão. Rezou para que, não importasse o que acontecesse com ele, Nellie ficasse bem.

Viu luzinhas brilhando no canto da visão, e os sons foram ficando abafados. Ia desmaiar — "ai, Deus, por favor, não desmaie agora!" Tentou se mexer, dar um passo para trás, o que só fez com que seus pés perdessem contato com o chão. Estava sustentado unicamente pela pressão dos outros corpos ao seu redor. O sentimento de pânico aumentou. À frente, viu a cabeça de uma mulher pender para trás no momento em que ela perdeu a consciência. O cotovelo de alguém atingiu seu rosto. Ainda havia gritos, principalmente dos que estavam atrás, e a pressão dos outros corpos continuava aumentando. Uma lanterna os iluminou de algum lugar lá embaixo, revelando um vislumbre de dezenas, centenas de pessoas, todas tão presas quanto ele.

Quando se alistou na Força Aérea dos Estados Unidos para combater o inimigo, Ray se preparou para morrer, para dar a vida em troca da liberdade para a Europa.

Mas não desse jeito. Não queria morrer esmagado, tentando respirar, numa tragédia inútil, evitável, não, não desse jeito...

Tentou chamar por Nellie, mas não conseguiu. Quando sua visão desapareceu, Ray a imaginou, rindo na bicicleta enquanto passeavam pelo parque, e lembrou a alegria que haviam sentido naquele dia.

Ray tentou abrir as pálpebras, mas estava atordoado e sem saber o que havia acontecido com ele. Sentiu uma dor na perna. De alguma forma, a pressão ao seu redor havia diminuído, e ele percebeu que havia caído e estava sendo arrastado por um degrau de concreto. Respirou fundo, lembrando-se do seu treinamento, para tentar levar oxigênio aos pulmões. Mais uma longa respiração, para se recuperar e reunir forças para ficar de joelhos. Um braço o agarrou por trás, puxando-o para cima, e ele se arrastou pelos poucos degraus até chegar ao alto da escada.

— Tudo bem, companheiro? — perguntou o estranho, e ele fez que sim, ainda sem conseguir se concentrar, ainda incapaz de compreender o que estava acontecendo.

Ray se levantou ainda meio tonto e olhou ao redor. Havia uma multidão enorme na entrada da estação de metrô. Alguns continuavam tentando descer, mas havia um grupo de homens no alto, impedindo a entrada. De vez em quando, alguém era arrastado degraus acima, como tinha acabado de acontecer com ele, ou alguém subia aos trancos, balançando a cabeça, incrédulo.

— O que está acontecendo? — perguntou à pessoa mais próxima.

— Não sei, cara. Não sei por que não estão descendo.

O barulho de outro míssil antiaéreo fez com que parte da multidão se encolhesse, ou se jogasse para os degraus. Não era como o já conhecido estrondo dos canhões da artilharia antiaérea, parecia mais fogos de artifício que deixavam um rastro vermelho no céu noturno ao serem disparados.

Olhou para trás na multidão, torcendo do fundo do coração para que Nellie estivesse em segurança dentro do abrigo, ou que ainda não tivesse chegado, que ainda estivesse a caminho, pelas ruas. Qualquer coisa em vez de estar ali, em perigo. Ao observar os rostos, viu uma figura que conhecia, de cabelos bagunçados, o casaco pendurado num ombro, tentando subir a escada.

— Ray! Ray! Ai, meu Deus, Ray, você está com Nellie? — Em veio tropeçando em sua direção com cabelos desgrenhados e o vestido rasgado de quem também tinha sido pego no esmagamento.

— Sra. Morris! Eu estou procurando por ela, não consigo encontrar.

— Quase fiquei presa lá embaixo! — exclamou Em, apontando o dedo trêmulo para a entrada do metrô. — Eles não estão presos também, estão? Por favor, me diz que não! — Ela estava frenética, agarrada ao braço dele, de olhos arregalados e apavorada.

— Acho que não, eu estava na metade do caminho, não vi. Eles não estavam com você? — perguntou Ray, tentando soar calmo para não causar ainda mais preocupação.

— Eles vieram na minha frente. Deixei cair a carteira do bolso, então voltei para procurar e eles vieram na frente. Não sei o que está acontecendo, mas não consigo entrar, não consigo passar.

Ray sentiu o pânico voltar, mas não por si mesmo. Desta vez, era por Nellie, o amor da sua vida. Se ela estava naquele esmagamento, tinha que salvá-la.

— Vou tentar ajudar — tranquilizou-a. — Por que você não senta ali? — Ray apontou para o muro baixo da Igreja de São João do outro lado da rua. Ainda atordoada, Em obedeceu. A sirene de ataque aéreo continuava soando, lembrando a todos que, acima do solo, seguiam em perigo.

Ele abriu caminho pela multidão até o alto da escada. O homem que o havia ajudado, que o arrastara de lá, continuava ali, puxando outras pessoas.

— O que posso fazer para ajudar? — perguntou Ray. — Ray Fleming, Força Aérea dos Estados Unidos.

— Thomas Penn. Policial. De folga, mas... — Ele indicou com a cabeça a entrada. — Vou tentar passar por cima deles para ver o que está causando isso. Você pode dar uma mão?

Ele e Ray correram de volta para os degraus, onde poucos minutos antes o próprio Ray estivera preso. Agora, até onde podia ver na escuridão, o espaço estava abarrotado de corpos e pessoas deitadas umas em cima das outras. Penn se aproximou e olhou para o mar de gente, procurando o melhor lugar para subir. Com a ajuda de Ray, lançou-se por cima da massa, segurando uma lanterna.

— Ei! Para de furar a fila, companheiro! — gritou um homem atrás deles.

— Está completamente bloqueado aqui — gritou Penn.

Ao iluminar a avalanche humana com a lanterna, Ray viu ombros, cabeças tombadas, rostos roxos em expressões de morte, um ou outro braço ou até uma perna para fora da massa humana. Eram tantos, e a maioria não estava se mexendo, gritando, nem respirando. Jamais poderia imaginar uma cena dessa. Parecia uma das mais terríveis representações do inferno. A cabeça de uma criança encravada sob a barriga de um homem. Um cachecol de uma mulher escorregando do seu rosto cinza e sem vida. Um braço dobrado num ângulo nem um pouco natural, emergindo entre dois corpos.

— Me ajuda a voltar! — gritou o policial, e, assim que conseguiu alcançá-lo, Ray agarrou seu braço e o puxou de volta por cima dos corpos, em segurança.

Penn estava pálido.

— Meu Deus do céu. Tem centenas de pessoas. Para muitas, não tem mais esperança. Precisamos de mais ajuda, e rápido. — Chamou um adolescente. — Corre até a delegacia. Manda eles enviarem todos os homens que puderem para cá, agora. — O garoto fez que sim e saiu correndo.

Ray o fez se sentar no meio-fio para recuperar o fôlego. Pouco depois, meia dúzia de policiais fardados chegam. Penn, esfregando o ombro num ponto em que era possível ver um hematoma se formando através de um rasgo na manga do casaco, foi até eles para informar o que sabia, enquanto Ray corria de volta para tentar ajudar. Eles começaram a trabalhar, removendo transeuntes e encaminhando-os para outros abrigos na região. Ao menos a sirene de ataque aéreo que soava na torre da igreja ao lado havia enfim se calado.

Mesmo depois que as autoridades chegaram, Ray se recusou a sair. Nellie podia estar lá embaixo, e ele não iria embora até encontrá-la em segurança. Ela *tinha* que estar em segurança. Não conseguia pensar em outra possibilidade. Ela havia trazido tanto amor e felicidade para sua vida. Nellie era o seu mundo inteiro. Outros homens também ficaram por ali, enquanto os policiais e outros socorristas se organizavam em equipes e começavam a desemaranhar as vítimas uma a uma, usando de força, quando necessário, para dobrar membros e retirar corpos, puxando-os pelos degraus para estirá-los na calçada.

E eram corpos, em sua maioria. Com o rosto roxo, esmagados e sem vida. Um policial pediu água, e uma loja nas proximidades foi aberta para buscarem baldes. O policial jogou água em algumas das vítimas.

— Talvez ajude a reanimar. Funcionou quando a minha mulher teve um desmaio.

Mas, daquela vez, não funcionou.

Em se aproximou de Ray outra vez.

— Eles não estão... mortos... estão? Só desmaiados, né?

Ele estava prestes a responder, quando alguém gritou.

— Tem uma viva, aqui!

Abriram espaço na calçada, e vários policiais trouxeram uma mulher que tentava respirar, com o rosto cinzento e em choque, sem entender o que estava acontecendo. Uma série de ambulâncias começou a chegar, as sirenes delas ocupando o espaço do alarme de ataque aéreo que havia parado pouco antes. Os paramédicos saíram para atender a mulher resgatada.

Ray olhou ao redor. Havia tão poucos sobreviventes. Seu olhar parou numa jovem cujo rosto estava esmagado de um lado, provavelmente pela bota de alguém. Não havia esperança para ela. Ele pegou Em pelo braço e a afastou dali, rezando para que não tivesse visto.

— Vem, Sra. Morris. Senta de novo, deixa eu olhar.

— Charlie... Nellie... Flo... George... — sussurrou Em, enquanto permitia que Ray a levasse de volta para o muro da igreja. O coração dele disparou. Todos eles podiam estar presos ali. O próximo corpo a ser retirado poderia ser de um deles. Poderia ser de sua Nellie.

E, se isso acontecesse e Nellie fosse trazida sem respirar, como seguiria em frente? Como poderia haver vida depois disso? Seria o fim de tudo, de todas as suas esperanças e sonhos, de tudo pelo que ele vivia. Nellie era sua alma gêmea. Ele piscou para afastar as lágrimas, enquanto tentava suprimir o pensamento.

Abriu caminho outra vez até a entrada com vigor renovado. Se houvesse alguma forma de retirar pessoas ainda com vida, então certamente faria o máximo para garantir que encontraria Nellie antes que fosse tarde demais.

22

— Cadê eles? — murmurou Nellie, em parte para si mesma, em parte para George, que apenas deu de ombros em resposta, deitado em seu beliche e concentrado na edição mais recente da revistinha *The Boy's Own Paper*.

— Não sei. Shhh, eu estou lendo uma história do Biggles. *Bum! Rá-tá-tá-tá-tá!* — Ele fez barulhos de batalha para acompanhar a história do bravo piloto de caça em combate aéreo na última guerra.

Nellie desceu do beliche e começou a andar pela plataforma. Não sabia por quê, mas estava com uma sensação ruim. Charlie, Em e Flo deveriam estar logo atrás deles, mas não havia mais ninguém entrando no abrigo. Tinha alguma coisa errada.

— Não pode subir, moça. — Um guarda que não conhecia estava vigiando o pé da escada rolante.

— Estou só procurando a minha família. Por favor, posso ver se eles estão chegando?

— Não, infelizmente não posso deixar você subir. Ainda tem gente entrando no abrigo, entende? E se você tentar subir vai atrapalhar o fluxo. — Mas Nellie não via ninguém descendo, e agora estava começando a ficar preocupada de verdade que alguma coisa tivesse acontecido. Não era do feitio da sua família demorar tanto. Sentiu o coração começar a bater acelerado.

— Billy Waters está lá em cima? Preciso falar com ele.

O guarda deu um pequeno passo para o lado, posicionando-se bem na frente dela e bloqueando seu caminho.

— Ele com certeza vai estar ocupado, moça. Você não pode subir e pronto. Agora volta para os beliches, como uma boa mocinha.

Nellie olhou feio para ele. Odiava ser tratada feito criança.

Mas, ao se virar para ir embora, outra mulher se aproximou do guarda.

— Eu preciso subir — avisou ela. — Estou me sentindo mal aqui embaixo. Preciso tomar um pouco de ar, e, de qualquer forma, acho que ouvi o sinal de que já está tudo bem.

— Você não pode subir, senhora. O sinal ainda não soou, pode deixar que eu aviso.

Devia ter algo errado porque, em geral, quando as pessoas paravam de descer, podiam subir de volta.

Começou a se sentir enjoada de tanta preocupação e, enquanto corria de volta até George, suprimiu uma onda de náusea.

— George, eles não estão me deixando subir. Tem alguma coisa errada. Posso pegar a lanterna e ver se a mamãe, o papai e Flo estão em algum outro lugar no abrigo?

Sua apreensão devia estar estampada no seu rosto, porque ela viu o irmão franzindo o cenho de preocupação.

— Vou com você — disse ele. — Deixa a sua roupa de cama aqui, para guardar lugar. De qualquer maneira, o abrigo não parece muito cheio, hoje.

Não, não estava cheio, outra coisa que não parecia certa. Quando chegaram ao abrigo, havia centenas de pessoas logo atrás deles, mas elas não pareciam ter descido.

— Os amigos da mamãe costumam ficar por ali, no túnel — observou Nellie. — Talvez eles tenham ido para lá.

— Vamos dar uma olhada, então — respondeu George. Mesmo ele, sempre tão feliz e sorridente, parecia confuso.

Enquanto andavam pela plataforma, conferindo os ocupantes de cada beliche, de repente Nellie ouviu um som de passos correndo.

— Sai da frente, moça — exclamou um homem, e ela e George se espremeram contra a parede do túnel para abrir espaço para uns dez policiais que corriam na direção da escada rolante.

— Anda, vamos ver para onde eles estão indo — chamou George, mas Nellie fez que não.

— Eles estão subindo, e não vão deixar a gente ir atrás. Em vez disso, vamos ver *de onde* eles vieram.

— Como assim?

— Bom, eles não estavam aqui embaixo quando a gente desceu. Como entraram? Não foi pela escada rolante. — Ela agarrou o braço de George e o puxou na direção de onde os policiais tinham vindo, passando pelos beliches deles e seguindo até o fim da plataforma. Todos os beliches ali estavam vazios.

Havia uma porta que nunca tinha notado antes, e estava aberta. Atrás dela, havia uma passagem escura.

— Acende a lanterna, George — pediu ela, e ele iluminou a passagem. — Parece que tem uns degraus aí. Aposto que é outra entrada. Para emergências, ou para manutenção, alguma coisa assim.

George a encarou.

— A gente vai subir, então? — perguntou ele.

— Vamos. Aconteceu alguma coisa, e quero saber o que foi. Vem. — Antes que ele pudesse responder, Nellie pegou a lanterna da mão dele e entrou pela porta, seguiu pela passagem e foi até o primeiro degrau.

— Caramba, mana. Não estou gostando disso, mas não vou deixar você ir sozinha. Estou logo atrás de você. — Nellie pegou a mão de George, pois não queria se separar de mais ninguém da família naquela noite. Os dois tinham de ficar juntos, precisavam um do outro.

Subiram os degraus de dois em dois, até terminar o primeiro lance de doze degraus, então fizeram uma curva para a direita e continuaram subindo, mais e mais. Os degraus sem dúvida levavam à superfície, pensou Nellie, quando começou a respirar com dificuldade, por causa do esforço. Não queria pensar na ideia de subir até o fim, só para descobrir que não dava para sair e ter de descer tudo de novo, só com uma lanterna para iluminar o caminho. E se alguém tivesse trancado a porta lá embaixo enquanto eles estavam na escada? Esse pensamento foi perturbador. O que fariam se ficassem presos e ninguém ouvisse seus gritos por socorro?

Não pensa assim, disse ela a si mesma.

E então eles fizeram mais uma curva e viram uma luz lá no alto, no fim do lance de escada seguinte. Havia uma escada de metal que dava para um bueiro aberto.

— Vamos sair — disse Nellie, subindo a escada, com George logo atrás.

Eles emergiram ao luar, no meio de uma rua deserta. Nellie olhou ao redor, tentando se orientar. Ouvia gritos distantes, e sirenes soavam em algum lugar próximo — não a sirene de ataque aéreo, mas de carros de polícia e dos bombeiros. Ela estremeceu. Parecia o desenrolar de um ataque aéreo durante a Blitz.

— Carlton Square — disse ela, reconhecendo onde estavam. A poucas centenas de metros da entrada do metrô. — Vem — chamou, trazendo George junto.

— Para onde agora?

— Para a entrada principal.

George correu, e Nellie tentou acompanhá-lo. Ao se aproximarem da entrada do metrô, ela viu uma multidão, muitos veículos, os ônibus que eles tinham visto desembarcando passageiros quando chegaram e...

— Ambulâncias! Ai, Deus, George, aconteceu mesmo alguma coisa, tem gente machucada...

— Não vai ser a mamãe e o papai, Nellie. Para de ficar nervosa — disse George, mas não havia convicção em suas palavras.

Ela percebeu que os paramédicos estavam carregando macas para a Igreja de São João. Deviam estar tratando os feridos lá dentro.

E então notou as pilhas no chão. Pilhas de roupas, sapatos... ainda com pés dentro... Havia pessoas deitadas na rua. Muitas delas estavam molhadas. Havia algo de estranho na cor dos seus rostos.

— Passa a lanterna para cá de novo, George — pediu ela.

George a entregou em silêncio. Ela iluminou o montinho de roupas mais próximo. Uma mulher com o casaco embolado na barriga. A boca aberta, a pele roxa.

— Ai, meu Deus. Ela está morta — sussurrou Nellie. Sentiu a bile subindo pela garganta.

— Estão todos mortos — acrescentou George.

Ela havia visto alguns cadáveres durante a Blitz, mas aquilo era diferente. Eles não tinham sinais de ferimentos, estavam apenas sem vida, imóveis. E eram tantos.

— Nellie! George! Ah! Meus queridos!

Nellie se virou ao ouvir seus nomes. Era Em! Nellie atravessou a rua e se jogou nos seus braços. *Ai, graças a Deus, graças a Deus. Mamãe está bem, mas...*

— Mãe! Cadê o papai e Flo?

— Eles não estão com vocês? — A expressão de Em mudou.

Nellie só conseguiu fazer que não com a cabeça. Quem respondeu foi George:

— Vocês estavam todos juntos... atrás da gente...

— Eles foram na frente...

— O que aconteceu aqui? Cadê eles? Flo, Flo, cadê você? — tentou gritar Nellie, mas sentiu a voz presa na garganta.

Desesperada, correu para a entrada da estação para encontrar Charlie e Flo. Mas não conseguia vê-los. Havia corpos caídos por toda parte, contorcidos em ângulos estranhos, com membros machucados esticados. As lágrimas começaram a escorrer pelo rosto diante de tamanho sentimento de impotência e assombro.

179

— Nellie! Ai, meu amor...! — gritou alguém. Para a sua grande surpresa, era Ray. Ele correu e a pegou nos braços, beijando freneticamente seu rosto. Por um instante, com ele a segurando, sentiu-se segura, um tanto protegida da confusão assustadora que a envolvera.

— Nellie, achei que o pior tinha acontecido... Achei que ia te tirar de lá de baixo... Ai, meu Deus, achei que você estava lá, que era um deles...

— Ray! A minha família... Não estou encontrando... o papai e Flo... — Nellie mal conseguia pronunciar as palavras em meio ao choro.

— Nellie, eu não vi os outros...

— George estava comigo. Mas e o papai e Flo?

— Eles ainda estão tirando gente. Alguns estão... vivos... — disse Ray, mas sua voz falhou, e ela entendeu, cada vez mais horrorizada, que a maioria não estava.

Mais equipes de resgate chegaram enquanto os dois conversavam, e eles foram afastados da entrada. Ray insistiu em ficar para ajudar e seguiu Nellie, que o levou até Em e George.

— Não estou entendendo — disse Em. — Vocês dois estavam mais na frente. Como vocês saíram? Ray disse que está tudo bloqueado lá embaixo, com...

Nellie não suportaria ouvir o que estava bloqueando a entrada. Só queria que aquilo tudo fosse um pesadelo e que ela acordasse no seu beliche, com Flo dormindo na cama debaixo da sua.

— Eu e George encontramos outro caminho. Tem uma saída de manutenção.

— Imagino que eles estejam trabalhando para tirar as pessoas no pé da escada — disse Em. — Eles vão encontrar Charlie e Flo, sei que vão, então temos que manter as esperanças.

George e Nellie a encararam, e ambos fizeram que sim solenemente, embora ninguém ousasse falar. Por enquanto, tudo o que podiam fazer era esperar e deixar a polícia, os guardas da Divisão de Precaução Contra Ataques Aéreos, os paramédicos e todos os outros serviços de emergência, ajudados por Ray e alguns outros militares de folga, fazerem o seu trabalho. Nellie abraçou a mãe e o irmão e os puxou para junto de si.

— Eles vão ser encontrados e vão estar bem — sussurrou novamente, embora não soubesse se ela própria acreditava nisso.

23

— Talvez tenham ido para casa. Talvez não tenham conseguido passar e simplesmente voltaram para casa — sugeriu Em com uma leve esperança na voz de que Charlie e Flo estivessem em segurança.

— É melhor conferir — murmurou Nellie, e George pulou do muro da igreja onde estavam sentados, parecendo aliviado por ter algo para fazer.

— Pode deixar. Vou rápido e já volto. — George não esperou por uma resposta, simplesmente saiu correndo.

Nellie mal se continha de preocupação e fez uma prece silenciosa, torcendo para que Charlie e Flo estivessem em casa, Flo dormindo, Charlie sentado na sala de estar, com o jornal e uma caneca de chá, esperando eles voltarem.

Segurou Em com força, e as duas mal se atreveram a respirar, enquanto George estava fora. Do outro lado da rua, Nellie via mais e mais vítimas serem retiradas, colocadas em macas e depois levadas. Algumas saíam de ambulância, e ela rezou para que fossem sobreviventes a caminho do hospital, mas muitas iam com o rosto coberto, levadas para a igreja atrás delas. Ficou boquiaberta diante do horror que via se desenrolar, parecia um pesadelo. Em a apertou um pouco, mas como aquilo poderia fazê-la se sentir melhor? De vez em quando, no entanto, tinha um vislumbre de Ray, trabalhando incansavelmente para libertar as pessoas, e, em meio àquilo tudo, sentiu-se orgulhosa de que o homem que amava estava ali para ajudar.

Lá embaixo, Billy sem dúvida estaria fazendo o mesmo do outro lado. Talvez houvesse mais sobreviventes lá. Talvez, quando os degraus fossem enfim liberados, será que eles todos não sairiam ilesos, Charlie e Flo entre os demais?

E então George voltou correndo. Ele não precisava dizer nada. Nellie viu a resposta estampada no seu rosto, a palidez. Ele fez que não com a cabeça.

— Eles... não estão em casa. Não vi nenhum sinal deles em lugar nenhum. — Ele se abaixou, apoiando as mãos nos joelhos para recuperar o fôlego.

Nellie sentiu um vazio no peito diante das palavras do irmão, a última chance real que eles tinham se fora. Olhou para George e se agarrou firmemente a Em, incapaz de encontrar palavras, de encontrar um jeito de se agarrarem a um último fio de esperança. Tudo o que podia fazer era sentar no ar frio da noite, lutando contra as lágrimas, que não ajudavam ninguém. A cada minuto que passava, tornava-se mais improvável que Charlie e Flo fossem encontrados vivos.

Por fim, Ray foi andando cansado até eles.

— Fiz tudo o que pude. Os últimos estão sendo retirados agora. Não vi o Sr. Morris nem Flo, mas isso não... quer dizer, eu não vi todos os rostos. Eram tantos...

— O que a gente faz agora? — sussurrou Nellie com a voz embargada. Não podiam voltar para casa e ir para a cama, como se nada tivesse acontecido. Havia outros como eles, sentados ou de pé, com o rosto pálido, perguntando-se onde estavam seus entes queridos. Parecia não ser real, ela não entendia nem sabia o que devia fazer. Era tudo tão avassalador.

Ray pegou sua mão e a puxou para os braços.

— Muitas vítimas foram levadas para a igreja. Podemos entrar, procurar o restante da sua família... Posso fazer isso, poupar vocês do...

— Não — retrucou Em. — Eu faço. É a minha família. — Ela se levantou trêmula, e George segurou seu braço para sustentá-la.

— Vou com você, mãe. Você não precisa fazer isso sozinha — disse Nellie, e Em fez que sim, cerrando os lábios com determinação.

— Eu fico com George, Sra. Morris — disse Ray, e Nellie agradeceu.

Lentamente, Nellie e Em foram até a igreja. Havia um policial na porta que as deixou entrar quando explicaram o motivo.

— Tem alguns na cripta e outros nos bancos — disse ele, e Nellie assentiu com a cabeça, tentando se preparar para serem confrontadas pela realidade.

De braços dados, sustentando-se mutuamente, Em a conduziu pelas fileiras de corpos. Todos tinham um cobertor ou uma peça de roupa tapando o rosto. Por alguns elas podiam passar sem olhar — qualquer um que não fosse obviamente Charlie ou Flo, mulheres e crianças de outro tamanho, qualquer um com roupas que claramente não fossem deles.

Mas alguns estavam completamente cobertos, e, nesse caso, Em teve que soltar Nellie, abaixar-se e levantar o cobertor para expor o rosto da pessoa. Um menino que parecia estar apenas dormindo. Uma mulher com feições escurecidas e esgotadas, os olhos ainda abertos. Um velho de roupas rasgadas com um arranhão no rosto. E o pior, uma jovem, quase irreconhecível, com o rosto parcialmente esmagado. Nellie fechou os olhos para bloquear o horror, mas ainda assim via cada um daqueles rostos sem vida em sua mente.

Ela e Em não eram as únicas pessoas ali à procura de entes queridos entre as fileiras de bancos. Dezenas de pessoas faziam a mesma coisa. Ocasionalmente, ouvia-se um lamento, quando alguém encontrava quem estava procurando, e, toda vez, Nellie ofegava em busca de ar, sentindo a dor daquelas pessoas e sabendo que era apenas uma questão de tempo até chegar sua vez.

Aquela cena, aquele horror a acompanhariam para sempre, atormentando-a, torturando-a, reaparecendo nos seus piores pesadelos enquanto vivesse. Para todos eles seria assim, Nellie sabia, para todos os que testemunharam ou foram atingidos, ou, como ela, escaparam por pouco.

Enquanto avançavam pela nave da igreja, Nellie parou. Calça marrom com bainhas que precisavam de ajuste, botas pesadas. O resto sob um cobertor cinza.

— Mãe? — chamou ela, baixinho.

— Ai, meu Charlie — exclamou Em ao se ajoelhar. Com reverência, ela puxou o cobertor para confirmar.

Nellie desabou no chão, as lágrimas se transformando em um choro terrível. O pai parecia estar dormindo, de olhos fechados. Queria sacudi-lo, acordá-lo, mandar se levantar, seu preguiçoso, e ajudar a procurar Flo. Mas sua cor estava errada, assim como sua posição deitado, ligeiramente retorcido. Então Nellie se deu conta de que, se Charlie estava ali, isso significava que encontrariam Flo por perto. Estariam juntos. Ele não a teria largado nem por um segundo.

Em se debruçou sobre o corpo do marido e o beijou, uma vez, na testa. Afagou o cabelo dele com uma das mãos.

— Obrigada, meu amor, pelo nosso casamento. Você foi tudo para mim. Vou te amar para sempre — sussurrou ela.

E então Em se levantou, trêmula, secando as lágrimas com um lenço, o rosto pálido, e começou a observar a igreja.

— Ali — exclamou ela, apontando para a primeira fileira de bancos, a poucos metros de distância. Um único sapatinho vermelho despontava sob um casaco masculino. Um par de meias brancas até o joelho, do tipo que toda criança usava, mas a da esquerda tinha um buraquinho perto do joelho, igual à de Flo.

— Não! Ai, não! A minha filhinha, a minha filhinha querida!

Em caiu de joelhos na nave da igreja, diante de Flo, e pegou o corpinho sem vida no colo. Nellie desabou ao seu lado, segurando a mãe e a irmã. Alguém deu um berro de angústia, um som agudo e penetrante, e levou um tempo para perceber que tinha vindo dela mesma. Os dois, Flo e o pai, tinham morrido, simples assim. Não fazia sentido. Aquilo não fazia o menor sentido! Em poucas horas, do nada, havia perdido duas pessoas da família. Como isso podia estar acontecendo?

Ela segurou Em com força, querendo desesperadamente voltar no tempo, de volta para quando ela era uma criança e não tinha preocupações na vida, antes da guerra, antes dos ataques aéreos, antes de a morte tocá-los com tanta crueldade.

Nellie não queria ver Flo, queria se lembrar dela do jeito que era antes, a criança animada, feliz e generosa que todo mundo amava. Em vez disso, olhou para o rosto perturbado da mãe, borrado pelo véu de suas próprias lágrimas. Soube então que nunca iriam se recuperar da perda de Flo e Charlie. Era uma tragédia enorme demais. Ficaram ali sentadas, ambos paralisadas de tristeza, chorando nos ombros uma da outra.

Havia um paramédico com uma prancheta nas proximidades, esperando para rotular Flo e Charlie, querendo colocar mais dois nomes na lista. Isso era tudo o que significavam para ele: corpos sem nome. E não pessoas que foram amadas e das quais suas famílias precisavam. Chorando convulsivamente, Em lhe disse os nomes, e ele escreveu em silêncio nos rótulos, com compaixão no olhar.

Nellie se forçou a olhar uma última vez para o rostinho de Flo.

— Ai, Flo. Você não tem ideia do quanto foi amada e da saudade que vou sentir. E papai... — sussurrou ela.

— Va... Vamos am... amar vocês... para sempre — concluiu Em, e Nellie fez que sim.

— Para todo o sempre.

24

Ray estava de pé com o braço nos ombros de George. Queria estar lá dentro com Nellie, apoiando-a durante aquela provação horrível. Era terrivelmente cruel que a sua família tivesse sido levada, principalmente a querida Flo, tão pequena, que ela adorava e idolatrava. Nellie nunca iria superar isso. Ele tinha certeza. Nenhum deles conseguiria.

— Eles morreram, não é? — perguntou o rapaz num tom neutro. — O papai e Flo.

— Ainda não sabemos — respondeu Ray, apertando seus ombros.

— Aquele grito na igreja. Era a voz de Nellie. — George esfregou a mão no rosto. — O que a gente vai fazer sem o papai? E Flo? Quando a gente achou que ela ia embora, era como se a família inteira estivesse desmoronando. Se ela tiver morrido... eu não sei como a mamãe e Nellie vão lidar com isso.

— Elas são fortes, George. E você também.

Ao redor deles, havia ainda muita gente se aglomerando, pessoas andando atordoadas e confusas, chamando amigos e parentes. A porta da igreja se abriu para alguém entrar e procurar seus entes queridos. Ray teve um vislumbre de Em e Nellie sentadas no chão, no fim do corredor, abraçadas e aninhando um corpinho.

Ele tentou virar, para George não ver, mas era tarde demais. O garoto soltou um lamento de partir o coração, e tudo o que Ray podia fazer era abraçá-lo, enquanto chorava. Não havia nada que pudesse dizer para ajudar.

— Eu... Eu briguei com o papai. Eu fui na frente... com Nellie... A culpa é toda minha — dizia George em meio ao choro.

— Nada disso. Você não tem culpa nenhuma.

Enquanto proferia essas palavras, Ray avaliou a cena por cima do ombro de George — o desenrolar da tragédia. Os serviços de emergência encerrando o trabalho. Policiais exaustos, sentados no chão, com o capacete do lado, a cabeça apoiada nas mãos. Ambulâncias ainda chegando num fluxo constante, levando em sua maioria apenas corpos. Os ônibus que haviam deixado tantas pessoas de uma só vez, muitas delas agora entre os mortos, ainda estavam estacionados na calçada.

Lá em cima, a lua brilhava num céu sem nuvens. Uma lua perfeita para um bombardeiro, mas não havia o menor sinal de bombardeiros alemães naquela noite. O ataque aéreo tinha sido um alarme falso. A morte de tantas pessoas fora totalmente desnecessária.

Olhou para o carro do capitão, cujo escapamento tinha estourado assim que ele havia chegado. Uma nova onda de pavor e horror o atingiu. *Meu Deus.* Será que foi ele quem causou o pânico que desencadeou aquilo tudo? No fim das contas, a culpa tinha sido *dele*? Sentiu-se frio e suando ao mesmo tempo ao pensar nisso. Não podia ser culpa dele... mas aquela mulher, a mulher gritando que eram os alemães atirando neles, correndo para a entrada junto com as hordas de pessoas que tinham acabado de descer do ônibus... Talvez ele *tenha* desempenhado um papel naquilo.

Tudo tinha começado com um ônibus. Perseguindo o ônibus que estava levando Flo embora. Se ele não tivesse feito aquilo, e se Flo tivesse sido evacuada como planejado, então ela estaria viva agora, segura, em algum lugar do interior. E não deitada fria e sem vida na igreja, com a mãe e a irmã chorando junto do seu corpo.

Ray entendeu que Nellie estaria sentindo essa mesma culpa. Ela havia iniciado a perseguição ao ônibus. Mais cedo ou mais tarde, certamente iria desejar ter deixado Flo ir embora.

Todos eles iriam enfrentar tempos difíceis pela frente ao tentar superar essa tragédia, se de fato fosse possível superá-la. Tudo o que Ray queria agora era uma chance de apoiar Nellie naquele momento da melhor forma possível.

Mas isso não seria possível. Ray ainda precisava contar a ela por que tinha vindo a Bethnal Green naquela noite. Depois do ocorrido, como ia dizer aquilo? Ela precisava dele, e, no entanto, ele não podia estar ali por ela.

25

Foram andando até em casa num silêncio atordoado, os quatro. Nellie e George de cada lado de Em, sustentando-a, enquanto ela cambaleava pelas ruas. E Ray ao lado de Nellie, com o braço nos ombros dela. Estava tarde. Já passava de duas da manhã quando entraram na Morpeth Street. Não havia ninguém por ali, e Nellie ficou agradecida por isso. Não queria ter de explicar para ninguém, ainda não. Tinha visto a família Waters mais cedo, em segurança, no abrigo, portanto eles ainda não sabiam o que havia acontecido. Exceto Billy. Horrorizada, ela percebeu que ele devia estar envolvido na tentativa de resgate ao pé da escada.

Nellie abriu a porta de casa, e Em meio que desabou para dentro.

— Vou direto para o meu quarto — avisou ela num tom monocórdio.

— Acho que também vou dormir — disse George. Estava com os olhos vermelhos.

Ela fez que sim e os viu subir a escada, aqueles degraus que Charlie nunca mais subiria, e que Flo nunca mais desceria sentada, degrau por degrau, rindo. A casa parecia estranhamente vazia e silenciosa sem eles.

— Tenta descansar um pouco — disse Nellie, baixinho.

E então ficaram só eles dois — ela e Ray, e, de repente, Nellie se deu conta de que nem sabia por que ele tinha ido ali, por que estava

193

em Bethnal Green, naquela noite. Mas estava grata pela presença dele e por ele ter feito tudo o que tinha feito.

— Senta aqui um pouco. Posso arrumar uma cama para você...

Ele balançou a cabeça.

— Não precisa. Eu... tenho que falar com você. Não quero ir embora assim, mas não posso ficar.

Ela olhou para ele e fez que sim, então o levou para a sala de estar. Era estranho estar naquela sala. Parecia tudo tão perfeito, terrivelmente normal, do jeito que sempre havia sido, mas nada jamais seria igual.

Ray olhou para a poltrona ao lado da lareira, a poltrona de Charlie, e escolheu outro assento. Nellie sentou num banquinho ao lado dele e o fitou de frente, vendo sua angústia espelhada na expressão dele.

Ele suspirou e pegou a mão dela.

— Nellie, não sei como dizer isso, não depois de hoje. Mas nós... nós estamos sendo realocados. Temos que nos mudar... amanhã. Alguns dos rapazes já foram.

— Para onde? — Ela não estava assimilando as palavras dele.

— Para outra base aérea. No interior. Não sei onde, mas eles me disseram que não vou poder vir a Londres, a não ser que tire uma licença de dois dias ou mais. — Ele balançou a cabeça, triste. — É longe demais.

— Longe demais? Você não vai poder vir me ver?

— Nellie, minha Nellie, toda vez que arrumar uma licença de dois dias, eu venho. Prometo.

— Mas... — *Mas eu preciso de você, agora mais do que nunca*, era o que ela queria dizer.

— Eu sei, isso não podia ter vindo em pior hora. Mas nós temos... um compromisso um com o outro. Vamos sobreviver a tudo isso. — Ele a envolveu num abraço. — Eu sei que vamos. Vamos sobreviver a essa tempestade.

— Papai e Flo se foram, e agora você está indo embora... — Nellie se sentia entorpecida diante de tanta dor. Se ele a amava, como podia fazer isso com ela?

— Se eu pudesse, você sabe que eu ficaria — argumentou ele com sinceridade. — Mas o meu primeiro dever é lutar pela liberdade. Não tenho escolha. Vim a Bethnal Green hoje para te contar.

— Eu estava me perguntando por que você tinha vindo. Você veio num dos ônibus que deixou aqueles passageiros todos ao mesmo tempo no abrigo? — perguntou ela, atordoada, tentando compreender o que ele estava dizendo.

— Não, eu... eu vim de carro. O capitão me emprestou. Ouvi a sirene de ataque aéreo e fui direto para o abrigo, para te procurar.

— Já tinha... morrido muita gente... quando você chegou? — Os detalhes eram dolorosos, mas, de alguma forma, Nellie sentia que precisava saber, precisava saber tudo sobre como o pai e a irmã haviam morrido. Talvez isso pudesse ajudá-la a compreender.

— Não... — respondeu Ray, soando um tanto hesitante —, mas o tumulto já estava se formando quando desci para te encontrar. Fui resgatado. Tive sorte, mas não entendi o que estava acontecendo. Estava tão preocupado que você estivesse presa na multidão, que você estivesse... — Sua voz falhou, então ele continuou baixinho: — Que você fosse tirada de mim. Eu te amo tanto, Nellie.

— Ah, Ray, eu também te amo. E nem acredito que você estava no meio daquilo. Eu simplesmente não consigo imaginar onde estaria se tivesse perdido você também — respondeu Nellie com os olhos ficando marejados. Era a primeira vez que percebia que a tragédia para ela poderia ter sido ainda pior. Poderia ter perdido Ray também sem nem saber que ele estava por lá.

Ray parou por um instante, olhando para as próprias mãos, unidas no colo dele.

— Ouvi uma mulher gritar que os nazistas estavam lá, atirando na gente. Nellie, estou preocupado... Foi por causa da porcaria do carro. O escapamento estourou quando eu estava estacionando, pareceu... pareceu um tiro.

— O quê? Foi isso que fez as pessoas entrarem em pânico?

Ray fechou a cara.

— Bom, definitivamente assustou uma mulher. Tinha também uns mísseis sendo disparados... eles estavam fazendo um barulho terrível. Acho que isso acabou assustando algumas pessoas.

Nellie não estava pensando nas armas. A população do bairro já conhecia o barulho dos canhões da artilharia antiaérea, e os mísseis novos sem dúvida não iriam fazer um som tão diferente assim. Ela própria nunca os tinha ouvido. Mas, se as pessoas acharam que os nazistas haviam pousado e estavam atirando, era de imaginar que isso provocaria uma debandada em direção à estação, causando quedas, esmagamento... e a perda da irmã e do pai.

— Então pode ter sido você que começou — concluiu ela, olhando lentamente para ele, ao compreender o que ele estava dizendo.

— Não acho que... — começou Ray, mas ela se virou e bateu nele, bem no peito, com a base da mão.

— Foi *você* que começou. Flo, o meu pai, toda aquela gente na igreja, todo mundo pálido e sem vida. Todo mundo... aquele monte de gente morta, porque o escapamento *do seu carro* estourou! — As emoções borbulhavam dentro dela, e sua raiva irrompeu. A coisa toda poderia ter sido evitada se Ray não tivesse vindo.

— Não, Nellie, escuta...

Mas deu uma pancada débil no seu peito, chorando, o coração partido por todas aquelas almas, pela sua irmãzinha querida, pelo seu pai, pela sua mãe e pelo seu irmão, que também estavam com o coração despedaçado e tentando entender tudo o que havia acontecido.

— Você... Você... Foi *você*! — gritou ela.

Ele se deixou golpear, então pegou os pulsos dela para detê-la e tentou puxá-la para perto de si.

— Nellie, não... O escapamento estourou, a mulher gritou, mas...

— Foi você — repetiu ela, espumando de raiva, enquanto se afastava dele. Ray não era um herói, foi ele quem começou tudo aquilo. Ela se levantou e o encarou horrorizada. — Você *sabia* que o escapamento daquele carro estourava! Você podia ter... — ela fez um gesto amplo com a mão — ... estacionado mais longe. Não arriscado... assustar as pessoas. A culpa é *sua*... A minha irmã, o meu pai...

Nellie o encarou sem reconhecer o homem que tinha diante de si. Foi ele o responsável por tudo aquilo, o homem que destruiu sua família e tantas outras. Tantos morreram em vão, e todas mortes evitáveis, se ao menos Ray não tivesse chegado com aquela porcaria de carro tão perto da entrada da estação.

— Nellie, querida — disse Ray, levantando-se e estendendo a mão para ela.

Mas ela não podia, *não podia*... Pouco antes, Nellie tinha precisado ser segurada por ele para encontrar forças que a ajudassem a lidar com aquela perda. Agora precisava se afastar dele. Para muito, muito longe dele. Ray era o responsável por aquilo, e ele a estava abandonando para lidar com a situação sozinha. Nellie tremia de raiva.

Com as mãos estendidas para afastá-lo, caso tentasse se aproximar, ela recuou.

— Não, não, não! — exclamou ela, e o choro começou a subir pela garganta mais uma vez, sufocando-a, dominando-a. Só conseguia pensar em como queria que ele fosse embora, para longe da sua casa, de Bethnal Green, das pessoas por cujas mortes havia sido responsável. Para longe de tudo, para longe dela. — Vai. Vai embora.

Some *daqui*! Não posso... Não posso... Não quero falar com você... nunca mais! — gritou ela antes de desabar na poltrona mais próxima, a de Charlie, e esconder o rosto nas mãos e deixar o choro chegar. Naquele momento, só havia ela e sua dor, e isso preenchia o mundo inteiro.

— Nellie, por favor, por favor, querida, me deixa... — Ray pousou a mão em seu ombro, mas ela o afastou. Não havia nada que pudesse fazer ou dizer que fosse melhorar as coisas com a mulher que amava. Vê-la sentada daquele jeito, chorando convulsivamente, com a vida dilacerada, era de partir o coração. Sobretudo sabendo que ele possivelmente havia causado aquilo tudo, que poderia ter sido ele quem tinha iniciado o pânico que matara o pai e a irmã dela. E todos os outros. E agora não podia nem continuar por perto para apoiá-la durante as semanas difíceis que ela teria pela frente lidando com tamanha perda.

Ray amaldiçoou em silêncio que a mudança de base tenha ocorrido justo naquele momento. E então se lembrou mais uma vez de que, se não tivesse vindo a Bethnal Green para contar isso a ela naquela noite, talvez as pessoas não tivessem sido esmagadas na entrada do abrigo. O escapamento do carro havia assustado aquela mulher, mas devia ter acontecido outra coisa, não? Só aquele barulho poderia ter causado a tragédia? Como iria viver consigo mesmo se a culpa de fato tivesse sido toda sua? Era um peso terrível.

Olhou para Nellie, que estava aos prantos. Como queria pegá-la nos braços... Estendeu a mão para ela novamente, e ela olhou para cima, com o rosto marcado pela dor.

— O que você ainda está fazendo aqui? Anda! Vai embora! — Ela o empurrou com raiva, e ele se afastou.

Nellie precisava de tempo e espaço. Uma chance para viver seu luto e encontrar uma maneira de superar aquilo tudo, se é que isso era possível. Decidiu que iria escrever para ela assim que pudesse, assim que tivesse o endereço da base aérea pra onde ia. Eles superariam aquilo. Tinham de superar. Nellie era tudo para ele. Tudo. Não podia perdê-la.

26

Nellie chorou até dormir no sofá, então acordou com frio e com o corpo dolorido quando a luz da manhã entrou pelas janelas. A primeira coisa que pensou foi que ninguém havia fechado as persianas e que Charlie ia ficar furioso... E então a lembrança veio.

Ray não estava ali. A garganta dolorida foi uma lembrança de como havia perdido a paciência e gritado com ele para que fosse embora. Mas Ray não era sua prioridade agora. Ela, George e a mãe tinham de se manter unidos. Nellie teve dificuldade de acreditar que agora sua família se resumia a apenas três pessoas. Levantou-se, com os membros rígidos e doloridos, as roupas do dia anterior amarrotadas, e subiu a escada. Foi até seu quarto, que dividia com Flo e que dava para a rua. Em estava lá, aninhada na cama de Flo, com o rosto na camisola da menina e o braço envolvendo a boneca dela.

Estava acordada.

— Dormi aqui. Quer dizer, tentei. Acho que só consegui fechar os olhos por meia hora. Ouvi você discutindo com Ray.

— É, a gente brigou. Ele foi embora. — Nellie não ia, em hipótese alguma, contar o motivo da discussão.

— E George, ele está bem? — O tom de Em era vazio e sem vida.

— Vou ver — respondeu Nellie.

George ainda estava dormindo no quarto ao lado. Nellie deixou o irmão e foi lavar o rosto e trocar de roupa, então se encaminhou até a cozinha para botar a chaleira com água no fogo. Um minuto depois, Em foi atrás dela e pegou o pão e a margarina.

— Não parece real, não é mesmo?

— É, parece um pesadelo.

Nellie se deixou cair numa cadeira à mesa da cozinha.

— Come alguma coisa, querida — pediu Em.

— Não vou conseguir. — Nellie só queria ser deixada em paz.

Em ficou em silêncio por um instante, passando margarina numa fatia de pão para si mesma, então olhou para Nellie.

— Sobre o que vocês discutiram?

— Não é da sua conta, mãe.

— Não? Eu só acho que ele te ama, e que você vai precisar dele por perto, não afastado.

Nellie sentiu a raiva tomar o controle novamente, assim como na noite anterior, com Ray.

— Você não entende. Você nunca vai entender. — E ela não ia contar o que Ray tinha lhe dito. Nellie iria carregar sozinha o peso daquela informação.

— Já que ele não está aqui, você precisa falar comigo — insistiu Em.

— Pelo amor de Deus. Para de me dizer o que fazer! — gritou Nellie.

Naquele instante, perturbado pelo barulho, George apareceu na cozinha e olhou para elas.

— Mãe, Nellie, não briguem, não consigo...

— Agora você também vem me dizer o que eu posso ou não fazer. Calem a boca, vocês dois, e me deixem em paz! — Não podia passar nem mais um minuto naquela casa. Pegou o casaco e saiu, batendo a porta.

Nellie seguiu pela Morpeth Street e virou a esquina, sem pensar aonde estava indo ou por quê. Pensou no que Ray tinha dito. Sob o sol frio da manhã, arrependeu-se do jeito como havia gritado com ele, mas não podia acreditar que ele iria abandoná-la num momento daqueles. E agora a única pessoa a quem queria recorrer para buscar consolo tinha ido embora; mas, se fosse verdade que a culpa havia sido dele, não sabia dizer se seria capaz de perdoá-lo.

À sua volta, tudo parecia normal, só mais uma manhã movimentada no East End. Algumas pessoas passaram por ela com uma expressão atordoada e de espanto no rosto, mas, tirando isso, era como se nada de incomum tivesse acontecido. Diferente de quando havia um ataque aéreo, e o ar ficava empoeirado, e havia casas recém-destruídas para marcar o que tinha acontecido.

Mas a tragédia havia acontecido, e, de repente, Nellie queria entendê-la por completo. Queria saber a causa, o que ia ser feito a seguir... Seus passos a levaram em direção à prefeitura, e ela decidiu que podia muito bem trabalhar, que aquela era a melhor oportunidade que tinha de encontrar respostas.

Diante dos degraus da prefeitura, respirou fundo para controlar a emoção e entrou, forçando-se a agir normalmente, a não chorar.

Lá dentro, havia muitos membros do Conselho Distrital e outros funcionários públicos circulando, todos com uma expressão séria no rosto. A Sra. Bolton estava andando pelo corredor quando viu Nellie.

— Ai, graças a Deus você veio. Não sabia se você tinha ficado presa no... no acidente, no abrigo da estação, ontem à noite. — Ela olhou para o relógio. — Vai ter uma reunião daqui a cinco minutos. É uma reunião sigilosa, mas preciso de você lá dentro para fazer a ata. Lá em cima, na sala de conferências. Te vejo lá. — Ela ofereceu um sorriso contido para Nellie e seguiu adiante.

Nellie subiu a escada depressa, porque, se parasse para refletir sobre o que tinha acontecido, iria desabar, e não queria fazer isso ali, naquele momento. Não até ouvir o que seria dito naquela reunião.

Entrou na sala da prefeita, pendurou o casaco e pegou caderno e caneta, sentindo-se entorpecida, mas ciente de que precisava fazer aquilo para descobrir a verdade.

Na sala de conferências, o clima era sombrio enquanto as pessoas chegavam e ocupavam seus lugares ao redor da grande mesa em silêncio. Nellie ficou num canto atrás da prefeita, com o bloco de notas no colo. Ela observou as pessoas reunidas — alguns rostos eram familiares, outros, não. Alguns pareciam aflitos, como se também tivessem perdido entes queridos. A sala pareceu girar, e sua mente não parava de repetir a última conversa que havia tido com Ray, para então se desviar e imaginar o momento em que voltaria para casa do trabalho, no fim da tarde, mas Flo e Charlie não estariam lá. Nada daquilo estava certo, parecia tudo ao contrário.

— Obrigada a todos por terem vindo tão cedo, com tão pouca antecedência — começou a Sra. Bolton, dando início à reunião. — Todos vocês devem saber que houve uma tragédia ontem à noite no abrigo da estação de metrô de Bethnal Green. Temos que dar início a uma série de providências, entre elas um inquérito sobre o que aconteceu e como podemos evitar que isso se repita. E temos que decidir como vamos comunicar a população a respeito disso. Mas, em primeiro lugar, deixe-me apresentar todo mundo, pois sei que nem todos vocês se conhecem ainda.

Nellie tentou se concentrar, prestando atenção nos nomes, à medida que a prefeita apresentava as pessoas. Já conhecia alguns dos membros do Conselho Distrital de Bethnal Green. Além deles, estava presente Sir Ernest Gowers, chefe da Defesa Civil de Londres — ela havia datilografado algumas cartas para ele, mas não o conhecia pessoalmente. E o Sr. Ian Macdonald Ross, assessor do ministro do Interior, Herbert Morrison, estava tomando notas para o governo.

Daquele ponto em diante, quem conduziu a reunião foi Sir Ernest Gowers.

— Certo. Em primeiro lugar, devo dizer que, por enquanto, *tudo* que for dito nesta sala *não* pode sair daqui. Até termos determinado a melhor forma de... aham... apresentar isso para a população em geral, temos que ficar calados. Morreu muita gente ontem... — diante do comentário, Nellie teve que engolir em seco com força e reprimir o choro, num esforço para se recompor — ... e não devido à ação inimiga, e a última coisa que queremos é que as pessoas fiquem com medo de usar os abrigos públicos. Também não podemos afetar o moral das pessoas nem entregar ao inimigo material para propaganda.

Ele fitou cada uma das pessoas ao redor da mesa até todos fazerem que sim.

— À primeira vista, parece que a causa foi um pânico em massa nos degraus que levam ao abrigo. A pressa e o empurra-empurra provocaram um esmagamento do qual as pessoas não conseguiam se desvencilhar.

Nellie o encarou. Pânico causado pelo escapamento do carro de Ray e as pessoas achando que eram tiros e que os alemães tinham desembarcado? Se tinha sido de fato essa a causa, era o seu pior pesadelo, o homem que amava havia provocado aquilo, tirando dela seus parentes mais queridos.

— Estou com a contagem atualizada de mortos aqui — continuou Sir Ernest. Ele olhou para baixo para consultar suas anotações, então engoliu em seco, antes de continuar. — Lamento dizer que cento e setenta e três vidas foram perdidas. Boa parte delas, sessenta e duas, eram crianças.

Quando ele leu o número, algumas pessoas arfaram alto na sala. Ao redor da mesa, alguns baixaram a cabeça em respeito, fazendo orações silenciosas pelas vítimas. Nellie piscou para afastar as lágrimas e escreveu o número cuidadosamente em seu bloco de notas, desenhando uma caixa em torno de "173". Mesmo tendo visto os corpos dispostos na igreja junto com os do pai e da irmã, não tinha noção de quantas pessoas tinham morrido. Não naquele pequeno espaço, naqueles dezenove degraus. E muitas eram crianças, como Flo. Crianças que tinham a vida inteira pela frente. Tentou fingir que aquilo não passava uma história acontecendo com alguma personagem fictícia num filme que tinha visto no Empire, e não com ela. Não parecia real e, embora o Conselho Distrital estivesse reunido para tentar dar conta da situação, ela ainda não conseguia compreender como aquilo tinha acontecido.

— Além disso, dezenas de pessoas ficaram feridas e estão sendo tratadas em diversos hospitais — continuou Sir Ernest, pouco depois.

O Ministério do Interior iria instaurar um inquérito para determinar exatamente o que havia acontecido. Sobreviventes e socorristas seriam interrogados minuciosamente. A Sra. Bolton se virou para Nellie e sussurrou:

— Vou querer que você participe disso e tome notas. Vai ser terrível, não tenho dúvidas, mas tenho certeza de que você vai fazer um bom trabalho.

Nellie a fitou e sentiu o sangue gelar diante dessa perspectiva. Não fazia ideia de como iria aguentar ouvir os relatos das pessoas envolvidas. Ouvir como Flo e Charlie tinham morrido ia ser demais para ela.

— Ouvi dizer que foram os comunistas que começaram o pânico — comentou um membro do conselho.

Outro balançou a cabeça.

— Não, foi a visão de bombardeiros alemães sobrevoando. Você não ouviu as bombas caindo?

— Não caiu bomba nenhuma em Bethnal Green ontem à noite — afirmou a prefeita com severidade. — Isso já foi comprovado.

— Vamos considerar todas as hipóteses durante o inquérito — disse Sir Ernest. — E devemos tomar medidas imediatas para melhorar a entrada no abrigo.

Nellie se sentiu enjoada e impotente diante dessas palavras. Esse era o tipo de tragédia terrível que o Sr. Smith, o engenheiro, temia que pudesse acontecer. Não uma perna ou outra quebrada, mas um esmagamento em massa, centenas de vidas perdidas em instantes. E tudo poderia ter sido evitado se eles tivessem recebido a verba de que precisavam para aprimorar a segurança na entrada da estação.

Seus olhos cruzaram com os da Sra. Bolton, e a prefeita pigarreou para pedir a palavra.

— Senhor, devo lembrar-lhe que o Conselho Distrital de Bethnal Green solicitou diversas vezes autorização e verbas à Defesa Civil para promover melhorias na entrada da estação.

Nellie suprimiu o choro e se forçou a continuar ouvindo, enquanto a prefeita falava. Eles tinham mesmo sido alertados, mas não fizeram nada. E, como resultado, muitos morreram desnecessariamente.

— Mas não recebemos a verba solicitada. Nós previmos que poderia ocorrer uma tragédia... — Sir Ernest levantou a mão e a interrompeu:

— Agora não é hora de apontar culpados, senhora prefeita. Vamos ter de aguardar o inquérito completo. — Ele olhou para todos ao redor da mesa, como se estivesse desafiando mais alguém a falar. — E agora... temos muitas vítimas a serem identificadas para podermos informar suas famílias para que possam organizar os enterros.

A reunião chegou ao fim, e Nellie correu de volta para a sala da prefeita, não querendo ficar nem mais um minuto ali, ouvindo aqueles homens falarem.

— Você não pode falar nada sobre isso para ninguém, Nellie. Nem para a sua família. Não por enquanto — alertou a Sra. Bolton. — Sei que é difícil, com tantos mortos, e rezo para que não haja ninguém que você ou eu conheça entre eles. Mas, como disse Sir Ernest, não podemos correr o risco de afetar o moral da população neste momento.

Nellie fez que sim e colocou uma folha em sua máquina de escrever. E então parou e ficou olhando para as teclas, mas sem enxergá-las propriamente. "Você não pode falar nada sobre isso... nem para a sua família", dissera a Sra. Bolton. A Sra. Bolton, que poderia ter pressionado mais para conseguir aquela verba, que poderia ter desviado fundos gastos em outros setores do distrito... As comportas se romperam dentro dela, e Nellie puxou o papel da máquina de escrever, amassou numa bolinha e arremessou para o outro lado da sala.

— Eles negaram a verba, Sra. Bolton! A culpa é deles, a culpa é toda deles! Nós não precisamos dessa porcaria de inquérito. Só o que precisamos é que eles vejam a carta que mandamos, que eu mesma datilografei, e a resposta deles. Foram eles, foram todos eles! Foram eles que mataram aquelas pessoas, eles que mataram elas!

Estava chorando copiosamente agora, incapaz de se segurar. A prefeita pareceu surpresa com o desabafo. Ela que se danasse, que visse tudo, pensou Nellie, que soubesse a tristeza que a Defesa Civil de Londres havia causado a ela e à sua família.

— Nellie, você... Sua família... está...? — A compreensão ficou estampada no rosto da prefeita.

Nellie só conseguia balançar a cabeça, lembrando-se dos corpos sem vida de Charlie e de Flo na igreja. Pensou então em como havia gritado com Em e George naquela manhã — com a única família que lhe restava. Eles deviam estar juntos, e não brigando um com o outro. Ficou sentada ali, as lágrimas escorrendo pelo rosto, enquanto a Sra. Bolton a encarava.

A prefeita foi até sua mesa e pegou uma folha, uma lista de nomes de mortos confirmados, e passou o dedo por ela.

— Ah, meu amor. Seu pai, sua irmã... Ah, Nellie, o que você está fazendo aqui hoje? Você tinha que estar com a sua mãe em casa. — A Sra. Bolton se aproximou de Nellie e pousou a mão em seu ombro. — Anda. Vai para casa.

Apática, Nellie se levantou e colocou o casaco. A prefeita tinha razão. Tinha que estar em casa naquele momento.

27

Nellie saiu da prefeitura atordoada, descendo os degraus na entrada como havia feito tantas vezes antes, mas agora era diferente. Era a primeira vez que voltava do trabalho para uma casa sem pai, sem Flo. Não parecia certo. Nada voltaria a ser como antes.

Ao tomar o caminho de casa, um homem se aproximou dela.

— Com licença, a senhorita trabalha na prefeitura? Vi a senhorita saindo do prédio agora há pouco. — Nellie se virou e viu um homem de chapéu com cerca de 40 anos e olhos que pareciam cansados, como se tivesse passado a noite em claro.

— Hmm, trabalho — respondeu ela.

— Posso perguntar fazendo o quê?

— Sou assistente da prefeita.

— Então a senhorita sabe alguma coisa do que aconteceu ontem à noite? — Ele pareceu ansioso ao fazer a pergunta. Nellie fez que não com a cabeça lentamente, preocupada com o que fazer. Não queria mentir, mas o aviso repetido da prefeita de que não falasse nada para ninguém ainda ressoava em seus ouvidos.

— Na verdade, não. Sinto muito, tenho que ir... — Tudo o que queria era voltar para casa, para Em e George. Apertou o passo, mas o homem continuou ao seu lado.

— Desculpa. Não cheguei a me apresentar. Meu nome é Stan Collins, sou jornalista do *Daily Mail*. Sei que aconteceu alguma coisa ontem no abrigo, mas ninguém quer me dizer o que houve.

— Sinto muito, Sr. Collins, não posso... — começou ela, mas ele ergueu a mão para interrompê-la.

— Tenho um interesse pessoal nisso, entende? Meu pai sempre usa aquele abrigo. E ele está desaparecido. Não está em casa, não foi para o trabalho. Ninguém o viu desde ontem à noite. Então... eu só quero saber, para o caso... — Ele se calou, mas os seus olhos lhe imploraram que dissesse alguma coisa.

Ela o fitou, e ele continuou:

— Preciso saber se ele pode estar ferido. Mas procurei nos hospitais locais e na polícia. Eles disseram que não têm nenhum registro dele, mas eu sei que estão escondendo alguma coisa, eu sei. Não sei o quê, mas estão... — Ele deu um suspiro. — Passei a noite toda acordado, senhorita...?

— Morris. Nellie Morris.

— Srta. Morris. Estou preocupado. E já encontrei outras pessoas que também estão procurando amigos e parentes. Se houve um acidente... não precisamos todos saber? — Ele pousou a mão macia em seu braço.

O pai dele, percebeu ela, podia ser um dos que estavam na igreja, aguardando identificação. Isso certamente ela podia dizer a ele, para que pudesse ir até lá, descobrir por conta própria. Se ele tinha perdido o pai, assim como ela, então precisava saber, e, quanto antes, melhor. Relembrou a agonia da noite anterior, quando ainda não sabiam se Charlie e Flo estavam vivos ou mortos. O Sr. Collins estava passando por isso naquele momento, uma situação insuportável.

Ela parou de andar e se virou para ele.

— Sr. Collins, eu sei um pouco sobre o que aconteceu. Vai ter uma investigação completa para identificar as causas de tudo. Por enquanto, o Ministério do Interior está pedindo que ninguém fale nada até... bom, até eles decidirem como isso deve ser comunicado à população.

— O Ministério do Interior? Por que eles estão envolvidos? Foi alguma coisa séria?

Ela fez que sim. Ele iria entender a extensão da situação mais cedo ou mais tarde.

— A população tem o direito de saber. *Eu* tenho o direito de saber o que aconteceu com o meu pai.

— Tem. Eu perdi o meu próprio pai ontem à noite. E a minha irmã. — Nellie não tinha a intenção de contar isso a ele, mas, de alguma forma, as palavras simplesmente lhe escaparam.

— Meu Deus. Sinto muito. O seu pai *e* a sua irmã? Meu Deus. Mas como? Até onde eu sei, não caiu nenhuma bomba.

Ela olhou para ele. O Sr. Collins tinha os olhos tristes, preocupados, assustados. Ele merecia saber, independentemente do que a Sra. Bolton tinha dito. Nellie respirou fundo.

— Houve um esmagamento na entrada da estação, quando a sirene de ataque aéreo tocou. Muita gente... faleceu. Tem muitas vítimas na Igreja de São João, e talvez... o seu pai... esteja lá.

— Um esmagamento?

— Eles acham que talvez as pessoas tenham... entrado em pânico, por algum motivo, quando estavam descendo os degraus. — Ela não ia falar para ele o que poderia ter causado o pânico. — Vai ter um inquérito completo a respeito.

— Quantos, quantas pessoas morreram?

— Não posso dizer. Escuta, Sr. Collins, pediram que não falássemos disso. Não publica isso no seu jornal, tá legal? Eu ia arrumar problemas... — implorou ela, preocupada de já ter falado demais e se metido em apuros. Agora que era a única pessoa da família com emprego, precisava desesperadamente mantê-lo para sustentar Em e George.

— Você falou Igreja de São João, não é? Vou lá... procurar por ele... — O Sr. Collins olhou para os pés. — Obrigado, Srta. Morris. A senhorita foi muito útil e gentil. Meus pêsames. Tenha um bom dia.

Ele levantou o chapéu para ela com educação e seguiu em direção à igreja. Nellie o observou com compaixão, sabendo o que estava prestes a enfrentar se o pai estivesse de fato entre os que se encontravam na Igreja de São João. Ela estremeceu ao se lembrar do momento terrível em que viu o rosto sem vida de Flo, o som do grito que emergiu dela, o jeito como Em havia desabado em seus braços. Nellie se apressou até em casa, sentindo-se esgotada.

Ao chegar, encontrou a mãe sentada na sala de estar. Em mal olhou para ela quando entrou, e Nellie caiu de joelhos na sua frente, segurando suas mãos.

— Mãe? Me desculpa.

— Pelo quê? — Em a fitou com os olhos vermelhos.

— Por hoje de manhã. Eu não devia ter gritado com você. A gente precisa...

— Não sei o que a gente precisa fazer. — Em estava com uma voz neutra, exausta pelo peso da dor.

— Ficar unido. Ajudar uns aos outros. É o que a gente precisa fazer.

— Os jornais da tarde estão dizendo que foi uma bomba.

— Não teve bomba, mãe. Vou fazer um chá e depois contar o que ouvi na prefeitura.

Nellie foi até a cozinha e colocou a chaleira com água para ferver. Pela janela, viu George lá fora, no banco, com Rosie nos braços. Torceu para que, de alguma forma, as galinhas estivessem lhe dando algum conforto. Oscar pressionou o focinho na mão dela e deu um ganido. Ele também sentia que algo estava muito errado.

Ela levou o chá para a sala de estar e, apesar de a Sra. Bolton ter avisado que não dissesse nada, contou a Em tudo o que tinha ouvido na reunião daquela manhã.

Ouvir que o Ministério do Interior estava envolvido, que haveria um inquérito completo para identificar as causas da tragédia, pareceu trazer um pouco de conforto a Em.

— Vão garantir que isso não vai mais acontecer em outros abrigos — comentou ela. — Então o meu Charlie e Flo não terão morrido em vão.

— Pois é. E eles vão fazer algumas melhorias na entrada do abrigo aqui. Acho que já começaram hoje. — Nellie sentiu o peito se comprimir só de pensar em ter de voltar para lá. Não sabia como poderia lidar com aquilo, sobretudo tendo de descer aqueles mesmos degraus, perguntando-se onde Charlie e Flo estavam quando tudo aconteceu.

— Mesmo assim, nunca mais vou entrar naquele metrô. Não depois do que aconteceu. Nós vamos para o abrigo dos arcos da ponte ferroviária, se houver outro bombardeio. — Então Em ficou calada, franzindo a testa.

Nellie fez que sim. A mãe tinha razão, não podiam voltar para o metrô. Nunca mais.

— O que causou o esmagamento? Eu quero saber. O que provocou isso? — perguntou Em, parecendo confusa.

Nellie respirou fundo.

— Estão dizendo... que as pessoas entraram em pânico e houve empurra-empurra.

— Mas o que provocou o pânico? Quando se pensa em todas as outras vezes que as pessoas entraram sem problemas... Eu não entendo — disse Em.

Nellie só conseguia morder o lábio e balançar a cabeça. Ela compreendia, mas saber a verdade só lhe trazia ainda mais dor, uma dor insuportável. Foi para a cama, desesperada para que o sono viesse, para escapar daquilo ao menos por algumas horas. Mas, ao se deitar, sentiu o peso da ausência de Flo, o quarto tão dolorosamente vazio sem ela na outra cama. E, toda vez que tentava fechar os olhos, pensava na briga que havia tido com Ray, em como tinha agido de forma tão terrível com ele, mas no quão magoada estava por ele a ter deixado.

28

Dois dias depois, chegou uma carta para Nellie. Ela reconheceu a caligrafia de Ray imediatamente e sentiu o estômago revirar de ansiedade quanto ao seu conteúdo. Precisava ter notícias dele, mas, ao mesmo tempo, temia o que ele poderia dizer. Correu para o andar de cima com a carta, rasgando o envelope antes de chegar ao quarto e batendo a porta ao entrar.

Desdobrou a única folha com mãos trêmulas e começou a ler. Como esperava, Ray começou dizendo que sentia muito que eles tivessem de se separar de forma tão drástica, mas que não acreditava que o barulho do escapamento pudesse ter sido a única causa do pânico. Ele deu seu endereço novo — uma base aérea em algum lugar nas Midlands, no interior do país — e pediu que ela lhe escrevesse assim que pudesse. Nellie leu a última parte por entre uma névoa de lágrimas.

Estou com tanta saudade e só posso dizer mais uma vez que sinto muito pelas suas perdas. É impossível superar por completo uma coisa dessa, mas espero que um dia a dor comece a diminuir e que você entenda que a vida continua.

— A vida continua? Sem a minha irmãzinha e o meu pai, e com a minha família agora tendo que sobreviver só com a minha renda e o dinheiro dos ovos de George? Você não tem ideia, Ray Fleming. Não tem a menor ideia. — Ela amassou a carta e a jogou do outro lado do quarto. "Que um dia a dor comece a diminuir?" Pois só aumentava, dilacerando-a, preenchendo-a por inteiro. Estava sofrendo profundamente, mas também com raiva de Ray por seu papel na tragédia, e ainda mais raiva com a injustiça de tudo aquilo. Será que um dia iria acordar e não sentir uma sensação avassaladora de perda? O buraco em sua vida deixado pelas mortes de Charlie e Flo ameaçava engoli-la.

Respirou fundo, pegou a bolinha de papel e leu a carta de novo, tentando descobrir se ele queria que o relacionamento deles continuasse ou não. Tudo o que ele havia pedido era que ela escrevesse uma resposta quando achasse que podia. Uma parte sua não queria vê-lo nunca mais, pois, cada vez que olhasse para ele, saberia o que tinha feito, como inadvertidamente havia destruído sua família. Mas uma parte maior sentia tanta saudade dele, ansiava por ter o peso de seus braços tranquilizadores ao seu redor, a sensação de segurança, colar o rosto em seu peito. Se ela não tivesse corrido atrás do ônibus naquele dia, jamais teria conhecido Ray. E Flo ainda estaria viva. Ela já havia pensado que uma vida sem Ray seria intolerável. Mas a vida que tinha pela frente sem a presença ensolarada de Flo era um destino ainda mais cruel.

— Como você está? — quis saber Babs. Não era a primeira vez que lhe perguntava isso. Nellie tinha sorte de ter uma amiga próxima assim nos últimos dias, oferecendo-lhe um ombro para as lágrimas constantes. Estavam sentadas no banco do quintal, enquanto as galinhas de George bicavam a terra junto aos seus pés. A carta de Ray que tinha recebido pela manhã ainda estava fresca na memória.

Nellie deu de ombros.

— Não está ficando mais fácil. Quem sabe... depois do enterro...

Babs a abraçou.

— Só de pensar... que estávamos lá embaixo, sem nem imaginar. Quando você foi procurar por eles e não voltou, eu fiquei preocupada, mas achei que talvez estivessem todos em outra parte do abrigo. Ainda não dá para acreditar que morreu tanta gente.

— Eu sei.

— Vou a um enterro amanhã. Uma moça da minha fábrica. Não a conhecia muito bem, mas quero... sabe como é. Prestar homenagem. Ela não tinha uma família grande. — Babs suspirou. — Imagino que você não queira ir a nenhum enterro além... — Ela se interrompeu e olhou para Nellie com simpatia.

Nellie limpou uma lágrima. Achou que, depois de todas as lágrimas que tinha derramado nos últimos dias, não poderia haver mais nada, mas havia muito ainda. Sempre que começava a achar que estava começando a superar a perda, algo a fazia se lembrar de Flo ou pensar em Ray, e então ela caía aos prantos novamente. Estava perdida e não parecia haver saída para aquilo.

— Olha, Nellie — disse Babs —, se tiver alguma coisa que eu possa fazer... você sabe, estar aqui com você e tudo mais... é só pedir. Billy também. Eu sei que é difícil para você com Ray longe. Mas você pode contar com a gente, tá legal? Comigo e com Billy. O quanto for preciso.

Babs tinha lágrimas nos olhos ao falar isso, e Nellie apertou a mão da amiga. Pensou em contar para ela sobre o escapamento do carro de Ray, mas não conseguiu falar isso em voz alta. Era doloroso demais.

— Obrigada, Babs. Pode deixar. Fico muito grata.

Mais tarde, encontrou um lenço de Charlie que ainda tinha o cheiro dele. Guardou-o embaixo da sua cama. E, para se lembrar de Flo, decidiu que o cachorro de enfeite que lhe dera ia ser perfeito. Vasculhou todo canto do quarto atrás dele, mas não o encontrou. Em também não o tinha visto.

— Talvez estivesse no bolso dela quando... — disse Em, suprimindo o choro.

— Nos deram todos os pertences que encontraram nos bolsos deles — respondeu Nellie. — Tudo bem. Vou procurar no nosso... no meu quarto de novo.

Era uma coisinha tão pequena, mas queria aquele enfeite. Precisava dele. Spotty, foi o nome que Flo havia lhe dado, e era a única coisa que queria guardar. Deve ter se perdido no empurra-empurra. Teria de se satisfazer com um desenho, uma das pinturas de Flo, com árvores e bichos da fazenda. Nellie tirou uma da parede, dobrou-a com carinho e guardou debaixo da cama, junto com o lenço de Charlie. Era tudo o que lhe restava deles — umas poucas coisas e suas memórias.

O enterro, quando aconteceu, foi ainda mais doloroso do que Nellie poderia imaginar. A missa foi em outra igreja, pois a de são João não parecia adequada, já que tinham encontrado os seus corpos lá. Apesar da quantidade de sepultamentos na comunidade, compareceu bastante gente, e Nellie agradeceu a demonstração de simpatia e apoio.

— Uma criança gentil e inocente, levada cedo demais. Um homem de família amoroso — declarou o vigário a respeito deles, e a vontade de Nellie era de gritar e urrar contra a injustiça de Deus. Do jeito como Em cerrava os lábios, imaginou que a mãe estivesse sentindo o mesmo. George estava concentrado em alguma coisa acima da cabeça do vigário, olhando para aquele ponto como se fosse o único jeito de passar por aquela provação. Nellie pegou sua mão e apertou.

Após a cerimônia, seguiram todos até o Cemitério de Bow, para o sepultamento. Em havia insistido em dois túmulos separados, com lápides separadas.

— Ela era uma pessoa por si só — dissera. — Não quero que fique jogada com o pai. Ela precisa de um lugar para dormir.

Atrás de Nellie, a família Waters se levantou, e Babs pousou a mão em seu ombro, oferecendo-lhe um apoio silencioso. De canto de olho, Nellie notou que Billy fez o mesmo com George. Ele estava tentando dizer que apoiaria George na ausência de Charlie. George encolheu os ombros de leve, e Billy afastou a mão. Nellie se lembrou de Ray abraçando George quando ela e Em foram até a igreja para procurar Charlie e Flo. Eles precisavam de Ray, os três. Mas principalmente ela. Tinha que estar do lado dela, para ajudá-la em seu luto. Ela balançou a cabeça com tristeza. Isso jamais poderia acontecer. Não agora.

— Durma bem, pequena Flo. E, pai, cuida dela por nós — sussurrou Nellie, enquanto jogava um punhado de terra nos dois túmulos. Ela deu um passo para trás, mal conseguindo ver por entre as lágrimas. Babs a segurou e a manteve de pé, e Billy parou do outro lado dela.

— Está tudo bem, Nellie, estamos aqui — sussurrou ele, e, de alguma forma, sua presença ajudou. Billy, que ela conhecia desde sempre. O sempre gentil e sensato Billy.

E então veio o pior momento de todos: quando teve que dar as costas para o túmulo da irmã querida, deixá-la na terra fria e úmida, incapaz de fazer mais nada por ela, nunca mais. Billy e Babs, um de cada lado, precisaram meio que carregá-la enquanto ela chorava em total angústia.

29

Em insistiu que amigos e vizinhos fossem até sua casa depois do enterro para tomar um chá e comer sanduíches.

— É o que se faz — foi o que ela disse quando Nellie pediu que não fizesse isso, quando falou que seria exigir demais de todos num momento como aquele. — Eu tenho que fazer o que é certo pelo meu Charlie e pela minha Flo. Era o que Charlie iria querer.

Em se manteve irredutível, então Nellie teve que aceitar e deixá-la fazer o que queria, preparando-se para ajudar como pudesse.

Poucas pessoas compareceram. A família Waters, alguns outros vizinhos e dois colegas de trabalho de Charlie. Havia outros enterros no mesmo dia, e mais por vir, e as pessoas estavam tentando lidar com o luto. A comunidade tinha sido destruída pelo acidente.

Para Nellie, era melhor mesmo que fosse um grupo pequeno. A Sra. Waters e Babs a ajudaram a preparar minissanduíches de ovos e de patê de carne e travessas com tarteletes de geleia. Não era muita coisa, mas Em havia aprovado o resultado com um aceno de cabeça.

Babs e a Sra. Waters serviram chá para as pessoas e insistiram que Nellie, Em e George se sentassem na sala de estar e não movessem um dedo para ajudar. Nellie teria preferido se ocupar, já que não podia ficar sozinha, mas era mais fácil obedecer.

Oscar veio da cozinha e deitou aos pés de Nellie. Ela fez carinho nas suas orelhas macias, pensando em como ele era um símbolo de outra perda — Ruth e John. Pelo menos eles tinham morrido por ação inimiga, e não porque o escapamento de um carro idiota tinha estourado e assustado as pessoas, fazendo-as correr em direção ao metrô. A futilidade das mortes de Charlie e Flo, o fato de que poderiam ter sido evitadas... isso era o mais difícil de suportar, e Nellie tinha dúvida se algum dia superaria.

— É terrível como as coisas acontecem — comentou a Sra. Waters com Em. — Quer dizer, se Flo tivesse sido evacuada, como vocês tinham planejado, ainda estaria conosco agora. Ou se o seu Charlie tivesse ido um pouco mais rápido, ou um pouco mais devagar, no caminho para o metrô, os dois ainda estariam aqui. É terrível. O nosso Billy disse que não conseguiu puxar nenhum dos dois para fora, no pé da escada. Ele mesmo foi parar no posto de saúde por causa da asma.

— Cala a boca, mãe — interrompeu-a Billy.

Nellie o encarou.

— Você teve uma crise de asma?

Ele fez que sim.

— Tive. Eu estava tentando tirar as pessoas e, aí... — Era a primeira vez que Nellie tinha uma confirmação de que ele estava lá embaixo, no local do acidente. Billy deu de ombros. — Sabe como é...

Aquele dar de ombros, um gesto de desdém, fez algo estourar dentro dela. A raiva, desta vez voltada contra Billy, ferveu lá dentro.

— Se você tivesse aparecido antes, a situação não teria ficado tão ruim — disse ela. — Quando as primeiras pessoas caíram e ficaram presas. Se você estivesse no pé da escada, teria visto e sido capaz de resolver a situação.

— Eu estava lá... Fiz tudo o que pude — começou Billy.

— Você estava lá? O quê? Você viu tudo acontecer e não fez *nada*? — Ela cravou o dedo no peito dele com dificuldade de se controlar. —

Você podia ter feito mais que isso. Eu sei que não podia ter salvado todo mundo, mas... você podia... ter salvado Flo.

Billy parecia angustiado.

— Eu teria feito qualquer coisa para salvar Flo. Acho até que vi o sapato vermelho dela. Fiquei puxando e puxando, o sapato veio, e aí eu não conseguia mais respirar e tinha que...

— Você viu o *sapato* dela? Você botou a mão no *pé* dela e não tirou ela de lá? — Nellie não conseguia acreditar no que estava ouvindo, lembrando-se de como, na igreja, o corpo de Flo tinha apenas um sapato. — Você podia ter salvado ela! Você... *matou* Flo! — Nellie estava gritando, incapaz de conter as emoções.

Várias cabeças se viraram, para ver o que estava acontecendo. Babs deu um passo à frente.

— Ah, Nellie, não fica nervosa. Muitas crianças usavam o mesmo sapato. Podia não ser Flo. Não culpa Billy.

Nellie a afastou.

— Eu culpo, *sim*! Ele podia ter feito mais, eu sei que podia!

Em olhou para os dois.

— Podia? A nossa Flo ainda estaria aqui se você a tivesse deixado no ônibus, naquele dia, Nellie. Você correu atrás dela, tirou ela do ônibus, e agora ela está morta. Não sei se algum dia vou...

— Foi você que me mandou tirar! Você gritou, e berrou, e me fez correr atrás daquele ônibus! Ela ainda estaria viva se você não tivesse me mandado fazer aquilo, então talvez a culpa seja *sua*!

Nellie sabia que era errado gritar com a mãe daquele jeito, mas não conseguia se controlar. Em havia botado a culpa nela. Ela sabia que, mais cedo ou mais tarde, aquilo iria acontecer, e Deus era testemunha de que ela não precisava de Em para se sentir culpada — Nellie já se sentia assim. Já havia revivido aquele dia tantas vezes mentalmente. Se ao menos tivesse deixado o ônibus ir embora. Eles teriam se habituado à ausência de Flo, depois de algumas semanas, e agora... ela estaria viva. Talvez até Charlie também estivesse vivo.

Babs abraçou Nellie e tentou acalmá-la.

— Shh, já chega. Agora não é hora nem lugar...

— O quê? No dia do enterro dela, na casa dela? Quando e onde, então? *Ele* podia ter feito mais para salvar as pessoas. *Ela* devia ter deixado Flo ir no ônibus. — Nellie apontou de Billy para Em. A raiva dentro de si então se voltou para George. — E você, George. Se você não tivesse discutido com o papai na hora de sair, ele não teria se atrasado, eles estariam conosco, vivos. — Ela jogou as mãos para cima. — Todos nós somos culpados, não é verdade? Todos nós. *Todos nós!* — Nellie gritou as últimas palavras.

George estava chorando.

— Eu sei, Nellie, e não paro de pensar que queria ter feito as coisas de forma diferente naquele dia.

Babs passou o braço em volta dele.

— George, para. A culpa não é sua. Nellie, você está errada. Vocês não têm culpa. Ninguém teve culpa, está me ouvindo? Foi um acidente terrível, mas não foi culpa de ninguém. Pelo menos de ninguém aqui. Vocês não podem ficar se culpando e culpando uns aos outros. Nós temos que ficar juntos, todos nós, para suportar essa perda.

— Ela está certa — disse Billy para Nellie. — Por favor, me deixa fazer o que eu puder para... para te consolar.

A expressão em seu rosto era de angústia. Flo era como uma irmã mais nova para ele, e Nellie imaginava que, assim como ela, ele também estava se culpando até certo ponto, lamentando o acaso que lhe atribuíra uma crise de asma grave e fizera com que tivesse um ataque naquele momento crucial. Talvez ela tenha errado ao culpá-lo tão depressa. Mas ainda não estava pronta para pedir desculpas. Nellie ainda não conseguia compreender o que estava acontecendo, quanto mais saber como lidar com a tragédia.

Ela correu até a cozinha. Precisava se afastar das pessoas até que a raiva passasse. Apoiou-se na mesa e inclinou a cabeça para trás, tentando aliviar um pouco a tensão no pescoço. Foi um erro explodir daquele jeito na frente de todo mundo, mas não conseguiu se conter. Ficou ali, agradecida por ninguém ter ido atrás dela, esperando as pessoas irem embora para deixá-la sozinha com a sua dor.

30

Havia uma semana que o acidente ocorrera, e Nellie estava de volta ao trabalho. Ela passava todos os momentos do dia pensando no pai, em Flo e em Ray. Apesar de tudo, apesar do papel dele nessa história, sentia uma saudade imensa dele.

Passou a maior parte do dia respondendo correspondências enviadas à prefeita com perguntas sobre a tragédia. A Sra. Bolton havia preparado uma resposta padrão na qual se solidarizava com as perdas das pessoas, mas pedia a elas que aguardassem o resultado do inquérito oficial, que deveria começar muito em breve. Além disso, havia as preparações para o inquérito em si.

— Me sinto péssima de só pedir tarefas que devem fazer você se lembrar de tudo... — disse a Sra. Bolton, enquanto Nellie se sentava para datilografar uma pilha de cartas relacionadas à tragédia. — Infelizmente, é o único trabalho que temos no momento.

— Está... tudo bem, Sra. Bolton — insistiu Nellie, tentando agir com normalidade. — De certa forma, é melhor assim... Parece que estou fazendo alguma coisa para descobrir a verdade sobre o que aconteceu e impedir que aconteça de novo. É tudo o que posso fazer pelo papai e por Flo. — Sua voz falhou ao pronunciar essas últimas palavras, e a prefeita a encarou com compaixão.

— Bom, se em algum momento for demais para você, por favor, me diga. Mas fico feliz que esteja de volta para nos ajudar. Sei que não está sendo fácil para você.

Nellie observou a prefeita e notou que ela parecia ter envelhecido na última semana. Estava com rugas nos cantos da boca e olhos fundos.

— É. Eu devia ter... lutado mais por esse financiamento. — A Sra. Bolton saiu abruptamente da sala, mas Nellie notou o tremor em sua voz.

Assim que a prefeita saiu, alguém bateu à porta, e Gladys enfiou a cabeça dentro da sala.

— Nellie, você voltou. Fiquei sabendo do que aconteceu. Sinto muitíssimo.

O carinho na voz da amiga fez seus olhos se encherem de lágrimas mais uma vez, e ela suprimiu o choro.

— Ah, droga, fiz você chorar. Olha, vou fazer um chá para a gente. Tenho certeza de que a Sra. B. não vai se incomodar se eu ficar um pouquinho aqui com você, não é? — Gladys não esperou que ela respondesse, apenas saiu e voltou logo depois com uma bebida quente, um ombro amigo e disposição para ouvi-la. Era bom conversar com alguém que não conhecia Charlie nem Flo, percebeu Nellie, e, de alguma forma, falar sobre eles a ajudou a se sentir um pouquinho melhor.

Nellie sobreviveu ao dia e, apesar de se sentir exausta por causa do luto e de fingir estar dando conta da rotina, ficou animada ao notar que ainda estava claro lá fora ao voltar para casa. Os dias estavam ficando mais longos, a primavera estava chegando, e logo haveria folhas nas árvores e parques cheios de flor. Vida nova por toda parte. Para Flo, era a melhor época do ano. Nellie deixou escapar um gemido dolorido ao pensar na injustiça que era a sua irmã nunca mais experimentar as alegrias da primavera.

Flo poderia estar em Dorset de novo, naquele momento, onde havia se apaixonado pelo campo e pelos animais da fazenda. Nellie estava começando a achar que nunca seria capaz de conviver com o fato de que a tirara daquele ônibus. Apesar do sol forte, o seu mundo parecia mais escuro do que nunca.

228

31

Ao entrar em casa e ir até a cozinha, Em lhe ofereceu um sorriso fraco.

— Tudo certo no trabalho, querida?

— Tudo, mãe. Foi... difícil, mas tudo bem.

Em fez que sim, sem erguer os olhos para Nellie. Estava ocupada preparando uma refeição, notou Nellie. Isso era bom. Desde a tragédia, estavam vivendo de comida trazida pela Sra. Waters e outros vizinhos. Era bom ver que Em tinha ido às compras e agora estava cozinhando de novo, embora servir a mesa para três, em vez de cinco, fosse uma lembrança dolorosa de suas perdas.

— George está lá fora? — perguntou ela.

— Não, saiu para vender ovos. Já que... Já que agora a gente já não precisa mais de tantos — respondeu Em. Ela limpou os olhos com as costas da mão e fez um carinho no ombro de Nellie.

Nellie foi até o quintal para usar o lavabo. Oscar tentou ir atrás, mas ela o empurrou de volta para dentro. George não gostava que ele saísse quando as galinhas estavam fora do galinheiro.

Quando estava voltando para dentro, Babs apareceu no quintal ao lado.

— Que bom que te encontrei, Nell. Não sei se você ficou sabendo, mas Amelia chegou hoje. Ela voltou para o apartamento em cima do bar. Estava pensando em perguntar se você quer ir comigo fazer uma visita a ela. Quer dizer... só se você quiser... Ela teve um menino, sabia?

Nellie sorriu.

— É, ela escreveu para dar a notícia. Que bom que ela voltou. Quando você pretende passar lá?

— Eu e Billy pensamos em ir essa noite. Billy comprou um chocalho para o bebê, e eu comprei um saco de laranjas para Amelia.

— Tá bom, vou com vocês. Ela já deve estar sabendo... das notícias, né?

— Naquele bar, não deve ter levado nem cinco minutos para ficar sabendo — comentou Babs, triste. — Sete da noite está bom para você?

— Tá. Te encontro lá fora.

Nellie entrou para ajudar Em a terminar de preparar a comida: batata cozida e uma lata de carne em conserva, e pêssego em calda para a sobremesa. George voltou a tempo de jantar, mas estava excepcionalmente silencioso após o primeiro dia na escola desde a tragédia.

— Amelia voltou — anunciou Nellie, enquanto ajudava a tirar a mesa. — Vou fazer uma visita a ela hoje, com Babs e Billy. Quer dizer, se você não precisar de mim aqui, claro...

— Não, pode ir, vai ver a sua amiga. Vai ser bom para você sair de casa. Espera, deixa eu mandar uma coisa para ela. — Em levantou e subiu a escada. Pouco depois, voltou com um par de sapatinhos brancos de tricô. — Foram de Flo. Fiz para ela assim que ela nasceu. Vão dar certinho no filho de Amelia, enquanto continuar esse frio.

— Tem certeza de que você quer dar? — perguntou Nellie, e Em fez que sim, mas não conseguiu esconder o brilho das lágrimas nos olhos.

Nellie assentiu e pegou os sapatinhos, sabendo que, ao passá-los adiante, estava fazendo uma pequena boa ação. Era como um pontinho de luz após a escuridão dos últimos dias. Talvez fosse assim que se conseguisse suportar, que se conseguisse seguir com a vida depois de tamanha tragédia. Apenas se seguia em frente, procurando pequenas formas de melhorar as coisas, ao menos para os outros, ainda que não para si mesmo. Um pequeno passo de cada vez.

Nellie não via Billy desde que havia gritado com ele, no dia do enterro. A lembrança a fez corar. Precisava lhe pedir desculpas. Quer tenha feito o possível, quer não, não era culpa de Billy as pessoas terem entrado em pânico, e, agora que não estava mais encoberta pela névoa vermelha da raiva, Nellie se arrependia do que tinha lhe dito.

Aquele não era seu único arrependimento. Ainda não havia respondido a carta de Ray. Sentia saudade dele, mas não conseguia lhe escrever, pelo menos não por enquanto. Não sabia o que ia dizer. Não enquanto a dor ainda era tão forte.

Babs estava esperando por ela lá fora, sozinha.

— Vamos — disse ela, pegando no braço de Nellie.

— E Billy?

— Ah, ele... não vem. Disse que está ocupado. — Babs não conseguiu olhar nos olhos da amiga. Estava triste que a amizade fácil que tinha com Billy pudesse ter sofrido um baque tão grande. Mais uma perda na sua vida.

Foram depressa até o Angel and Crown, com Babs falando sem parar das amigas na fábrica, pessoas que estavam bem longe da estação de metrô de Bethnal Green naquela noite fatídica e para quem a vida continuava inalterada. Nellie se sentiu grata pela distração. Foram até a porta ao lado do pub, que levava ao apartamento acima dele, e tocaram a campainha.

— Será que ela vai voltar a trabalhar no bar? — perguntou Babs.

— Talvez, quando o bebê estiver maiorzinho.

— Aí o pub vai poder voltar a ter música ao vivo. Com ela no piano e você cantando.

Mas Nellie balançou a cabeça.

— Acho que nunca mais...

Antes que terminasse a frase, Amelia abriu a porta, e Nellie se forçou a lhe oferecer um sorriso animado. Estava *de fato* feliz de rever a amiga, e Amelia parecia bem — as bochechas gordinhas sugeriam que tinha sido bem cuidada no interior.

— Nellie! Barbara! Que bom ver vocês! Entrem, desculpa a bagunça! Nossa, como é bom voltar! — Amelia deu um abraço em cada uma e subiu a escada para o apartamento. — Vamos para a sala de estar. Tom, o dono do bar, está lá embaixo.

Ela colocou a chaleira com água no fogo e foi até o quarto, enquanto Nellie e Babs se sentavam num sofá bem surrado. Logo depois, voltou com um embrulhinho se debatendo nos braços.

— Apresento a vocês William Walter. Ele não é lindo?

— Ah, ele ganhou o nome de Billy e do pai! — gritou Babs, pegando o bebê dos braços de Amelia e sorrindo para ele.

— Ã-hã, eu achei que Walter era... bom, meio antiquado demais, então usei de nome do meio. Eu gosto de William, e o seu Billy sempre foi tão gentil comigo. Sempre muito atencioso. Hoje, quando eu saltei do ônibus, ele estava passando pela rua e trouxe as minhas malas lá do ponto até aqui em cima. Você tem sorte de ter um irmão assim.

— Ele é um bom homem — concordou Babs, e Nellie fez que sim.

— Tem gente que... sabe como é... me olha feio — comentou Amelia. — Por ter tido um filho sem estar casada. Quando eu estava vindo pela rua, teve uma que falou: "É uma imoral." Mas o seu Billy virou e deu uma bronca nela, disse que não era da conta de ninguém, e que eu não tinha culpa de Walter ter morrido, e que ela não tinha nada que falar essas coisas. Ele é gentil, o seu Billy. Eu achava que ele gostava de você, Nellie. Aí você conheceu Ray.

Nellie lhe ofereceu um sorrisinho e fez que sim, pois não queria ter de explicar que Ray tinha ido embora.

— E aí, como estão as coisas? — Amelia olhou de uma amiga para a outra. — Está todo mundo tão... para baixo. Tom falou que morreu gente. Algum ataque aéreo dos grandes... Vi que teve uma casa na Roman Road que foi atingida. Espero que ninguém tenha se ferido lá dentro. E parece que teve outras perto do Victoria Park também, vi do ônibus. Tem uma rua que foi quase inteirinha abaixo lá! — Ela suspirou. — Fico me perguntando como vão reconstruir isso. Essa comunidade sofreu tanto. Espero que vocês não tenham sido afetadas...

Nellie olhou para Babs, que fez que sim de leve, então respirou fundo.

— Teve um... um acidente. Não foi uma bomba. Na entrada da estação de metrô. Muitas pessoas, todas tentando descer ao mesmo tempo... e, sim, tem razão, morreu gente. — Nossa, era tão difícil contar para alguém que não sabia.

— Como? Caindo? Quebrando o pescoço? — exclamou Amelia.

— Esmagadas. Muita gente. E... — Nellie olhou para Babs em busca de ajuda. Não conseguia encontrar as palavras.

— Amelia, o pai e a irmã mais nova de Nellie também morreram.

Amelia levou a mão à boca.

— Ai, meu Deus. Sinto muito. E eu aqui, tagarelando. Nell... que horror. Como você... Como você consegue...

— A gente tem que seguir em frente, não é mesmo? Não tem mais nada que se possa fazer. Aqui, posso segurar o neném um pouco? — Nellie esticou a mão para tirá-lo de Babs. Qualquer coisa para mudar de assunto. Qualquer coisa para desviar a cabeça daquilo tudo, porque, sempre que tinha que falar disso, sentia-se desmoronando.

— E eu aqui, com pena de mim mesma por ter perdido Walter, enquanto você... — continuou Amelia, balançando a cabeça. — Não dá nem para imaginar.

— Não dá. — Tudo o que Nellie podia fazer era concordar. — Depois que Walter... Depois que recebeu aquele telegrama, Amelia, como você conseguiu? Como é possível seguir em frente?

Amelia olhou em silêncio para ela por um instante, como se estivesse pensando na melhor forma de responder.

— É difícil. — Ela deu de ombros. — Tenha paciência, Nellie. Deixa as lágrimas virem de vez em quando. Eu tinha que pensar no meu filho, e isso ajudou. — Ela amenizou o tom de voz. — E, sempre que precisar, se ampara nos seus amigos. Estamos aqui para te apoiar.

— Sempre digo isso a ela — concordou Babs, fazendo carinho no braço de Nellie.

— Obrigada — sussurrou Nellie.

Ela baixou a cabeça para fitar o pequeno William e esconder o próprio rosto, para impedir que as lágrimas que ameaçavam cair escorressem de novo, e inspirou o seu cheirinho de leite. Ele era um lembrete de que, apesar de todo o horror da guerra, ainda havia alegria no mundo, vida nova, esperança para o futuro. Orou em silêncio para que aquela criança e todas as outras de sua geração conhecessem apenas paz em suas vidas, mas ela havia convivido com o país em guerra por tanto tempo que parecia que não ia acabar nunca.

Estavam prestes a sair quando aquele barulho terrível soou, a sirene de ataque aéreo disparada a todo volume.

— Ai, Deus, hoje não! Não acredito — exclamou Amelia, juntando algumas coisas numa sacola e segurando o pequeno William junto do ombro. — Vocês vão para o metrô?

Só de pensar em ir para o metrô — na verdade, só de pensar em alguém descendo as escadas do metrô —, Nellie ficou enjoada. Fez que não, colocando o casaco depressa.

— Eu... Eu... não posso... No metrô, não — gaguejou ela, esforçando-se para falar. — Eu, George e a mamãe vamos para o abrigo dos arcos da ponte ferroviária.

— É sério? — Babs pareceu preocupada. Elas desceram a escada do apartamento de Amelia às pressas. — Não é tão seguro. Os alemães miram nas linhas de trem, e aquela ponte não aguentaria um impacto direto.

— Não dá para a gente entrar no metrô — disse Nellie, trêmula. — Não depois...

— Sinto muito, claro que não... — Babs pousou a mão no ombro de Nellie, para reconfortá-la. — Eu tenho que ir para o metrô. Senão os meus pais e Billy não vão saber onde estou. E você, Amelia?

Amelia parecia dividida entre as duas. Por fim, virou-se para Babs.

— O metrô é mais perto. Vou com você. Nell, você vai ficar bem? Você não está com uma cara boa.

Nellie as tranquilizou com um aceno de cabeça, despediu-se das amigas e correu no sentido contrário, em direção à ponte ferroviária, torcendo para que George e Em já estivessem lá. Eles tinham de ficar juntos. Depois do último ataque aéreo, estava apavorada com o que poderia acontecer naquela noite, sobretudo ao ficar acima do solo, mas ela sabia que nunca mais seria capaz de descer aqueles dezenove degraus.

32

O inquérito oficial a respeito das causas do desastre foi aberto pouco mais de uma semana após a tragédia. A Sra. Bolton disse baixinho para Nellie que entendia que seria exigir demais dela que estivesse presente, tomando notas. Pediria a Gladys que fosse no seu lugar.

— Não, eu posso ir, Sra. Bolton — insistiu Nellie. Era uma tortura passar tantas noites em claro, sem saber exatamente o que tinha acontecido. Precisava de respostas. Qualquer coisa que pudesse ajudá-la a lidar com tudo aquilo. Ouvir a verdade no inquérito seria um começo.

— Se você tem certeza absoluta... Mas preciso avisar que os depoimentos das testemunhas talvez sejam um tanto angustiantes — disse a prefeita. — Mas eu quero que a prefeitura tenha seu próprio registro do que foi dito, e não só o relatório oficial do Ministério do Interior. — Ela parecia exausta, pensou Nellie, como se não tivesse dormido nada desde a noite da tragédia. Até onde Nellie sabia, a Sra. Bolton não havia perdido ninguém próximo, mas, como supervisor na Divisão de Precaução Contra Ataques Aéreos, o marido dela estava intimamente envolvido no assunto e, claro, como prefeita de Bethnal Green, ela própria era a responsável pelo distrito.

— Vou dar conta — disse Nellie. Se repetisse isso bastante, talvez se convencesse. Mas a verdade é que não sabia como iria aguentar.

Diria a si mesma que era só uma história, que não era real, que não tinha nada a ver com ela. Ia ouvir as palavras que fossem ditas, mas sem pensar no que significavam. E ia fazer o possível para só deixar as lágrimas caírem quando estivesse em casa. Ali, não.

— Não sei como você vai suportar — comentou Gladys, quando Nellie disse que iria participar do inquérito.

— Eu preciso suportar — respondeu Nellie, sentindo o peso da responsabilidade nos ombros. Não podia parecer fraca ou incapaz aos olhos da Sra. Bolton. Aquela sem dúvida não seria a última vez que a tragédia faria parte do seu trabalho. Precisava mostrar à prefeita que era forte o bastante para deixar a perda pessoal de lado. Agora, a responsável pelo sustento da família era ela, e não podia perder esse emprego. Já era preocupação suficiente para Em pensar em como os três iam se virar bancados apenas com o salário de Nellie.

Conforme o inquérito avançava, o clima na prefeitura se tornava sombrio. Só os envolvidos tinham autorização para entrar. Não havia ninguém da imprensa, nenhum membro da população além das pessoas que estavam prestando depoimento e nenhum funcionário da prefeitura, tirando a Sra. Bolton, Nellie e mais alguns membros do conselho. O Sr. Ian Macdonald Ross, do Ministério do Interior, estava presente novamente, assim como Sir Ernest Gowers, da Defesa Civil de Londres. O funcionário público Laurence Dunne tomava notas com a mesma dedicação de Nellie e tinha ficado incumbido de escrever o relatório oficial. As atas de Nellie seriam apenas para o registro da prefeitura.

— Precisamos estabelecer um registro do que aconteceu exatamente, de quais foram as prováveis causas de acordo com quem testemunhou de fato o acontecimento — anunciou a Sra. Bolton, estabelecendo o objetivo deles. Todos na mesa fizeram que sim, mas

Nellie notou que o assessor do Ministério do Interior e Sir Ernest trocaram um olhar estranho.

Para ela, era evidente que a Defesa Civil de Londres devia arcar com parte da culpa. Eles haviam recusado o pedido de verbas do Conselho Distrital de Bethnal Green para reformar a entrada. Se tivessem liberado a verba e o trabalho tivesse sido feito, com ou sem o pânico causado por um escapamento de carro ou por qualquer outro motivo, talvez ninguém tivesse morrido.

— Preparei uma declaração para abrirmos os trabalhos — disse Macdonald Ross. Ele apresentou cópias de papéis datilografados e grampeados. As cópias foram distribuídas pela sala, e cada funcionário recebeu uma. Nellie, no entanto, estava sentada no canto da sala, longe da mesa de conferências, e não recebeu uma cópia. Como ansiava por ler aquele documento, para ver se fornecia alguma das respostas que tanto desejava.

Houve alguns grunhidos e acenos de cabeça aqui e ali, enquanto os presentes liam a declaração.

Macdonald Ross pigarreou.

— E agora, se estiverem todos prontos, vamos começar com os depoimentos das testemunhas. Vamos ouvir policiais, guardas da Divisão de Precaução Contra Ataques Aéreos, médicos e outros socorristas e alguns dos sobreviventes. Vamos descobrir como os eventos se desenrolaram, minuto a minuto, a partir do momento em que a sirene de ataque aéreo soou naquela noite terrível. Vamos descobrir se alguma organização carrega qualquer tipo de culpa, se houve negligência durante o acidente ou se houve algo que poderia ter sido feito para evitá-lo. Mas devo dizer a todos que, como na nossa última reunião, o que for dito nesta sala não deve, por enquanto, sair daqui. Existem vários motivos para isso. Em primeiro lugar, não queremos alarmar a população e fazer com que parem de usar a estação como abrigo em futuros ataques aéreos. Apesar do que aconteceu, aquele continua sendo o lugar mais seguro. Em segundo lugar, se o inimigo descobrisse isso, poderia usar como propaganda, dizer que o povo de Londres tem tanto medo dos ataques que se pisoteia até a morte... esse tipo de coisa. Não podemos arriscar que isso aconteça. O moral da população deve ser mantido a todo custo.

Ele fez uma pausa para observar todos os presentes e aguardou até que todos os presentes acenassem positivamente com a cabeça. Até Nellie teve que demonstrar que concordava. Já havia muitos boatos circulando. Os sobreviventes, claro, comentavam o que tinham vivido. Ninguém sabia a causa, mas aquela comunidade coesa estava abalada. Tantas famílias haviam perdido alguém naquela noite. Em muitos casos, como o dela, vários membros de uma mesma família haviam morrido. E, mesmo quem tivera sorte, havia perdido amigos e vizinhos. Era preciso esclarecer a verdade. Isso não iria trazer ninguém de volta, mas a população no mínimo merecia saber o que tinha acontecido.

Encerradas as preliminares, tinha chegado a hora de chamar a primeira testemunha. Nellie respirou fundo e se preparou para o que estava prestes a ouvir. Naquele momento pensou em Ray. Tudo seria muito mais fácil de suportar se Ray não estivesse envolvido, se pudesse tê-lo por perto para apoiá-la. Mas, disse Nellie a si mesma severamente, ele estava envolvido e tinha sido transferido para longe. Ela precisava saber até que ponto o carro dele havia causado pânico e então decidir se ainda podia continuar sentindo o que um dia tinha sentido por ele.

33

A primeira testemunha a depor foi o inspetor de polícia Albert Ferguson, que estava de plantão naquela noite. O relato dele começou no momento em que chegou um telefonema do supervisor da Divisão de Precaução Contra Ataques Aéreos da estação de metrô, solicitando que a polícia fosse até o abrigo. Pouco depois, um rapaz veio correndo com uma mensagem parecida.

— O Sr. Percy Bolton, que conheço bem por causa das nossas interações durante a guerra, pediu que mandasse todos os homens disponíveis. Convoquei os homens e os dividi em duas equipes. Uma delas, eu mandei para a entrada principal, na esquina, e a outra, a pedido do Sr. Bolton, mandei para a entrada de manutenção. De lá, eles desceram até a plataforma e depois subiram para a bilheteria, para trabalhar na remoção de pessoas no pé da escada. — Ele falava tranquilamente, com naturalidade, como se estivesse relatando um acontecimento cotidiano. Os únicos sinais de que estava sob estresse eram a tensão evidente na mandíbula e uma veia que latejava na têmpora.

Nellie anotou tudo. Fizeram mais algumas perguntas ao inspetor, para confirmar a hora exata em que a sirene de ataque aéreo tinha sido disparada, a hora em que ele havia recebido o telefonema e por quanto tempo os seus homens trabalharam na remoção dos corpos.

— Foram necessárias umas três horas para retirar todo mundo — respondeu ele, tirando um lenço do bolso para secar a testa. —

Alguns vivos, muitos mortos. Obviamente tínhamos que tirar todo mundo da escada, e depois da rua, o mais rápido possível. — A voz dele se tornou quase um sussurro. — Ninguém precisava ver aquilo, os corpos enfileirados na rua.

Nellie engoliu em seco. Ela e George tinham visto aquilo. Jamais iriam esquecer. Uma imagem dos corpos sem vida lhe veio à mente, e ela teve que lutar para não desatar a chorar. "Distanciamento, Nellie, você precisa de distanciamento", disse a si mesma. Se o inspetor conseguia manter a calma ao relatar os acontecimentos, ela também era capaz de fazê-lo enquanto anotava o que ele dizia.

A Dra. Joan Martin, de um hospital próximo, foi a testemunha seguinte.

— Recebemos uma ligação avisando que nos preparássemos para receber cerca de trinta "desmaios" — disse ela. — No começo achei que se tratava de um exercício de treinamento. Somos um hospital infantil, então primeiro tivemos que desmontar berços e arrumar leitos, e todo mundo correu para demonstrar que éramos capazes de fazer aquilo depressa. — Ela respirou fundo. — Aí eles começaram a chegar, e logo percebemos que estavam todos mortos. Estavam azuis e molhados. Depois descobrimos que os serviços de emergência tinham jogado água no rosto deles para tentar reanimá-los. Não tínhamos ideia de qual havia sido a causa da morte. Nenhuma ideia. Eram muito mais corpos do que podíamos comportar, e as equipes de ambulância queriam as macas e os cobertores de volta, então tivemos que simplesmente colocar alguns no chão dos consultórios.

— Havia alguma vítima viva? — perguntou um dos membros do conselho, em tom esperançoso. Todo mundo queria ouvir alguma coisa boa, pensou Nellie, saber que alguém tinha sido salvo.

— Algumas sim. Todas num estado de choque terrível. Tinha um menino de 9 anos... foi ele que nos contou o que tinha acontecido. Ele estava com o braço quebrado e todo machucado do peito para baixo e falou que tinha ficado um tempo preso debaixo de outros corpos, mas que depois conseguiu passar por cima das outras pessoas e foi retirado. — A Dra. Martin observou as pessoas reunidas na sala. — Ele vai se recuperar completamente. Parecia que as pessoas ou morriam asfixiadas, provavelmente muito depressa, ou, quando sobreviviam, saíam quase ilesas. Aquele braço quebrado foi uma das piores lesões que tivemos de tratar naquela noite. E os que morreram... muitos deles não estavam feridos. Não havia sangue, fraturas, nada além de uma coloração errada na pele.

A sala permaneceu em absoluto silêncio enquanto ela falava. Só se ouvia o riscar do lápis de Nellie e do Sr. Dunne. Nellie estava se concentrando muito para fazer suas anotações e, ao mesmo tempo, tentar bloquear os detalhes mais horríveis. O que tinha visto naquela noite assombrava os seus sonhos desde então, e ela não iria suportar se eles piorassem.

— A causa da morte — explicou a médica —, em quase todos os casos, foi sufocação indireta. Isso ocorre quando há compressão externa; neste caso, dos outros corpos pressionando as vítimas, o que impede que os pulmões se expandam. As vítimas ficam incapazes de lutar ou de gritar. Nesses casos, elas perdem a consciência e morrem muito depressa, infelizmente.

Nellie ergueu os olhos para a médica quando ela pronunciou aquela última palavra. "Infelizmente." Isso é que era eufemismo... Sua vontade era pular da cadeira e dar um tapa no rosto da médica, gritar com ela e dizer que aquilo era muito, muito pior do que só uma "infelicidade". O trabalho dela era registrar palavra por palavra o que estava sendo dito, mas não podia diminuir a agonia das mortes de Charlie e Flo usando aquele termo fraco. Substituiu por "tragicamente". Ficou melhor. Exalou profundamente e ergueu novamente os olhos.

Outros funcionários do hospital foram convocados a testemunhar. E vários policiais e paramédicos que retiraram as vítimas e as levaram para os hospitais ou para dentro da igreja. E Nellie foi anotando com taquigrafia todos os detalhes que eles relataram.

Ao fim do dia, estava exausta, e eles mal tinham avançado nos depoimentos.

— Imagino que vá durar pelo menos uma semana — disse a Sra. Bolton, enquanto juntavam suas coisas após a reunião.

Nellie fez que sim em silêncio, fazendo o possível para manter a compostura, mas, uma vez que estavam longe da sala de reuniões, não conseguiu impedir as lágrimas de caírem.

A prefeita pousou a mão em seu ombro.

— Vá para casa, descanse um pouco. Você foi muito bem hoje.

Naquele momento, Nellie desejou ser segurada por Ray, reconfortada por ele enquanto chorava, para liberar as tensões do dia. Quando percebeu que isso não era possível, sentiu-se mais sozinha do que nunca.

O dia seguinte começou igualmente difícil, com o depoimento de um policial chamado Thomas Penn.

— Eu estava de folga — relatou ele —, a caminho do abrigo com a minha mulher, que está grávida, e o nosso filho. Chegamos na entrada e não conseguimos entrar. Tinha gente por todo lado, se perguntando o que estava acontecendo, se perguntando por que ninguém descia, gritando para os que estavam na frente andarem.

— Em outras palavras, em pânico? — sugeriu o Sr. Macdonald Ross.

Thomas Penn negou enfaticamente com a cabeça.

— Não, senhor. Não tinha ninguém em pânico. Estava todo mundo calmo, só confuso. Não entendiam por que as pessoas não estavam descendo os degraus. Nem eu. Tinha um americano, um aviador. Não sei o que ele estava fazendo em Bethnal Green, mas eu consegui tirar ele de baixo de outras pessoas.

Quando percebeu que Thomas Penn devia estar falando de Ray, Nellie parou de anotar por um instante. Ela o encarou, perguntando-se se o próprio Ray havia sido convocado a testemunhar. Então cruzou o olhar com a prefeita, que a fitou muito seriamente e indicou com a cabeça o caderno em suas mãos. Nellie percebeu que o policial continuava falando e voltou a anotar depressa.

— ... e aí, com a ajuda do aviador, eu subi na pilha de... pessoas e desci para ver o que estava acontecendo. Elas estavam completamente entaladas. É... difícil de descrever, mas era exatamente isso. O tal americano e eu retiramos algumas crianças, que foram passadas por pessoas que estavam presas pelas pernas, mas que conseguiam mover os braços e respirar. Eu desci algumas vezes, até que chegaram os policiais fardados e assumiram a situação. Eu e o americano ficamos por ali para ajudar no que fosse possível, dispersando a multidão, carregando... as vítimas para dentro da igreja e tal. Mandei a minha mulher para casa com o nosso filho. Não queria que eles vissem os corpos.

— Mas você não testemunhou pânico no início? — perguntou a Sra. Bolton.

— Não, quando cheguei lá, não. Tinha aqueles mísseis novos sendo disparados do Victoria Park. O barulho era estranho e assustou algumas pessoas. Estamos acostumados com os canhões de sempre e com o som das bombas caindo, mas aquilo era diferente. Algumas pessoas acharam que era alguma arma nova de Hitler, mas estavam só comentando isso umas com as outras, não estavam, sei lá, correndo, nem gritando, nem nada assim.

— Hmm. — Macdonald Ross olhou de relance para Sir Ernest Gowers e voltou a anotar depressa. Nellie achou que alguma coisa parecia não fazer sentido. Mas então percebeu que, se não houve pânico, isso significava que o escapamento do carro de Ray também não havia contribuído para o acidente. Estava confusa. Antes ele próprio tinha certeza de que era tudo culpa sua, e agora ela estava ouvindo que não poderia ter sido. Qual era a verdade?

Sentiu calor e aflição ao se lembrar de como havia gritado com ele, culpando-o pela tragédia. E eles se separaram desse jeito. Pegou um lenço e secou o rosto com alguns tapinhas. Ray não só não tinha culpa como havia trabalhado incansavelmente para salvar quem podia, apesar de ele próprio ter ficado preso debaixo de outras pessoas. Nellie fora injusta com ele ao culpá-lo. Só de pensar em como tinha agido com Ray, sentia-se terrivelmente envergonhada, era imperdoável. E agora ele estava longe, e ela não tinha ideia de quando o veria de novo para dizer que estava arrependida, para fazer as pazes com ele como pudesse. Ela o imaginou deitado no beliche, sem conseguir dormir, pensando nela, imaginando se algum dia teria notícias suas, culpando-se pela morte de tantas pessoas. Quase não conseguia suportar o pensamento, e Nellie soltou um leve suspiro.

A Sra. Bolton se virou para ela, franzindo a testa, então olhou para o relógio.

— Talvez esteja na hora de fazer uma pausa rápida para um chá, pessoal. Vamos retomar daqui a quinze minutos?

As pessoas assentiram, então arrastaram suas cadeiras para trás e deixaram a sala, exceto Nellie e a Sra. Bolton.

— Está tudo bem, Nellie? — perguntou a prefeita.

Nellie fez que sim.

— Está, obrigada. Desculpa. Eu só... fiquei imaginando a cena.

A Sra. Bolton concordou com um aceno de cabeça e fez um carinho de leve em seu braço.

— Eu sei, eu também. É terrível. Mas é um trabalho importante, e a melhor maneira de honrar os que morreram é descobrindo a verdade.

— E garantindo que o público saiba a verdade? As pessoas merecem isso.

— Assim que nos permitirem, sim. Anda, vamos tomar um chá antes que todo mundo volte.

Revigorada pelo chá, Nellie se sentou novamente para ouvir o restante do testemunho de Thomas Penn. Ele acabou com uma pequena lesão no ombro que o impediu de retirar mais pessoas.

— Precisamos ser particularmente gentis com a próxima testemunha, um dos sobreviventes — alertou a Sra. Bolton, depois que Penn saiu. — Ele é só uma criança. Mas precisamos ouvir a história de vários ângulos. — Ela foi até a porta e chamou o menino, junto com a tia. A tia se sentou na cadeira da testemunha, enquanto o menino, de 13 anos, ficou de pé atrás dela, com a mão em seu ombro.

— Peter, é isso? — perguntou Macdonald Ross, e o menino fez que sim. — Por favor, conte para nós com as suas próprias palavras o que aconteceu na noite de três de março.

O menino correu os olhos pela sala. Então secou a testa com as costas da mão. Por fim, a tia deu um tapinha em seu braço, e, com uma voz nervosa, ele começou:

— Eu estava descendo quando tudo começou. Uma mulher que estava segurando uma criança tropeçou. Elas caíram, aí um velho caiu também, e as pessoas estavam descendo tão depressa que começaram a rolar por cima deles e a cair em cima deles, até que ninguém mais conseguia se mexer. Fiquei gritando por socorro, mas estava preso.

— E onde você estava, exatamente?

— Faltando uns três degraus para sair da escada, do lado direito. A minha tia, com quem eu moro desde que a minha mãe morreu, estava atrás de mim. A gente ficou espremido contra a parede, e estava todo mundo gritando. Tinha um guarda no pé da escada apontando uma lanterna para a gente, e eu vi ele tirar um bebê, depois apareceu mais gente ajudando, puxando todo mundo. Aí me puxaram pelo cabelo. Doeu, mas eu achei que era melhor aquilo do que morrer, então deixei me puxarem e me ajeitei um pouco, e aí o guarda me pegou debaixo dos braços e me puxou mais, e eu saí.

Nellie encarou o menino. Um guarda havia resgatado um bebê e depois este menino, Peter. Mas não Flo. Era tão injusto. Foi difícil afastar as imagens da cabeça e se concentrar novamente nas anotações.

— E o que aconteceu em seguida? — ela ouviu a prefeita perguntar.

— Bom, eu não queria deixar a minha tia — Peter deu um tapinha no ombro da tia —, mas eles falaram que iam tirar ela de lá e que era para eu descer para os beliches e sair dali. E mandaram não falar nada para ninguém. Porque eles não queriam que as pessoas subissem e atrapalhassem, sabe? Porque ninguém que já estava lá embaixo ia poder sair enquanto aquilo estivesse acontecendo. Então eu fui para os beliches, e depois a minha tia apareceu também, e ela estava com a roupa toda esfarrapada e toda machucada. E não contamos nada para ninguém a noite inteirinha.

Era Flo que devia ter sido retirada e mandada para as plataformas, pensou Nellie. Era para ter sido a sua irmãzinha querida a ser salva.

Macdonald Ross agradeceu ao menino e então se virou para a tia.

— Sra. Hall, a senhora pode contar a sua história agora?

A mulher engoliu em seco e fez que sim.

— Bom, foi como Peter falou, certo? Ficamos completamente presos, até que ele saiu. E aí, à medida que eles iam puxando as pessoas que conseguiam tirar, os outros... os que já estavam mortos, imagino, embora continuassem de pé, apoiados pelos que estavam em volta deles... eles iam simplesmente caindo, e ficavam ainda mais espremidos, e eu fiquei presa por um tempo ainda. Meu casaco rasgou, a manga saiu todinha quando me puxaram para fora, e depois eu desci, igual Peter falou, e não falamos nada a noite inteira, como tinham nos orientado. — Ela cruzou os braços como se quisesse indicar que não tinha mais nada a acrescentar.

No entanto, Macdonald Ross perguntou:

— E houve pânico?

— Só quando a gente percebeu que estava preso. Aí os que ainda estavam respirando entraram em pânico, porque dava para ver todo mundo morrendo à nossa volta, as cabeças tombando para trás e tal. Mas na hora de descer a escada não teve pânico, não. Estava todo mundo andando depressa, como sempre, mas não tinha ninguém empurrando. — Ela fez que não com a cabeça. — Aquela pobre mulher que caiu, foi lá que tudo começou tudo, e todo mundo tropeçou nela. Não estou dizendo que foi culpa dela. Os degraus estavam molhados, e é tão escuro lá embaixo. — Ela empinou o queixo. — Nunca mais volto para lá, isso é certo, nem o meu Peter.

— Agora a gente vai para os arcos da ponte ferroviária — acrescentou Peter, e, ao observá-lo novamente, Nellie o reconheceu do último ataque aéreo.

— Muito sensato — comentou a Sra. Bolton. — O depoimento da senhora foi muito útil, Sra. Hall, e o seu também, Peter. Por favor, não deixem de tomar chá antes de sair. Vou pedir a Gladys que prepare para vocês. — Ela os conduziu para fora da sala.

Enquanto as pessoas processavam os depoimentos angustiantes que tinham acabado de ouvir, a sala caiu em silêncio. Nellie acrescentou algumas linhas às suas anotações, tentando dizer a si mesma que tudo não passava de uma história, que não era real. Mas o rostinho de Flo surgiu diante dela. Por que não podia ter sido retirada, como aquele menino, Peter? Por que não a sua Flo? Billy tinha dito alguma coisa sobre um sapato vermelho... Por que ele não conseguiu salvá-la? Mais uma vez, as lágrimas turvaram sua visão.

A prefeita voltou para a sala, pálida e exausta, e anunciou que já tinham feito o bastante aquele dia.

— Vamos retomar depois do fim de semana. Obrigada a todos.

Houve um suspiro coletivo de alívio, enquanto as pessoas reuniam seus papéis e saíam da sala, ainda sem trocar uma palavra. Nellie mal via a hora de sair daquela sala abafada e voltar para casa, ficar sozinha um pouco e pensar no que tinha ouvido. Não houve pânico. O acidente não tinha acontecido por causa de Ray. Não fora culpa dele, e ainda assim ela havia gritado com ele, acusando-o da morte de Charlie e Flo.

34

Na manhã de sábado, Nellie sentou à mesa da cozinha com papel e caneta e tentou encontrar as palavras certas para dizer a Ray.

Querido Ray,

Obrigada pela sua carta. Fico feliz de saber que você chegou em segurança à sua nova base aérea, mas gostaria muito que ainda estivesse por perto e que pudéssemos nos ver. Parece que faz tanto tempo desde que nos vimos. Tenho tanta coisa para lhe dizer que é difícil explicar numa carta, mas acho que não tenho opção.

No trabalho, estou participando do inquérito sobre o acidente, tomando notas. Não é tarefa fácil, mas é bom ter a oportunidade de ouvir a verdade sobre o que aconteceu.

Ray, está cada vez mais claro que o pânico não foi a causa da tragédia no abrigo da estação de metrô. Portanto, o escapamento do seu carro não foi o que provocou o acidente. Nada do que aconteceu é culpa sua, e você não deve se culpar por isso. Lamento mais do que posso colocar em palavras o fato de ter gritado com você e o culpado pelas mortes do papai e de Flo. Foi logo após o acidente, e eu estava perturbada, atacando todos à minha volta. Tenho vergonha de como me comportei, acusando você e o afastando quando precisava de você mais do que nunca. Todos nós nos culpamos aqui — desejando que tivéssemos deixado Flo naquele ônibus, pois então ela ao menos ainda estaria viva (mas nós nunca teríamos nos conhecido, e eu jamais gostaria de viver num mundo em que isso não tivesse acontecido), desejando que tivéssemos sido mais rápidos ou mais lentos no caminho até o abrigo aquela noite. Mas, independentemente de qualquer coisa, não dá para voltar atrás e desfazer o que aconteceu. Você, junto com tantos outros que trabalharam incansavelmente para resgatar pessoas, é um herói.

Eu te amo, Ray, e sinto muito a sua falta. Por favor, por favor, aceite as minhas desculpas e pare de se culpar, se ainda estiver fazendo isso. Por favor, me perdoe. Meu comportamento com você foi terrível, mas não suporto a ideia de perdê-lo. Por favor, me escreva e me diga quando você deve ter licença. Anseio pelo momento de poder vê-lo novamente, de poder ser abraçada por você e beijá-lo. Fique bem, fique em segurança.

Com todo o meu amor,
Nellie

As mãos de Nellie tremiam ao colocar a carta no envelope, então endereçou e colou um selo. Todo o seu futuro repousava naquela carta e em como Ray a receberia. Só podia rezar para que, apesar de ter se comportado tão mal com ele, Ray conseguisse perdoá-la e lhe desse a segunda chance que ela queria tão desesperadamente. Correu até a porta de casa e pegou o casaco que ficava pendurado num gancho.

— Vou só dar um pulinho na caixa de correio — gritou para Em enquanto saía, apressada. Precisava mandar logo aquela carta. Quanto antes ela o alcançasse, mais cedo Ray compreenderia a verdade e pararia de se culpar.

— Nossa, quanta pressa! — Babs também estava de saída.

— Preciso mandar uma carta — explicou Nellie. — Para Ray. Estou precisando muito ter notícias dele. Estou com tanta saudade.

— Ele vai responder assim que receber, você vai ver. E ele vai sair de licença e vir te visitar assim que puder. — Babs pareceu pensativa por um instante. — Você não é a única que se sente mal. O nosso Billy tem andado muito deprimido esses dias, por causa do acidente, mas também por causa da discussão de vocês, no dia do enterro.

Nellie não respondeu. Billy tinha puxado o sapato de Flo. Talvez ele pudesse ter salvado a sua irmã, se não fosse pela crise de asma.

— Eu... Eu... — começou Nellie, mas Babs a interrompeu:

— Você tem que arrumar um jeito de fazer as pazes com Billy. Vocês são amigos a vida inteira e se adoram. Não adianta de nada se desentender numa hora dessas.

Nellie não sabia como responder à amiga, mas Babs tinha razão. A vida não era a mesma sem Billy. Sentia falta das brincadeiras deles — Billy sempre sabia como colocar um sorriso no rosto dela.

— De qualquer forma, ele vai depor no inquérito na semana que vem. Você vai ouvir tudo, e espero que isso ajude a perdoar. Anda, vai postar a sua carta, para você se sentir melhor. Depois vamos visitar Amelia e o bebê? Hoje é um ótimo dia para empurrar um carrinho de bebê no parque.

Nellie fez que sim, colocou a carta na caixa de correio e seguiu para a casa de Amelia com Babs. Sim, uma hora ou mais com as amigas e um bebê recém-nascido iria ajudar a colocar as coisas em perspectiva. Qualquer coisa para distrair a cabeça.

35

A Sra. Bolton falou de forma clara e precisa, expondo os fatos, listando as datas em que tinha escrito para a Defesa Civil e lendo trechos do relatório do engenheiro, o Sr. Smith. Todos ficaram em silêncio enquanto ela falava, e alguns assentiram e grunhiram ao redor da mesa.

Mas Nellie tinha a impressão de que Macdonald Ross estava apenas cumprindo uma formalidade ao incluir o testemunho dela, só esperando educadamente ela terminar.

Depois da Sra. Bolton quem falou foi Sir Ernest Gowers. Ele confirmou que havia recebido o pedido de liberação de verba da prefeita.

— E a verba foi negada? — perguntou Macdonald Ross, olhando fixamente para ele.

Sir Ernest sustentou o seu olhar.

— Na nossa opinião, as alterações propostas para a entrada não teriam feito a menor diferença. Teria sido dinheiro desperdiçado, que poderia ter sido melhor empregado em outro lugar. Quantidade nenhuma de portões e barreiras e sei lá o que mais foi solicitado teria feito diferença para uma multidão cada vez maior e em pânico. O gargalo em Bethnal Green sempre foram as escadas rolantes, e, postando vários guardas no alto das escadas rolantes, a Defesa Civil tem feito tudo o que pode nesta guerra.

— Precisamente — respondeu Macdonald Ross com um aceno de cabeça, embora outras pessoas na sala (a prefeita e outros membros do conselho) tenham soltado suspiros audíveis.

Nellie anotou as palavras com os dentes rangendo. Ela encarou fixamente a Sra. Bolton, esperando que a prefeita dissesse alguma coisa, que defendesse o Conselho Distrital, que obrigasse a Defesa Civil a assumir pelo menos parte da responsabilidade. Mas a prefeita ficou de boca calada e, quando cruzou o olhar com o de Nellie, fez que não de leve com a cabeça, como se dissesse: "Aqui não, agora não."

Estava ficando claro que a Defesa Civil não iria assumir culpa nenhuma. Eles eram parte integrante do Ministério do Interior, claro. E, se viesse a público que a recusa deles em financiar as melhorias tinha causado a morte de cento e setenta e três pessoas, então a posição de Herbert Morrison como ministro do Interior sem dúvida estaria em risco. Ele ia ter que renunciar. Seria um escândalo nacional.

Eles estavam tentando salvar a pele dele. Estavam tentando culpar as pessoas por terem entrado em pânico, o Conselho Distrital, por não ter cuidado do abrigo — qualquer coisa que não fosse responsabilidade do governo. Nellie enxergava tudo com clareza agora, e ainda havia dezenas de outros testemunhos para ouvir. Cerrou a mandíbula, furiosa com a aparente desonestidade do inquérito. Mas cabia à prefeita, e não a Nellie, se manifestar, se opor, se o relatório oficial não fosse correto. Tudo o que Nellie podia fazer era anotar as atas de forma imparcial para o conselho usar depois.

Naquela tarde, Billy entrou na sala de conferências hesitante, segurando o capacete de guarda da Divisão de Precaução Contra Ataques Aéreos, mexendo nele constantemente, nervoso. Nunca gostou de falar em público. E o que tinha para dizer hoje não ia ser fácil. Reviver aquela noite horrível, falar sobre aquela tragédia em voz alta, provavelmente seria quase tão difícil quanto havia sido passar por tudo aquilo da primeira vez. Mal dormia desde aquela noite. Tinha flashbacks, acordava com pesadelos, encharcado de suor, sofria crises de tremedeira no meio do dia. Estava tentando esquecer, afastar aquilo da cabeça, dizer a si mesmo que, não importava o que Nellie tinha dito após o enterro, ele sabia que não poderia ter salvado Flo, que não poderia ter feito mais do que fez. Não era culpa sua ter asma. Não era culpa sua que aquelas pessoas tenham morrido esmagadas.

Mas as palavras de Nellie ainda ressoavam em seus ouvidos. "Você podia ter feito mais que isso. Você podia ter salvado Flo." E a lembrança daquele sapatinho vermelho, que ele chegou a pegar, aquilo era um tormento terrível. Desde o enterro que os dois não se falavam. Ele sentia muita falta dela.

Billy sentou no lugar que lhe indicaram e correu os olhos pela sala. Reconheceu algumas pessoas — membros do conselho, a prefeita. E, no canto oposto da sala, sentada com um bloco de notas e um lápis, estava Nellie. Billy olhou para ela e arfou, tomado pelo nervosismo. Não sabia que ela estaria ali. Claro que, como assistente da prefeita, iria anotar tudo o que fosse dito, por todas as testemunhas. Inclusive ele. Nellie o pegou olhando para ela e lhe ofereceu um leve aceno de cabeça numa forma de incentivo, pensou ele.

Aquela era a sua chance de tentar fazê-la entender que tinha feito tudo o que podia, percebeu Billy. Agora, era ainda mais importante que ele contasse toda a sua história da forma mais clara possível. Ele não podia ter feito mais nada. Precisava que Nellie entendesse aquilo. Ela havia gritado com ele, culpado-o por não ter salvado Flo. Ele perdoava seu acesso de raiva. E agora precisava que ela o perdoasse também. A vida não teria sentido sem a amizade dela.

— Por favor, diga o seu nome e qual é a sua função — pediu um homem que parecia estar encarregado dos procedimentos. Parecia cansado, agindo de forma mecânica, como se tivesse assistido a dezenas de testemunhos e estivesse cada vez mais saturado deles.

— Billy... quer dizer, William Waters. Guarda da Divisão de Precaução Contra Ataques Aéreos.

— E onde você estava na noite de 3 de março, quando a sirene de ataque aéreo soou?

— No saguão da bilheteria do abrigo da estação de metrô. No meu posto de sempre. Mesmo quando não há ataques aéreos, desde a Blitz algumas pessoas dormem no abrigo toda noite. Mantenho a ordem no local durante o turno da noite.

— Por favor, descreva as suas ações a partir do momento em que a sirene soou naquela noite.

Foi o que Billy fez, mantendo os olhos fixos em Nellie. Olhar para ela o ajudava. Era como se ela fosse o seu chão, aquela presença tranquila e bonita. Enquanto ele falava, ela mal levantava os olhos do bloco de notas. Seguiu escrevendo furiosamente, registrando tudo o que ele estava dizendo. Ótimo.

— Então você foi o primeiro a entrar em cena, testemunhou a primeira pessoa a cair?

Ele engoliu em seco.

— É. Eu tentei ajudar a mulher, mas foi tudo tão rápido, o jeito como eles caíram uns por cima dos outros. — Ele balançou a cabeça. — Eu honestamente fiz tudo o que pude, tentei puxar as pessoas, subi nelas, agarrei em qualquer coisa que pudesse para tirá-las de lá. Foi horrível, horrível.

— Você conseguiu tirar alguém vivo? — perguntou um membro do conselho.

— Consegui, senhor. Primeiro, um bebê; depois, um menino. Mais umas três ou quatro pessoas depois disso. Quando a polícia chegou pela saída de manutenção, acho que salvamos mais uns dez, mais ou menos, e mandamos para a plataforma. Mas a maioria estava morta. Nossa esperança era de que houvesse mais pessoas vivas empilhadas sobre as outras. — Ele fitou as mãos, que estavam apoiadas na mesa. — Não tínhamos onde colocar os corpos, entende? E não queríamos que as pessoas no abrigo vissem aquilo quando saíssem, no dia seguinte. Então, quando conseguimos passar, a polícia levou todas para a igreja.

Ele ergueu a cabeça e seus olhos cruzaram com os de Nellie. Ela havia parado de escrever e estava olhando para ele. Estava ligeiramente boquiaberta e, em seus olhos, era possível ver horror misturado com compaixão. Ela havia entendido, pensou ele, que ele tinha feito tudo o que podia. Não podia ter feito mais. Enquanto a observava, ela gesticulou uma palavra com os lábios: "Desculpa."

Viu o arrependimento nos olhos dela, e isso era tudo o que importava para ele. Sabia que a tinha perdido para aquele americano, mas, ainda assim, queria que o respeito e a amizade dela durassem pela vida toda. Eles eram amigos desde sempre. Antigamente, passavam todo tempo livre que tinham juntos. Os últimos dois meses, em que mal se falaram, sobretudo desde o acesso de raiva de Nellie depois do enterro, deixaram-no tão infeliz. Billy precisava tanto dela na sua vida.

Nellie ouviu com atenção cada palavra de Billy. Capturou tudo com sua taquigrafia caprichada. Uma coisa que ficou muito clara no depoimento dele foi que não havia mais nada que pudesse ter feito, com ou sem crise de asma. Ele tinha sido um herói lá embaixo naquela noite, assim como Ray fora um herói lá em cima. Flo e Charlie devem ter ficado em algum lugar no meio de tudo isso, onde não havia chance de alguém os alcançar nem por cima nem por baixo. Ela havia errado ao gritar com ele no dia do enterro, havia errado ao culpá-lo por não ter feito o bastante. Precisava pedir desculpas e encontrar um jeito de fazer as pazes com ele. Como podia ter duvidado dele? Era Billy, o seu amigo de infância, um dos melhores homens do mundo, e é claro que ele teria feito tudo ao seu alcance para salvar as pessoas.

Ela gesticulou um pedido de desculpas para ele com os lábios e viu seu rosto se iluminar e suas feições relaxarem diante da compreensão de que ela havia entendido. E ainda bem, pois certamente não eram só os sobreviventes que nunca iriam superar aquela tragédia. Iria afetar também socorristas como Billy pelo resto da vida. Os horrores daquela noite ficariam gravados nos corações da comunidade para sempre.

36

Era o último dia do inquérito, quinze dias após a tragédia, e, de alguma forma, Nellie havia conseguido chegar até o fim. Tinha ouvido todas as oitenta e uma testemunhas contarem suas histórias. Estava exausta, ficara esgotada ao ouvir cada um daqueles relatos angustiantes, mas se sentia orgulhosa de ter desempenhado um papel no processo para se chegar à verdade sobre os acontecimentos daquela noite, além de ansiosa para terminar o trabalho e encerrar o inquérito. Seria um momento significativo e que iria lhe permitir deixar tudo aquilo para trás e começar a seguir em frente.

Mas isso iria ficar para outro dia, pensou Nellie, apressando-se para casa, ao fim do expediente. As nuvens estavam escuras e agourentas — ia chover a qualquer momento, e ela ia ficar encharcada.

Enquanto corria pela rua, ouviu alguém chamando seu nome.

— Nellie Morris! Espera! — Era Billy, correndo apressado na direção dela. Sentiu o estômago revirar diante da visão dele. Aquela era sua chance de pedir desculpas direito. — Está indo para casa? — perguntou ele. — A audiência acabou?

— Acabou, foi o último dia, hoje. Agora é só aguardar o relatório. Ainda bem que acabou.

— Deve ter sido difícil ouvir os relatos de todo mundo. Estou... orgulhoso de você, Nellie. Pelo que você fez, por tudo pelo que passou. — Billy falava baixinho, mas dava para ouvir a sinceridade na sua voz.

— Estou orgulhosa de você também, Billy. Você agiu muito bem, salvando todas aquelas pessoas. E, Billy, me desculpa. Me desculpa por ter dito aquelas coisas no enterro de papai e Flo. Nunca devia ter colocado a culpa em você. Eu estava arrasada com tudo o que estava acontecendo e acho que estava procurando uma explicação. Mas eu não devia ter descontado em você, e devia ter imaginado que você teria feito de tudo para ajudar aquelas pobres pessoas.

Billy se agitou, inquieto.

— Está tudo bem. Eu entendo. Estávamos todos muito atordoados naquele dia.

— Ainda assim, sinto muito. Você me perdoa?

— Claro, Nellie. Eu estava fazendo o meu trabalho, só isso. Mas é difícil. Não posso falar com ninguém sobre o que aconteceu.

Ele parecia perturbado, como se estivesse lutando contra as lembranças.

— Você pode falar comigo — disse ela, embora não tivesse certeza de que queria ouvir. Já ouvira tanta coisa sobre a tragédia naqueles últimos dias.

Ele ficou em silêncio por um instante, depois falou baixinho:

— Eu ainda vejo eles. E também escuto. As pessoas que estavam presas. Na cama, quando estou tentando dormir. Quando fecho os olhos.

— Ai, Billy. — Ela apertou o braço do amigo.

— Eu ainda tenho que ir lá para baixo no meu turno. E desço aqueles degraus onde tudo aconteceu. E nem fiquei preso. Deve ser pior ainda para as pessoas que ficaram, para os sobreviventes.

Não havia nada que ela pudesse dizer para amenizar essa dor. Não tinha palavras para consolá-lo. Será que isso desapareceria da memória deles ou era um evento terrível demais para ser esquecido?

— Comigo é igual. Não consigo parar de visualizar papai e Flo na igreja. E acho que não vou conseguir voltar ao metrô. Mas pelo menos nós temos uma opção.

— Eu sei, mas é o meu trabalho, embora eu sinta a sua falta lá embaixo. — Ele sorriu, e ela também, feliz por terem dado os primeiros passos a caminho da reconciliação. Eles se entendiam. Sempre se entenderam.

As primeiras gotas de chuva caíram, e ela abriu a mão e fez careta.

— Ah, não. Vai chover, e não tenho chapéu nem guarda-chuva.

— Aqui, leva o meu — disse Billy com um sorriso, tirando o capacete da cabeça e colocando nela. — Melhor que nada, mas não combina nem um pouco com você. — Era um alívio terem voltado de repente ao velho clima de descontração.

— Epa! Acho que me lembro de você dizer uma vez que eu ficava bonita com qualquer coisa!

— E fica, menos com esse capacete — devolveu ele com uma risada. — E então, topa pegar um saco de batatas fritas para comer na volta para casa? Eu pago.

— Por que não? Mas pode deixar que eu pago a minha parte.

— Não se eu chegar primeiro na lanchonete — desafiou Billy. — Vamos ver quem ganha! — Ele partiu em disparada.

Nellie correu atrás dele, determinada a vencer, com uma das mãos segurando o capacete largo demais na cabeça. Chegaram à lanchonete ao mesmo tempo e, ao passar pela porta, ela estava sem fôlego e rindo — rindo pela primeira vez desde o acidente... e a sensação era boa.

— É bom ver um sorriso no seu rosto — comentou Billy. — Mas quem vai pagar pelas batatas sou eu.

Ela sorriu e aceitou.

Dividindo um saco de batatas fritas, Billy e Nellie voltaram para casa andando lentamente, aliviados de a chuva não ter caído e aproveitando a companhia um do outro. Era bom voltar a brincar com Billy, como faziam antigamente, antes da tragédia. Como quando eram crianças e voltavam para casa da escola juntos, e ela se perguntava se ele algum dia teria coragem de convidá-la para sair. Será que teria dito sim, naquela época, antes de a guerra começar e mudar tudo?

Era difícil saber. Nellie olhou para ele, feliz de ver que continuava o mesmo Billy de sempre e ainda podiam ser amigos. Um pouco de normalidade neste mundo louco e corrompido.

Ao dobrar a esquina da Morpeth Street, o coração de Nellie parou por um instante. Ali, perto da porta da sua casa, havia um homem com a farda inconfundível da Força Aérea dos Estados Unidos. Ray devia ter recebido a carta e estava esperando sua licença para poder vir visitá-la e acertar as coisas entre eles. Ouvir de Ray que ele ainda a amava era o que mais precisava naquele momento. Mas então a figura se virou, e ela viu o rosto familiar de Clayton.

Ao vê-la, ele tirou o quepe e o segurou respeitosamente junto do corpo. Ficou onde estava. Nellie sentiu o coração afundar no peito, sabendo que só havia um motivo para ele sair da base aérea nova e ir até Bethnal Green.

— Ai, Deus. Não — sussurrou ela, agarrando instintivamente o braço de Billy em busca de apoio. A descontração de momentos antes evaporou num instante.

— O que foi? Qual é o problema? — perguntou Billy. — Quem é ele? Ah, é o amigo... do seu amigo. O que ele está fazendo aqui?

Nellie se soltou de Billy e começou a correr até Clayton.

Quando o alcançou e viu a agonia em seu rosto, entendeu que Clayton tinha vindo com o tipo de notícia que ela jamais gostaria de ouvir.

Billy, ofegante, veio até ela.

— O que foi? O que aconteceu?

— Nellie, sinto muito — disse Clayton. — Não sei como dizer isso.

— Por favor, não diga — sussurrou ela, balançando a cabeça.

Clayton engoliu em seco.

— Sinto muito, Nellie, eu tenho que... eu tenho que falar. O avião de Ray foi abatido na França. Ninguém viu um paraquedas. Ele está listado como morto em ação.

— Nãaao! — Ela soltou um gemido e desabou, aos gritos, na calçada, na frente de Clayton. Pronto, seu mundo tinha acabado. Sentiu vagamente braços fortes a colocarem de pé e a sustentarem, mas não eram os braços de Ray. Eram de Clayton, e ele lhe deu uns tapinhas nas costas e murmurou palavras que deveriam ser reconfortantes, mas que não faziam nada, absolutamente nada para diminuir a dor.

— Nellie, vamos entrar — chamou Billy. Mas ela não queria entrar, não queria enfrentar Em e George, não queria dizer a eles que outra pessoa tinha morrido, alguém de quem eles gostavam, depois de tudo que haviam perdido. Aquela perda era *dela*. Dela. — Vem, Nellie. Eu faço um chá para você. — Billy puxou seu braço, mas ela o afastou, desvencilhando-se de ambos os homens, olhando para eles enquanto o horror e a descrença se transformavam em raiva. Como aquilo podia estar acontecendo com ela? Já não tinha perdido o suficiente? Quantas pessoas mais aquela guerra iria tirar dela?

— Não quero *chá* — exclamou ela, cuspindo a última palavra. — Só quero, só quero... — Parou de falar. Que as coisas voltem a ser como eram antes, ela ia dizer. Ray, Flo e Charlie de volta com eles. Poucas semanas antes ela tinha tudo, e agora... tudo havia sido arrancado dela. Sua mente era um turbilhão de pensamentos, sentimentos e memórias. Ray a tinha pedido em casamento, eles iam se casar, e agora... agora... ele se foi.

Ela se virou e começou a correr pela rua, justo quando a chuva que ameaçava mais cedo começou a cair. Ainda estava com o capacete idiota de Billy chacoalhando na cabeça, então o arrancou e o jogou na rua enquanto corria, seguindo pela Roman Road até a Igreja de São João. Não voltara a pisar ali, nem sequer no jardim, desde aquela fatídica noite. Andou pela lateral da igreja, pisando nas poças que se formavam depressa, e foi até a pedra. O lugar onde Ray havia gravado suas iniciais naquele dia maravilhoso. Como aquilo parecia distante, agora, um tempo em que o mundo era bom, apesar da guerra, quando tinha a vida toda pela frente. E, no entanto, mal tinha um mês, e as letras ainda pareciam nítidas e claras.

Traçou o desenho delas com os dedos. *NM e RF*. Ray Fleming. O seu amor, o homem a quem havia prometido a si mesma, o homem com quem tinha planejado uma vida. Tomado por aquela guerra terrível. Morto, junto com tantos outros.

Desabou mais uma vez de joelhos, a testa na parede da igreja, e se entregou ao choro que se acumulava dentro dela, que dilacerava o seu corpo e esvaziava a sua mente de tudo que não fosse dor.

37

Nellie acordou na cama, sem ideia de como havia chegado ali, ou do que havia acontecido desde que se ajoelhara junto das iniciais de Ray gravadas na pedra. Quando a lembrança da notícia de Clayton lhe veio novamente, soltou um gemido angustiado, o que fez com que Em corresse para junto dela.

— Ah, querida. Você acordou. O amigo de Ray nos deu a notícia. Meu amor, é terrível mesmo. Terrível, terrível. Que tragédia. — Em se sentou na cama de Nellie e pegou sua mão. — Ele era um homem tão bom, o seu Ray. Eu achei que talvez... Eu tinha esperanças... — Ela balançou a cabeça, triste. — Tantos, todos se foram, e nós ainda aqui. É de pensar, você não acha?

Nellie virou o rosto. Era cedo demais para filosofar. Ela havia perdido... tudo.

— Billy está lá embaixo — continuou Em. — Ele quer te ver, quando você puder descer. Ele e o amigo de Ray te trouxeram de volta, sabe? Você estava... fora de si, completamente. Me deu um susto danado.

— Eu não que... quero falar com ele — gaguejou Nellie. Ela não queria ver ninguém naquele momento.

Em ficou em silêncio por um instante, depois fez que sim e, com um tapinha na mão de Nellie, saiu do quarto.

Nellie ficou sozinha com a dor e seus pensamentos. Fechou os olhos e soltou outro gemido. Será que Ray tinha recebido sua carta, antes de... antes de ser abatido?, perguntou-se ela.

Tudo o que podia fazer era *torcer* para que sim. Era um mero detalhe, mas acreditar que ele havia lido, que sabia que ela o amava e que ele não tinha culpa lhe dava uma pequena migalha de conforto diante de todo aquele horror.

Que vida cruel! Logo quando achava que havia esperança novamente para ela e Ray, ele foi tirado dela de um jeito tão terrível. Virou a cara para a parede, lembrando-se de que suas últimas palavras para ele foram berrar para que fosse embora. Tinha batido nele, gritado com ele, e agora nunca mais iria vê-lo. E não saber ao certo se ele havia recebido o seu pedido de desculpas e a garantia de que a tragédia não fora sua culpa só piorava tudo. A ideia de que ele pudesse ter morrido sem saber que Nellie estava arrependida e que ainda o amava era uma reviravolta ainda mais cruel do destino. Se ao menos tivesse escrito antes. Seu corpo doía de tristeza e sua pele ardia de frustração.

Em cuidou dela e a confortou pelo resto do dia e durante todo o fim de semana, permitindo que ficasse na cama enquanto trazia as refeições para o seu quarto.

— Juntas, meu amor, vamos atravessar esse momento terrível — disse Em na tentativa de tranquilizá-la.

Nellie se sentiu agradecida, embora por dentro se sentisse entorpecida e vazia. A dor que havia sentido ao perder Charlie e Flo agora era dez vezes maior. Não conseguia ver um caminho possível; jamais voltaria a ser o que tinha sido um dia. No trabalho e em casa, iria apenas tocar a rotina, mas não iria mais ter uma vida normal.

O relatório oficial, redigido pelo assessor do Ministério do Interior, Laurence Dunne, saiu exatamente um mês após a tragédia e quinze dias após a conclusão do inquérito. Quinze dias após Nellie receber a notícia de Ray. Não foi tornado público, mas, como assistente da prefeita, Nellie teria a chance de ler o documento na íntegra. A Sra. Bolton pediu a ela que o comparasse detalhadamente com sua própria transcrição.

— Mas, antes, vamos ler juntas — disse a prefeita, entregando-lhe uma cópia.

Leram em silêncio. Nellie ergueu os olhos algumas vezes para a chefe e viu como seu cenho ficava cada vez mais franzido. Ao terminar, a prefeita baixou o documento e suspirou profundamente.

— E aí, o que você achou?

— É... não combina exatamente com o que eu ouvi no inquérito — respondeu Nellie, cautelosa. — Exonera a polícia e os guardas da Divisão de Precaução Contra Ataques Aéreos, o que é bom e correto, mas... — Tinha ficado satisfeita ao ler essa parte, que nenhuma culpa deveria ser atribuída a Billy ou aos seus colegas de forma alguma. Eles tinham feito tudo o que podiam.

— Mas?

— O documento culpa uma "falta de autocontrole" — continuou Nellie, citando o relatório. — Se o governo acredita de verdade que a causa foi pânico, então isso não isenta o conselho de toda a culpa? Mas, depois, ele segue dizendo que "em última análise, a responsabilidade é do Conselho Distrital". Nossa. Mesmo reconhecendo que pedimos a verba para melhoria da entrada e ela foi negada. Na verdade, diz aqui — e Nellie bateu o dedo com força no documento — que o conselho previu que havia perigo, mas não tomou as medidas necessárias para evitar.

A Sra. Bolton acenou positivamente com a cabeça.

— É, essa foi a minha leitura também. "A administração local, por seu conhecimento intrínseco dos próprios problemas, deve ser o órgão responsável pela solução desses problemas." Como iríamos pôr em prática uma solução quando nos foi recusada não só a autorização para isso mas a própria verba! — Ela cobriu o rosto com as mãos. — Então eles estão colocando a culpa na população e em nós. Não entendo o que mais poderíamos ter feito. Reconhecemos o perigo, tomamos medidas para encontrar uma solução, o dinheiro para implementar a solução foi negado. Não podíamos gastar verba pública sem uma autorização que a Defesa Civil não deu. E agora estão culpando primeiro a população, por falta de autocontrole, apesar de muitas testemunhas terem dito que não foi o caso, e, em segundo lugar, nós. Eles decidiram que nós, do Conselho Distrital, podemos ser sacrificados.

— A senhora deveria ter se pronunciado no inquérito — disse Nellie, surpreendendo-se com a emoção na voz. — A senhora devia ter dito que eles não nos deixaram fazer as melhorias. — Toda a raiva e emoção que Nellie vinha mantendo sob controle no trabalho desde a morte de Ray veio à tona. — A culpa é *sua* de eles estarem nos responsabilizando. A senhora devia ter lutado mais.

A prefeita a encarou friamente.

— Eu não podia. Acho que eles já tinham decidido qual resultado queriam. E você, Srta. Morris, precisa se controlar. Estamos todos irritados, mas isso não ajuda ninguém.

Nellie se recordou de como o funcionário do Ministério do Interior e o chefe da Defesa Civil de Londres trocavam olhares durante o inquérito e das inúmeras vezes que as testemunhas foram pressionadas a dizer se houve pânico. Estava claro que eles tinham um objetivo e que, antes do inquérito, o governo já havia decido quem culpar — e não seria a si próprio. Ela suspirou, a raiva diminuindo tão depressa quanto havia irrompido.

— Sinto muito, Sra. Bolton. O que podemos fazer?

A prefeita deu de ombros.

— Pelo que estou vendo, nada. Já fizemos melhorias na entrada da estação, e esse relatório vai garantir que outros abrigos semelhantes também avaliem as condições das suas entradas.

— Talvez pudéssemos... divulgar isso? Defender o nosso caso? — Estava pensando no jornalista que havia conhecido. Tinha certeza de que ele iria querer escrever uma matéria sobre o caso. E ela queria que todo mundo soubesse a verdade. A verdade a havia ajudado a começar a compreender, e a comunidade merecia ter essa mesma chance.

A Sra. Bolton fez que não com a cabeça.

— O Ministério do Interior me informou que temos que manter isso sob sigilo. Eles não querem que o relatório caia em mãos inimigas, nem querem que seja amplamente divulgado, para não prejudicar o moral das pessoas. Estamos de mãos atadas. Não há nada a fazer.

— Não parece certo. — Nellie suspirou. — Eles nos usaram, nos fizeram de... — Ela franziu a testa, tentando lembrar o termo certo.

— De bode expiatório. É, foi exatamente isso que eles fizeram, Nellie. Mas você, eu e os demais membros do conselho sabemos a verdade. Sabemos que fizemos tudo o que podíamos para melhorar a segurança da estação. Nada do que aconteceu é culpa nossa. — A prefeita falava com paixão, e Nellie percebeu que estava dizendo aquilo para Nellie tanto quanto para si mesma. Ela também estava se culpando, imaginou Nellie. Como responsável pelo distrito, a prefeita devia acreditar que a responsabilidade era dela.

— Tem razão, Sra. Bolton. A culpa não é nossa. — Tudo o que Nellie podia fazer era repetir as palavras e direcionar a raiva para o Ministério do Interior, e não para a prefeita. Ela pensou que, quando o relatório saísse, aquilo seria um ponto-final, e que eles iriam poder continuar com o processo de luto. Mas era como se estivesse tudo ainda tão longe de acabar. Era um pesadelo sem fim do qual ela não conseguia acordar.

38

— Srta. Morris, que bom revê-la — chamou Stan Collins, enquanto Nellie descia os degraus da prefeitura, mais tarde naquele dia, ansiosa para voltar para casa. — Espero que esteja bem e dando um jeito de ficar em paz com suas perdas, agora que se passou um mês.

— Oi, Sr. Collins. Estou... me virando. Espero que o senhor também.

— É. Meu pai faz muita falta, e tenho certeza de que o seu também. E a sua irmã. Que tempos terríveis.

Tempos terríveis de fato. Ele não sabia nem metade pelo que ela estava passando e como se sentia deprimida.

— O que o traz aqui, Sr. Collins? — Ela seguiu apressada pela calçada, e o Sr. Collins passou a acompanhá-la.

— Bom, ouvi dizer... que teve um inquérito do Ministério do Interior sobre o que aconteceu naquela noite e que já saiu um relatório. Mas não consigo arrumar uma cópia. Disseram que não vai ser disponibilizado para o público. E acredito que o inquérito tenha sido conduzido em segredo. — Ele a segurou pelo braço e a fez parar. — Srta. Morris, isso não lhe parece errado? Não acha que o público tem o direito de saber? Tem tanta gente de luto ainda, eles não merecem saber exatamente o que aconteceu? Eu não mereço saber como o meu pai morreu?

273

— Sr. Collins, eu... — começou Nellie.

— Escrevi um artigo no dia seguinte, sabe... Liguei para o meu jornal. Não citei o seu nome, claro... nunca divulgaria uma fonte. Mas o artigo foi vetado. O jornal publicou alguma mentira esfarrapada sobre ter sido uma bomba. Me parece que o editor foi pressionado por alguém de cima. Ele me disse que não queria que as pessoas ficassem com medo de usar o abrigo do metrô. — Ele olhou ao redor, então apontou para um Lyons Corner House do outro lado da rua. — A senhorita tem uns minutinhos, posso oferecer um chá?

Ela hesitou por um instante, sem saber sequer se podia conversar com ele.

— Tudo bem, mas não posso...

— Não se preocupa, não vou pedir que a senhorita fale nada, caso eles tenham pedido sigilo — disse Collins com um sorriso reconfortante. Ele a conduziu até o café e a levou para uma mesa junto da janela, então pediu um chá para cada um. — Somos só duas pessoas de luto por causa da tragédia.

Nellie olhou para Stan. Ela sabia que não deveria estar fazendo isso, mas se sentiu compelida a ajudá-lo, então tomou uma decisão. Independentemente do que a prefeita e os assessores do Ministério do Interior dissessem, as pessoas mereciam mais. Ela teria que agir com cuidado.

— Acho que a população tem o direito de saber a verdade, Sr. Collins.

— Stan, por favor.

— Tá bom. Stan. E, por favor, me chame de Nellie. Mas eu não posso mesmo falar muito. Me mandaram ficar calada.

— Quem mandou?

— A prefeita. Ela disse que o governo quer manter as coisas em sigilo, para manter o moral e tal. Foi o Ministério do Interior que conduziu o inquérito. E acho que eles... que eles já tinham decidido de antemão a que conclusões queriam chegar.

Stan a encarou.

— Você acha que eles manipularam o inquérito? Ou o relatório?

Nellie deu um gole no chá antes de responder.

— Acho que o Conselho Distrital foi feito de bode expiatório. Acho que o Ministério do Interior queria alguém em quem botar a culpa e decidiu que era a gente. A segurança e a manutenção dos abrigos antiaéreos cabem à administração local, é verdade, mas...

— Sim, e, se o relatório sugere que o conselho foi negligente em suas obrigações, mesmo que não tenha sido de fato, isso significa que as famílias das vítimas podem pedir indenização. — Stan pareceu pensativo, como se estivesse bolando um plano.

— Indenização? — Ela franziu a testa, tentando entender aonde ele queria chegar.

— É. Sua mãe, por exemplo. Ao perder o marido, o sustento da família, ela... desculpa os meus termos... mas ela corre o risco de cair na pobreza, de não conseguir pagar o aluguel. Você tem mais irmãos ou irmãs morando com vocês?

— Um irmão, ainda na escola.

— Sem o salário do seu pai, como é que a sua mãe vai sobreviver e cuidar do seu irmão?

— Eu tenho um salário... — começou Nellie. Mas ele tinha razão. Em já estava falando de lavar roupa na vizinhança, para tentar sobreviver.

— Eu sei que tem, e sei que vai fazer de tudo para ajudar a sua mãe, mas você não tinha que abrir mão do seu salário. Você devia estar economizando para o seu próprio futuro. Se o conselho foi considerado negligente, então eles precisam pagar para indenizar a sua mãe.

— O conselho não foi negligente. Nós solicitamos verba para a melhoraria da entrada do abrigo — argumentou Nellie.

— Mas o relatório diz que o conselho não fez o suficiente, não diz? Olha, não estou dizendo que a culpa é sua, da prefeita nem de ninguém, mas, se o Ministério do Interior está dizendo que o abrigo não era adequado, isso justifica uma indenização. Sua mãe devia tentar.

— Mas... como isso funciona?

— Ela ia ter que instruir um advogado a assumir o caso e processar o conselho. — Stan se recostou na cadeira e a encarou. — Nellie, vale a pena tentar.

— Por que você não tenta? — perguntou ela. — Você perdeu o seu pai...

— Mas a minha perda não me afetou diretamente, de forma financeira, como a sua mãe ao perder o marido. E ela perdeu dois membros da família, a sua irmãzinha... Me perdoe, mas isso vai ter muito mais impacto se for parar na justiça.

Nellie sabia que ele estava certo. Ela sentia aquele impacto e aquele peso a cada minuto de cada dia.

— A minha mãe não vai querer se envolver num processo judicial... — comentou Nellie, hesitante. Tinha certeza de que Em diria não para isso tudo.

— Posso conhecer a sua mãe? — Stan virou o restinho do chá como se quisesse sair naquele instante.

— Bom... Não vejo por que não. Vamos. — Que Em decidisse se levaria essa ideia adiante ou não. Nellie terminou o chá e levantou da cadeira, pronta para sair.

— Obrigado, Nellie — disse Stan, colocando o chapéu com firmeza na cabeça. — Acho muito importante que se faça justiça. Sua mãe e muitas outras pessoas como ela ficaram sem sustento nenhum, sem que isso fosse culpa delas. Alguém precisa pagar.

Nellie concordava com isso, embora achasse que era a Defesa Civil de Londres que deveria ser processada. Afinal, foram eles que se recusaram a liberar os recursos para melhorar a entrada. Mas, com ou sem razão, não eram eles que o relatório culpava.

Nellie conduziu o jornalista pelas ruas até sua casa, torcendo para que apresentar Stan Collins a Em fosse o certo a ser feito. E, se a mãe decidisse processar o Conselho Distrital, o que isso significaria para ela e sua posição na prefeitura? Certamente iria dificultar as coisas entre ela e a prefeita. Quiçá até impossibilitar qualquer relacionamento. Será que devia deixar tudo para lá, evitar o risco de perder o emprego e simplesmente esquecer essa história? Ou... será que essa não poderia ser uma forma de fazer com que a verdade fosse dita, afinal? Chegaram a sua casa, e ela chamou Em ao entrar.

— Mãe? Está em casa? Trouxe visita.

Em saiu da cozinha limpando as mãos de farinha no avental.

— Ah! Estava fazendo uma torta...

— Mãe, esse é Stan Collins. Ele é jornalista, mas está aqui para falar de outra coisa... Vamos até a sala de estar?

— É, claro, deixa só eu... — Em voltou para a cozinha.

Alguns minutos depois, ela entrou na sala de estar com as mãos limpas, sem avental e carregando uma bandeja.

— Os biscoitos amanteigados que sobraram da leva que fiz na semana passada — ofereceu ela, orgulhosa, indicando um prato de biscoitos. Oscar tinha vindo atrás e, depois de farejar e abanar o rabo para Stan, sentou aos pés de Nellie e ficou olhando esperançoso para os biscoitos.

— O que posso fazer pelo senhor, Sr. Collins?

Stan explicou novamente a sua ideia sobre pedir indenização.

— O senhor está dizendo que eu tenho que processar alguém, é isso? — perguntou Em, distribuindo canecas de chá.

— Isso. Acho que a senhora tem muitas chances de ganhar.

— Posso até ter, mas não tenho dinheiro para pagar um advogado para me defender — respondeu Em. — Então, assunto encerrado.

— Imaginei que a senhora fosse dizer isso — continuou Stan. — Existe uma solução para isso. O seu caso seria como um teste. Se a senhora ganhasse, muitos outros poderiam abrir um processo também, sabendo que provavelmente iriam ganhar, e todo mundo receberia uma indenização. E estou certo de que a senhora pode ganhar.

— Ainda assim, não tenho dinheiro para isso. — Em cruzou os braços. — Do jeito que as coisas estão, já está difícil pagar as contas, e eu simplesmente não vejo de onde podemos tirar uma parcela que fosse do custo disso.

— E, como no fim todo mundo iria se beneficiar — prosseguiu Stan como se Em não tivesse falado —, então todos deveriam pagar pelo primeiro caso. Se eu montar um abaixo-assinado e se todo mundo do bairro que estiver disposto a processar contribuir com um pouco, tenho certeza de que podemos arrecadar bastante.

— Não aceito caridade de ninguém. — Em cerrou bem os lábios.

Nellie não ficou surpresa com a reação da mãe. Ela sempre foi uma mulher orgulhosa e incutia na família a necessidade de se manter de pé e não esperar nem aceitar esmolas de ninguém.

— Não é caridade — argumentou Stan com paciência. — É mais como um investimento. Eles pagam pelo seu caso, que certamente vai vencer, e são reembolsados quando o precedente for estabelecido e eles puderem abrir os próprios casos e obter a própria indenização. A senhora está me entendendo?

Nellie olhou de Em para Stan e então de volta para Em. A mãe estava na dúvida. A relutância inicial em processar estava se dissipando.

— Então é como se eu estivesse fazendo isso por todo mundo? E não por mim. Mas para beneficiar todos os outros que perderam pessoas naquela noite?

— É exatamente isso, mãe — disse Nellie.

— Por que eu? Muitos de nós perdemos alguém.

— Porque nós perdemos dois membros da família, mãe — disse Nellie. Ela mordeu o lábio. Embora quisesse seguir em frente, fazer com que a verdade viesse à tona e ganhar alguma forma de indenização, lá no fundo estava preocupada com como isso poderia comprometer sua posição na prefeitura.

— Perder a sua filha mais nova, bem como o marido, faz com que o seu caso seja mais propenso a sensibilizar o juiz — explicou Stan, tomando o cuidado de manter a voz neutra.

Em engoliu em seco e desviou o olhar, então se voltou novamente para o jornalista.

— Nesse caso, é meu dever, não é? Pode organizar esse abaixo-assinado e me arrumar um advogado, Sr. Collins, que vou fazer o possível para conseguir que as pessoas recebam o dinheiro delas. É o que o meu Charlie iria querer que eu fizesse.

Em parecia determinada. Ela ia levar isso em frente, e talvez ganhasse, pensou Nellie, e o processo lhe daria um propósito, uma razão para continuar. Ia ser bom para ela. Nellie estava orgulhosa da mãe, mas terrivelmente ansiosa com o que iria acontecer. Nossa, ia ser difícil trabalhar, sabendo que a mãe estava processando o seu empregador. Uma parte sua queria dizer: "Não, não faz isso, não torna a minha vida ainda mais difícil"; mas ela se conteve. Isso podia fazer uma diferença real para tantos amigos e vizinhos da comunidade que estavam sofrendo. E não havia necessidade de avisar a prefeita de imediato. Se o abaixo-assinado não arrecadasse dinheiro suficiente, não ia dar em nada, e, se arrecadasse... bom, aí ela pensaria no que fazer.

— Muito bem, mãe — disse ela, apertando a mão de Em.

— Certo, resolvido — disse Stan. — Vou ajudar com tudo o que puder, Sra. Morris.

Ainda bem. Elas iriam precisar de toda ajuda disponível. Sua família nunca havia se envolvido com tribunais, e agora estava colocando tudo em jogo, e contra o local de trabalho de Nellie. Deus, que situação. Não sabia para que lado olhar — para onde quer que fosse, sentia a pele pinicar.

39

Billy agradeceu por não haver probabilidade de ataque aéreo naquela noite e por não ter sido mandado para a estação de metrô. Os jornais hoje em dia só falavam dos ataques com bombas saltadoras para destruir barragens na Alemanha. Havia menos ataques aéreos em Londres, ultimamente. Ele agora odiava descer até o metrô. Toda vez que pisava naquela escada, era assombrado por aquela noite. Sentia na mão o sapatinho vermelho que talvez fosse de Flo, sentia sua força se esvaindo, e os pulmões se contraindo, e a asma tomando conta. E então ele ficava ofegante de novo e precisava passar no posto de saúde para usar o nebulizador.

Ainda bem que naquela noite estaria de plantão fiscalizando o blecaute — patrulhando as ruas, certificando-se de que as regras estavam sendo cumpridas. Com ou sem Blitz, com ou sem ataque aéreo, o povo de Bethnal Green ainda precisava garantir que suas janelas fossem cobertas após o anoitecer, para que nenhuma luz brilhasse nas ruas e servisse de referência para um bombardeiro inimigo. Qualquer pessoa que saísse à noite podia usar uma lanterna, mas o feixe tinha que estar encoberto para que o mínimo de luz iluminasse a calçada. Os postes também foram encobertos ou removidos. Qualquer coisa para esconder a presença da cidade dos aviões inimigos.

Um homem andava na sua direção, provavelmente voltando do pub. Estava mancando e, quando se aproximou, Billy o reconheceu da escola, de uma turma alguns anos acima da sua. O homem tinha sido convocado e voltara para casa sem uma perna. Cumprimentou-o com um aceno de cabeça ao passar por ele, mas o homem parecia perdido nos próprios pensamentos, assim como Billy.

Billy andava para cima e para baixo pela malha de ruas vitorianas que compunha aquela parte da cidade. Já havia feito isso tantas vezes que jurava ser capaz de dizer em qual rua estava e por qual casa estava passando de olhos vendados. A sensação da calçada sob os pés, o cheiro que vinha dos ralos, janelas abertas ou plantas nos canteiros, crianças brincando ou famílias discutindo — tudo isso lhe servia de pista.

Agora estava passando diante do vão onde antes ficava a casa dos tios de Nellie. O que sobrara da casa já tinha sido demolido havia muito tempo, para tornar o local seguro, mas ainda restava uma pilha de escombros, que as crianças do bairro escalavam para gritar: "Eu sou o rei do castelo!" Agora, que já estava escuro, não havia crianças brincando, mas pensar nisso lhe trouxe um sorriso ao rosto, ao se lembrar de como ele, Nellie e Babs eram inseparáveis quando novos. Eles brincavam na rua ou nos parques sempre que podiam. Nellie era a líder; Babs, um ano mais nova, admirava-a e a copiava em tudo. E ele, Billy, apesar de ser o mais velho do grupo, também adorava Nellie — uma paixão de infância que gradualmente se transformou num amor intenso de adulto. Pelo menos por parte dele.

Eles estavam se reaproximando, tanto ele quanto Babs vinham se mobilizando ao redor de Nellie desde que o americano fora morto em combate. Ela reagira tão mal à notícia, e ele tinha feito o possível para ajudá-la. Ele sempre faria o que estivesse ao seu alcance, e ela sabia disso, não sabia? Ele havia levado Nellie e Babs ao cinema uma ou duas vezes. Tinha comprado um saco de batatas fritas para Nellie e se sentara num banco do parque para dividir com ela, colocando-se apenas presente, caso ela quisesse conversar.

E ela havia sorrido para ele, dissera que estava grata pelo apoio. Uma ou duas vezes, tinha pegado sua mão com dedos quentes e macios. Pequenos passos, mas certamente havia uma nova intimidade se formando entre os dois que ele não sentia desde que ela havia conhecido o americano.

— Se você fosse mais homem, Billy Waters, que nem aquele piloto dos Estados Unidos, pegava ela nos braços e dizia como se sente de verdade — murmurou ele, dobrando uma esquina. Um gato se esquivou dele e subiu no degrau de uma porta um pouco mais adiante, de onde ficou observando-o passar.

Se ele fosse mais homem, Nellie teria se apaixonado por ele em vez de continuar vendo-o só como amigo. Ele sabia disso, mas não conseguia nem dizer as palavras para si mesmo.

Maldita asma. Se não fosse por isso, teria sido soldado também, ou talvez tivesse se juntado à RAF e pilotado Spitfires e voltado para casa como herói, e Nellie o teria amado por isso.

Ou teria sido abatido como Ray Fleming e deixado Nellie sozinha. Ou, se fosse do Exército, poderia ter sido morto como o noivo de Amelia. Então, talvez fosse melhor assim, melhor estar preso ali em Bethnal Green, fazendo o trabalho comparativamente seguro de um guarda da Divisão de Precaução Contra Ataques Aéreos, perto de Nellie, capaz de cuidar dela, de oferecer apoio, independentemente de terem ou não um futuro juntos.

Mas quem sabia o que iria acontecer a longo prazo? Talvez, com o tempo, quando ela parasse de lamentar a morte de Ray, quando superasse as outras perdas da melhor forma possível. Talvez, no futuro, quando a guerra acabasse, ela percebesse que ele, Billy, ainda estava ali e ainda a amava. E então talvez houvesse esperança para ele.

Parte III

Primavera-verão de 1945

40

Nos últimos dois anos, Nellie, Em e George fizeram o possível para seguir em frente. O fato de que puderam comemorar o avanço das tropas aliadas no ano anterior, depois do Dia D, que foi empurrando lentamente as tropas alemãs pelo interior da França até Paris ser libertada, serviu de alguma ajuda. Mas, embora Bethnal Green tenha aplaudido aquele progresso, havia novos horrores para enfrentar, pois as bombas voadoras — primeiro os foguetes V1 e depois os V2 — choviam sobre a cidade. Elas eram tão rápidas que não havia tempo de soar o alarme de ataque aéreo. Ou as pessoas dormiam direto nos abrigos, ou se arriscavam ficando em casa. Em muitos aspectos, era tão difícil quanto o início da guerra, e a zona leste de Londres tinha sido mais uma vez fortemente atingida. Mas todos estavam confiantes de que a vitória estava cada vez mais próxima.

O dinheiro era contado, e eles estavam lavando roupas para fora, mas, de alguma forma, conseguiam se sustentar. Agora com 15 anos, George havia terminado a escola e estava fazendo um curso técnico de eletricista, mas ainda era o salário de Nellie que mantinha a família.

Durante meses, foi como se o processo de Em não fosse chegar a lugar algum. Nellie não tinha ideia de quanto tempo levaria para levantar o dinheiro, encontrar um advogado e apresentar o caso à Justiça. Felizmente, Stan sabia o que estava fazendo.

— Todo mundo quis contribuir — dissera ele —, tendo perdido alguém no acidente ou não. Como falei, se ou quando você ganhar, todo mundo vai se beneficiar.

"Menos eu", pensou Nellie. Ainda não havia contado à Sra. Bolton sobre o processo, temendo que, se o fizesse, pudesse perder o emprego. Mesmo quando o advogado que Stan encontrou, um tal Sr. Badcock, foi visitá-los para conversar com Em, Nellie não falou nada no escritório. Ela e a prefeita não tinham mais a mesma relação boa de antes. Não desde o acesso de raiva de Nellie, após a publicação do relatório do Ministério do Interior sobre o acidente. Não era fácil trabalhar com a prefeita sabendo do processo judicial iminente, e Nellie muitas vezes desejou poder recomeçar em outro lugar, num lugar onde pudesse estar livre daquele fardo. Ela realmente sentia que não tinha escolha a não ser continuar na prefeitura. Não havia muitas oportunidades de emprego, sobretudo com a guerra ainda pairando sobre tudo o que faziam, e era evidente que não seria fácil arrumar um salário como o seu em outro lugar.

Numa sexta-feira de fevereiro, Nellie chegou ao trabalho e cumprimentou a Sra. Bolton como de costume. Mas a prefeita olhou para ela e fez cara feia.

— Algum problema? — perguntou Nellie, enquanto tirava o casaco e o pendurava.

A prefeita fincou o dedo numa pilha de papéis em sua mesa.

— É. Isto aqui. Recebi uma carta de um advogado chamado Badcock que, ao que parece, está representando a sua mãe. Ela está processando o Conselho Distrital, Nellie, por negligência por causa do acidente do metrô! Você sabia disso?

Era o momento que temia havia muitos meses. Agora que a Sra. Bolton havia tomado conhecimento do caso, não fazia sentido negar ou tentar diminuir.

— Hmm, sim, Sra. Bolton. Eu sabia. Eu fui...

— E por que não me contou? Por que ela está fazendo isso? — A prefeita passou a mão pelos cabelos. — Nellie, dentre todas as pessoas, você sabe a verdade. Você *sabe* que tentamos melhorar a entrada do abrigo, mas que o financiamento foi negado. Você sabe que o conselho não tem culpa da tragédia! Ainda assim... — Ela fincou o dedo novamente na carta do advogado. — Ainda assim a sua mãe está nos processando. Você sabe muito bem que o nosso distrito não é rico. Que serviços vamos ter de cortar para pagar a indenização dela, se ela ganhar, hein? Quem vai sofrer as consequências?

O ataque da prefeita a pegou de surpresa, mas sua família vinha antes do trabalho. Precisava se manifestar.

— A minha mãe já está sofrendo, Sra. Bolton. Sem o salário do meu pai, o dinheiro está apertado, e isso é uma chance de ela receber alguma coisa. Não vai trazer o papai e Flo de volta, claro, mas pode aliviar um pouco a dor da pobreza. Pelo menos isso ela merece. — Ela empinou o queixo ao falar.

A prefeita piscou, parecendo chocada com a defesa de Nellie.

— Eu sei que é difícil, e a sua mãe, e você também, perderam muito naquela noite. Mas isso... Eu nunca esperei isso.

Nellie a encarou.

— Só porque eu trabalho para a senhora, não significa que a minha mãe não possa fazer o possível para receber uma indenização, Sra. Bolton. E vou apoiá-la, não importa o que a senhora diga. — Nellie sentiu a raiva crescendo, mas se esforçou para mantê-la sob controle.

— Parece traição — continuou a prefeita. — Se fosse outra pessoa, eu... eu teria ficado chateada, porque esse processo vai pegar mal para nós... para mim... só que eu teria entendido. Mas *você*, a sua família... — Ela balançou a cabeça, parecendo mais triste do que irritada.

Por um instante, Nellie não soube como responder. Era exatamente por isso que não tinha falado nada antes. Seu medo era que tudo aquilo que a preocupara durante todos aqueles meses se tornaria realidade. A Sra. Bolton iria demiti-la, e ela não ia conseguir encontrar outro emprego com um salário bom o suficiente para sustentar a família. Tinha que encontrar um jeito de trazer a prefeita para o seu lado. Pensou no inquérito, lembrou-se de como o Conselho Distrital havia sido responsabilizado de forma tão injusta. E teve uma ideia.

— Sra. Bolton, será que não é possível conseguir uma indenização para a minha mãe e ao mesmo tempo fazer isso funcionar a favor do conselho?

— Ah, tá? E como? — devolveu a prefeita, soando cética.

— Bom, vai ter uma audiência. Mais uma chance de a verdade vir à tona. Isso não significa que vai vir a público o fato de que nos esforçamos muito para conseguir a verba para melhorar o abrigo e que não foi negligência do conselho, mas que foi a Defesa Civil que negou o dinheiro? O governo teria que admitir sua responsabilidade e pagar a indenização, e ia ficar provado que o conselho é inocente. Não é assim que as coisas vão se desenrolar?

A prefeita balançou a cabeça.

— Dito assim, parece tão simples, mas...

— A senhora só precisa ir a público, dizer para o mundo que tentou, que fez tudo o que podia, mas que negaram a verba. Eu conheço um jornalista do *Daily Mail*... ele pode escrever uma matéria sobre isso e publicar.

— Não posso.

Nellie levantou as mãos, exasperada com o fato de as pessoas não poderem saber a verdade. Tinha vontade de gritar. Era enlouquecedor.

— Por que não? Me desculpa, Sra. Bolton, mas não vejo por que não.

— Não posso e pronto. — A prefeita suspirou. — É uma situação muito complicada, Nellie, e infelizmente você não sabe tudo.

— Então me explica — implorou Nellie, desesperada para saber o que a Sra. Bolton estava escondendo.

— Não posso, Nellie. Não tenho permissão para dizer. Mas vou escrever para o Ministério do Interior e pedir que arquem com os custos do litígio e de qualquer indenização, caso a sua mãe ganhe. Agora, por favor, aceite o que estou falando e volte ao trabalho.

Nellie ficou olhando para ela, mas a Sra. Bolton juntou seus papéis sem retribuir o olhar, enfiou tudo na pasta e saiu da sala.

— Não tem permissão para dizer? O que ela quer dizer com isso? — murmurou Nellie, pegando uma pilha de documentos para datilografar na sua bandeja e colocando uma folha na máquina de escrever. Como ia conseguir se concentrar com tudo isso acontecendo? Entendia por que a Sra. Bolton se sentia traída, mas esperava que a prefeita também entendesse que, em primeiro lugar, Em tinha o direito de tentar receber uma indenização e, em segundo lugar, que qualquer coisa que ajudasse a revelar a verdade à população sem dúvida era boa, independentemente do que o Ministério do Interior tivesse dito. Agora só podia torcer para que a Sra. Bolton se acalmasse e não resolvesse demiti-la.

41

Em março, poucos dias antes de o julgamento ser marcado, Stan Collins passou na casa deles, num fim de tarde. Em o levou para a sala de estar e serviu chá, insistindo com Nellie para que estivesse presente na conversa.

— Você vai entender e lembrar melhor o que ele disser.

— Bom, Sra. Morris, a senhora vai ter de fazer uma declaração no tribunal — explicou Stan. — Já acompanhei vários processos cíveis no passado, então tenho uma boa noção de como são as coisas. Talvez a senhora prefira escrever alguma coisa para ler na hora, em geral é mais fácil assim. E pode ser que os advogados, de ambos os lados, façam perguntas.

— Mas eu não estou sendo julgada, estou? — perguntou Em, de olhos arregalados, em pânico.

— Não, não é um processo criminal, é só um processo civil. Mas eles vão querer ouvir a senhora... como perdeu o marido e a filha, o fato de que ainda tem um filho menor de idade em casa, que a principal renda é a da sua filha e que, sem ela, não teria condições de pagar o aluguel.

George passou a cabeça pela porta.

— Estou indo vender ovo, mãe.

— Volta para o jantar — respondeu ela.

— A senhora pode acrescentar isso também — continuou Stan, depois que ele fechou a porta. — Que o seu filho está vendendo os ovos das galinhas dele para ajudar no sustento. É importante que o juiz sinta compaixão pela senhora. Assim, a senhora vai ganhar a causa e conseguir uma indenização mais alta.

— Não sei... Parece que eu estou lavando roupa suja em público, isso sim.

— O Sr. Badcock me disse que vai ser uma sessão fechada. Ninguém além do juiz, dos advogados e de alguns outros funcionários da sala de audiência vão ouvir o que a senhora disser. Ainda querem manter a coisa toda em sigilo, por algum motivo. — Stan se inclinou para a frente em sua cadeira e encarou Em. — Além do mais, a senhora está fazendo isso pela comunidade, lembra? O seu é o caso teste, e se... ou melhor, *quando* a senhora ganhar, todo mundo vai ser beneficiado.

Em suspirou.

— Certo. Vou fazer a declaração. Nellie, você me ajuda a escrever uma para eu ler, não é?

— Claro, mãe. Hoje à noite, a gente faz isso. — Nellie apertou o ombro de Em.

— E você vai estar lá comigo no dia?

— Não sei se vão deixar, mãe. Stan disse que é uma sessão fechada. Vou perguntar, mas...

— Então vou ter que ir sozinha — interrompeu-a Em, cheia de determinação.

Nellie precisava de um pouco de ar fresco. O julgamento iminente pesava sobre ela. Despediu-se de Stan e foi até o quintal para sentar no banco ao sol da primavera por alguns minutos.

— Sua mãe está pronta para a audiência? — perguntou Billy, também saindo para o quintal.

— Quase. Tenho que ajudar a escrever uma declaração hoje à noite.

— Se tiver alguma coisa que eu possa fazer para ajudar, tipo...
Nellie protegeu os olhos do sol para olhar para ele.

— Obrigada, Billy. Pelo apoio. Significa muito, sabe.

Billy tinha sido tão bom para eles. Levava-a para passear com Babs
de vez em quando, comprava guloseimas. Era um amigo, apoiando
em silêncio, ajudando-os a superar as perdas. Ninguém era capaz
de fazê-la rir como Billy. Ele sempre soube como animá-la. Pouco a
pouco, ele a havia ajudado a se sentir mais como era antes. Ou, talvez,
a se tornar uma *nova* pessoa. Estava com 21 anos agora. Mais adulta,
mais tranquila. Menos propensa a acessos de raiva, pensou, com
uma pontada de vergonha de algumas crises que tivera no passado.

— Quando quiser. Você sabe disso, certo, Nellie? — Com olhos
cheios de carinho, ele sentou ao lado dela.

Ela sorriu para ele.

— Eu sei, Billy. — Nellie se aconchegou nele, com a cabeça em seu
ombro. Billy era um conforto tão grande naqueles tempos difíceis.
Ele virou a cabeça para ela, e Nellie prendeu a respiração, sentindo
os lábios dele tocarem seus cabelos.

— Quando quiser — sussurrou ele outra vez, e ela sabia que ele
estava falando mais do que só ajudá-la com o processo judicial.

No dia do julgamento, Nellie tirou folga no trabalho. A prefeita
estaria no tribunal, de qualquer maneira, e Nellie queria ir com Em
até lá e ficar esperando pela mãe. Elas foram de braços dados pela
rua, nervosas e agitadas, enquanto Em treinava sua declaração
pela enésima vez.

— Você vai se sair bem, mãe — afirmou Nellie, mais uma vez,
tentando tranquilizá-la, apesar do próprio nervosismo.

— Você acha? Nunca falei na frente de tanta gente antes.

— Stan falou que o tribunal não vai estar cheio. Umas dez pessoas, quem sabe. Antes da guerra, às vezes a gente juntava isso em

volta da ceia de Natal! Se você consegue cozinhar para tanta gente, então consegue falar com eles. Você tem a declaração escrita, não tem? Então, se esquecer as palavras, basta ler.

Em deu um tapinha no bolso do casaco.

— Está bem aqui. Obrigada, meu amor, por me apoiar.

Nellie apertou seu braço.

— Que isso, mãe. Só queria poder entrar com você. — Ela estava preocupada com as consequências, caso o resultado não fosse favorável, mas, se eles ganhassem uma indenização, o futuro ia ser mais seguro e com uma coisa a menos para se preocupar.

— Vou ficar bem, sabendo que você vai estar me esperando lá fora — disse Em, abrindo um sorriso corajoso.

O Sr. Badcock as encontrou no tribunal, orientou Em e a conduziu para a sala de audiências.

— Não deve ser muito longa — disse para Nellie. — Assim que a Sra. Morris terminar a declaração dela, as senhoras podem ir para casa, e fiquem tranquilas que passo lá para dar o resultado assim que o juiz proferir um veredicto.

Nellie ficou sentada num corredor com lambris de madeira do lado de fora da sala, torcendo e retorcendo os dedos, enquanto tentava adivinhar o que estava acontecendo lá dentro. Das paredes, uma fileira de pinturas a óleo de advogados proeminentes de tempos longínquos a encarava, como se questionassem seu direito de estar ali. Nellie os encarou também, desafiadoramente. Estava orgulhosa da mãe por lutar por seu distrito e sentiu uma onda repentina de confiança de que ia dar tudo certo. Eles mereciam ao menos uma notícia boa, não mereciam? Desde que havia perdido Ruth e John, era como se não pudesse evitar que coisas ruins acontecessem. Balançou a cabeça, disposta a afastar essa linha de pensamento. É verdade que a vida não tinha sido fácil desde que Flo e Charlie morreram, mas ela sabia que tinha coisas pelas quais agradecer — o vínculo estreito com Em e George, o apoio de Babs e a presença constante de Billy. Sorriu ao se lembrar de uma história recente que ele lhe contara quando saíram para passear.

E então, de repente, a porta do tribunal se abriu, e Em foi conduzida para fora por um oficial de justiça. Ela parecia aliviada por sua parte ter acabado.

— E aí, como foi? — perguntou Nellie, assim que elas estavam a uma distância segura do prédio.

— Dei a minha declaração, eles fizeram algumas perguntas, conferindo as coisas que eu tinha dito, e foi isso. O Sr. Badcock fez que sim para mim. Acho que ele ficou satisfeito. — Em estava sorrindo, parecendo feliz consigo mesma.

— Muito bem, mãe. Estou orgulhosa de você. — Nellie apertou seu braço.

— Obrigada, querida. Mas ainda bem que acabou, viu! Quer a gente ganhe ou não.

Nellie concordou com um aceno de cabeça. Compartilhava do sentimento e estava imensamente aliviada por essa parte ter acabado.

No dia seguinte, o Sr. Badcock chegou tarde à Morpeth Street, parecendo extasiado.

— Bom, Sra. Morris, nós ganhamos. Como eu sempre soube que aconteceria. A senhora vai receber uma indenização de 1.550 libras pela perda do seu marido e da sua filha. É uma quantia substancial que vai lhe garantir segurança financeira e que a senhora nunca mais se preocupe com dinheiro, mas não menos do que merece. A senhora vai receber uma carta confirmando isso.

— Uh, ganhamos! — comemorou Em. — Escuta isso, Nellie!

George deu um grito, e Nellie arfou, então abraçou o irmão e a mãe.

— Que alívio — disse Em. — Mas onde é que vou colocar todo esse dinheiro?

O Sr. Badcock sorriu.

— Vou tomar as providências para que seja depositado na sua conta bancária.

Em franziu a testa.

— Não tenho conta no banco.

— Então vamos abrir uma para a senhora — disse o advogado, com gentileza.

— Quem diria, eu, com conta bancária e tudo! — cantarolou Em, e Nellie riu, abraçando a mãe. Que peso estava tirando dos ombros! Agora, a família não precisava mais depender do salário dela.

O advogado apertou a mão de cada um deles — Em, Nellie e George.

— Considero que foi um resultado muito satisfatório e que deve lhe dar alguma segurança. E suspeito que não vá ser a única compensação que o conselho vai precisar pagar. Foi um prazer trabalhar com a senhora. Mais tarde envio a conta pelos meus serviços, e, se precisar de mim novamente, por favor, não hesite em entrar em contato. Vou deixar os senhores comemorarem em paz. Boa noite.

Nellie o acompanhou até a porta e voltou para a sala de estar, onde Em e George estavam sentados, olhando um para o outro.

— Não acredito que ganhamos. É muito dinheiro, mãe. Dá para comprar uma casa com isso e nunca mais precisar se preocupar com aluguel.

— Mas não vai trazer a nossa Flo e Charlie de volta, vai? — ponderou Em, olhando para Nellie com lágrimas nos olhos. — Não importa quanto dinheiro eles me paguem, ou quantas casas eu possa comprar, ou quantas contas bancárias eu tenha. Preferia ter o meu Charlie e a minha Flo aqui comigo.

— Claro, mãe. Todos nós. Mas o dinheiro vai ajudar.

George fez que sim.

— Vai ajudar, mãe.

— Não me sinto bem, aceitando dinheiro quando tudo o que eu queria era o meu Charlie e a minha Flo.

— Ah, mãe. — Nellie se ajoelhou aos pés de Em e a abraçou.

George, depois de um olhar hesitante para Nellie, sentou-se no braço do sofá de Em — ou de Charlie, como ainda se referiam a ele — e também a abraçou.

— O dinheiro vai facilitar um pouco a sua vida e talvez servir de ajuda para George montar o próprio negócio, quando terminar o curso técnico. É o que o papai iria querer, você não acha? Nós três temos que ficar unidos e fazer o melhor possível das nossas vidas.

Em fungou para conter as lágrimas.

— Eu sei, amor. Eu sei. Mas é difícil, não é?

— É, mãe. Sempre vai ser difícil. — E ela pensou em Ray, cuja perda havia sido tão difícil de suportar e assim seria para sempre. Mas, com o caso agora concluído e as preocupações com o dinheiro encerradas, talvez ela pudesse enfim seguir em frente.

42

A audiência pela indenização pode ter sido realizada a portas fechadas, mas o juiz, o Sr. Singleton, tinha outras ideias para o veredicto a que havia chegado, ou foi o que Nellie descobriu no dia seguinte, quando chegou à prefeitura para trabalhar. Havia uma multidão na entrada — jornalistas, fotógrafos e o público em geral —, e as pessoas estavam furiosas. Elas abordavam e gritavam com os funcionários que entravam na prefeitura, embora, de onde estava, Nellie não conseguisse entender o que diziam.

— Nellie! Posso dar uma palavrinha com você? — Era Stan Collins. — Parabéns para a sua mãe, por ter vencido o caso. Foi um bom resultado, e não me surpreende. Eu estava procurando você, queria falar uma coisa antes deles. — Ele indicou a multidão com um aceno de cabeça.

— O que foi? — perguntou Nellie, preocupada, enquanto ele a puxava para uma rua lateral mais silenciosa.

— O juiz publicou o veredicto. Acho que ele quis ter seu momento de fama. — Stan tirou um cigarro do bolso e acendeu.

Nellie arfou.

— Ele pode fazer isso? Achei que era para ser tudo sigiloso.

— O juiz é quem decide se quer divulgar suas conclusões. E parece que ele quis. A história está em tudo que é jornal hoje.

— O que ele falou? Quer dizer, é claro que eu sei que a minha mãe ganhou a indenização, mas... — Nellie estava confusa. Ela não tinha visto os jornais do dia.

— Ele disse que os degraus do abrigo eram uma armadilha. Ele jogou a culpa todinha no colo do Conselho Distrital — explicou Stan. — Como órgão responsável pelo abrigo e pela segurança de quem o utiliza, julgou que eles são responsáveis pelo pagamento de indenizações. É como esperávamos, e vai haver muito mais processos por aí. Vou abrir o meu, pela perda do meu pai. — Ele deu uma baforada do cigarro e olhou para a multidão do outro lado da rua. — Por isso agora eles — Stan apontou — também estão culpando o conselho.

— Então você tinha razão. De convencer a minha mãe a processar. — Nellie não conseguia entender por que Stan não estava mais animado com o veredicto. Eles tinham vencido. Stan agora podia pedir sua indenização.

— Pois é. Mas o que eu não entendo é por que o conselho não se defendeu. Você me disse que ele pediu uma verba que foi negada. Por que a prefeita não falou isso na audiência? Ela prestou depoimento, mas não disse nada disso. O juiz falou que, antes do acidente, não houve nenhuma tentativa de melhorar a entrada e, no entanto, sabemos que houve. — Ele franziu a testa e balançou a cabeça. — Nellie, achei que essa ia ser a nossa chance de finalmente expor a verdade. A população merece saber. Se o conselho tivesse se defendido, ia ficar tudo às claras. Não entendo. Tem alguma coisa... que você possa dizer? Não quero insistir, mas a gente merece saber.

Nellie o encarou. Foi como no inquérito inicial. A prefeita não usou aquela oportunidade para falar a verdade.

— Eu não sei. Também não estou entendendo. Vou... ver se consigo descobrir alguma coisa... Isso eu tenho permissão para dizer. — Ela respirou fundo. — Concordo, Sr. Collins, que a população precisa saber. Nós... Quer dizer, o Conselho Distrital não podia ter feito mais nada pela segurança do abrigo. A culpa não é nossa.

— Eu sei. Tem alguém encobrindo isso. O governo está usando o conselho de bode expiatório, como você disse. Acho que o ministro do Interior, Morrison, não quer perder o emprego. Malditos políticos, né? Só pensam no melhor para as próprias carreiras. — Ele largou a guimba do cigarro e a apagou com o calcanhar. — Bom, não vou mais atrasar você. Até mais tarde.

Nellie respirou fundo e se afastou de Stan, a caminho da prefeitura e se preparando para ter um dia difícil pela frente.

— Com licença, a senhorita concorda que o Conselho Distrital foi negligente? Como a prefeitura vai arcar com todos os outros processos que, sem dúvida, vão se seguir a esse? — gritou um homem para ela, assim que começou a subir os degraus da entrada.

Ela apenas balançou a cabeça e continuou subindo. Atrás dela, o barulho da multidão ficou mais alto e houve gritos de raiva.

— Assassina! Você matou a minha mãe! Você matou todos eles!

— Como você pode viver com essa culpa, sua piranha!

— Assassina! Assassina!

Chocada, Nellie se virou e notou a Sra. Bolton abrindo caminho, parecendo pequena e assustada. Ela estava sendo empurrada pela multidão, com os fotógrafos enfiando as câmeras no seu rosto, e os jornalistas acenando com seus cadernos. Todos gritavam perguntas para ela, enquanto outros na multidão lançavam ofensas.

Nellie correu para junto da prefeita e pegou seu braço.

— Vamos entrar, Sra. Bolton. — Ela deu uma cotovelada para tirar um jornalista do caminho, enquanto subiam os últimos degraus e abriam as portas da prefeitura.

Por sorte, ninguém as seguiu, e elas foram direto para a sala da prefeita, onde a Sra. Bolton desabou na cadeira, com a cabeça nas mãos.

— Isso foi feio. Obrigada pela ajuda, Nellie. — Ela parecia totalmente derrotada.

— A senhora está bem, Sra. Bolton? — perguntou Nellie.

A prefeita ergueu o rosto e encarou Nellie com uma expressão tensa.

— Não, na verdade, não. O juiz não mediu as palavras para dizer que o abrigo e a segurança das pessoas que o utilizam são, em última instância, de responsabilidade do conselho. E parece que agora as pessoas acham que eu matei *pessoalmente* os parentes delas. — A voz da prefeita falhou, então ela pareceu se lembrar de com quem estava falando. Ela olhou para Nellie. — Entendo por que a sua mãe abriu esse processo e, num nível pessoal, fico feliz que ela vá receber uma indenização. Mas, meu Deus, foi horrível. Dei tudo de mim por esse distrito, por essas pessoas, fiz o melhor por elas em todos os momentos, e agora estão me chamando de... de assassina.

Nellie ficou espantada ao ver que a prefeita, normalmente tão composta, calma e profissional, estava à beira das lágrimas. Sentiu-se péssima pelo fato de a Sra. Bolton agora estar sendo culpada. Achava que a audiência a inocentaria de qualquer irregularidade ou negligência, e havia algo que Nellie ainda não conseguia entender.

— Sra. Bolton, por que a senhora não... por que o conselho não se defendeu? A senhora não podia ter citado todas as vezes que tentou obter a verba? Foi uma sessão fechada, então não é como se isso fosse afetar o moral da população nem nada assim. — Nellie falou com delicadeza, sem saber ao certo se obteria uma resposta.

— Ah, política, política — respondeu a prefeita. — Não tenho permissão para responder.

Ela então saiu da sala, murmurando algo sobre precisar se fortalecer antes de enfrentar as ordens do dia. Nellie a viu partir, os ombros da prefeita pesados como se ela estivesse carregando o mundo nas costas. Ou ao menos o peso de cento e setenta e três mortes desnecessárias, de acordo com a multidão lá fora. E mesmo assim Nellie ainda não sabia por que a prefeita não havia defendido as ações do conselho.

~

Nellie se manteve afastada da prefeita o máximo possível naquele dia e só trabalhou em sua sala quando a Sra. Bolton estava em reunião. O pedido de indenização de Em havia mudado tudo. Tudo o que podia fazer era esperar que as coisas melhorassem e que elas voltassem ao respeito mútuo e à amizade que tinham antes.

Antes.

Era assim que Nellie via a vida agora — antes da tragédia, na qual incluía a notícia da morte de Ray — e depois. Não havia como voltar, exceto em sonhos, quando ela imaginava que Flo ainda estava na outra cama, segurando sua boneca, fungando durante o sono, e que no dia seguinte Nellie tomaria o café da manhã com a família toda antes de sair para passear com Ray. E então ela acordava e a lembrança chegava. Mesmo agora, dois anos depois, doía muito. Cada dia era uma luta.

Seu único consolo eram os amigos, Babs, Amelia e, claro, Billy. Eles a levavam ao cinema ou para beber. Apareciam com guloseimas para ela — um pacote de biscoitos, algumas laranjas. Sentavam com ela no quintal, fazendo-se presentes para ela conversar, caso quisesse.

A presença calma e gentil de Billy sempre foi uma constante em sua vida. Agora que estava mais velha, mais experiente e tinha passado por tanta coisa, ela apreciava isso mais do que nunca.

No fim da tarde daquele dia, estava entrando na sala da prefeita após uma pausa para o chá quando ouviu a prefeita falar com alguém ao telefone, e ela parecia irritada. Nellie deu meia-volta, mas algo que a chefe disse a fez parar e ouvir.

— Então, se estou entendendo bem, o governo vai pagar a conta?

Houve uma pausa, enquanto a prefeita ouvia a pessoa do outro lado da linha responder.

— Certo, mas você e eu sabemos que o Conselho Distrital não tem culpa... — Ela parou de falar, como se tivesse sido interrompida, e se limitou a ouvir. — E se tiver mais algum pedido de indenização? — O tom da prefeita era hostil. — Podem ser dezenas, Sr. Macdonald

Ross. Foram muitas famílias afetadas. Não me sinto confortável com esse arranjo dissimulado, espero que o senhor entenda isso, mas o senhor não está me dando escolha. O seguro do conselho é só de cinco mil libras. O que daria para pagar umas três indenizações iguais à da Sra. Morris.

Outra pausa.

— Pode parar, por favor. Não precisa me explicar a Lei dos Segredos Oficiais mais uma vez. Não é fácil. Os cidadãos do meu próprio distrito estão aqui me acusando de matar os parentes deles. Se o único jeito que tenho de ajudar essas pessoas agora é permitir que eu vire bode expiatório, então... que seja. *Eu* sei a verdade. Isso me basta. Boa tarde.

Nellie ouviu o fone batendo com violência no gancho e se afastou da porta, voltando para a sala de datilografia. Precisava de alguns minutos para refletir sobre o que tinha acabado de ouvir. Então a prefeita havia concordado em assumir a responsabilidade desde que o governo pagasse os pedidos de indenização? Isso explicava muita coisa. O coração de Nellie se comprimiu de afeição por ela, que, ao que parecia, não podia fazer absolutamente nada quanto a esta situação.

Quando saiu da prefeitura naquele dia, Stan estava esperando por ela na escadaria de novo.

— Descobriu alguma coisa?

Ela fez que não com a cabeça. Apesar de Stan ter se tornado um amigo da família, ela sabia que não podia contar a ele o que entreouvira a prefeita dizer. Se ele publicasse uma matéria sobre isso, mesmo que não citasse nomes, o governo poderia retirar a oferta de pagar as indenizações. Quem ia sair perdendo seriam os moradores de Bethnal Green, que já haviam sofrido tanto.

— Desculpa. A prefeita não me disse mais nada.

Stan deu um suspiro.

— Pelo menos as pessoas vão ganhar uma indenização. Já são quinze intimações expedidas, inclusive a do meu caso, e vai ter mais. Não sei como o distrito vai pagar tudo isso. — Ele esfregou o queixo, parecendo pensativo. — A menos que o governo esteja pagando a conta em segredo. — Stan encarou Nellie, como quem faz uma pergunta com os olhos.

Ela olhou nos olhos dele e deu de ombros.

— Pode ser. Vai saber.

— Hmm. Bom, imagino que as coisas vão se acalmar por aqui em breve. A raiva vai diminuir conforme indenizações forem pagas. Mantenha contato, hein? Me avisa se descobrir mais alguma coisa. Eu ia adorar cobrir a verdade disso no meu jornal.

Ele se foi então, e Nellie suspirou aliviada no caminho de casa. Ela percebeu que estava praticamente na mesma situação que a prefeita. Obrigada a esconder a verdade, para o bem da comunidade. Estava exausta. Toda vez que pensava que tinha um caminho livre diante de si, encontrava um obstáculo novo. Será que havia um futuro em que teria paz e tranquilidade?

43

— Quanto tempo você acha que leva até a Alemanha se render? — perguntou Nellie a Billy, enquanto passeavam no parque numa bela manhã de primavera. Isso havia se tornado um ritual para eles ultimamente. Um saco de batatas fritas, um passeio pelo parque e uma conversa sobre a situação do mundo.

— É só questão de tempo, acho — respondeu Billy. — Algumas semanas, um mês ou dois, talvez. — Ele pegou a mão dela para ajudá-la a se equilibrar num trecho irregular do caminho e, de alguma forma, ela deixou a mão na sua. Parecia confortável. Parecia certo.

Ultimamente, os momentos mais felizes do seu dia eram quando estava com ele, e não havia como negar que Billy, mais do que ninguém, sabia o que fazer ou o que dizer para que ela se sentisse melhor.

Ele era um homem bom, pensou Nellie, enquanto andavam de mãos dadas, comentando como o filho de Amelia, o pequeno William, havia crescido tão rápido.

— Está correndo para todo lado agora, tentando até chutar uma bola de futebol, dá para acreditar? — comentou Nellie.

Billy sorriu.

— Ele está falando também. Na última vez que visitei Amelia, ele não parou de falar comigo. Ele me chama de Bi-i.

Nellie riu da imitação que Billy fez do menino. Ele daria um bom pai um dia. Um pai carinhoso, devotado, maravilhoso. E um bom marido também.

— Nell? — Billy parou de andar e a fez virar para ele com uma expressão nervosa, mas séria, no rosto. — Você acha que um dia... nós podíamos...

Ela sentiu um frio na barriga. O que ele ia perguntar? Ficou animada, mas também nervosa que ele pudesse dizer alguma coisa que mudaria tudo, empurrando-a numa direção para a qual não estava preparada. Ainda não.

— ... você e eu... ir ao cinema juntos? Quer dizer, sem Babs. Só... nós dois?

Ela sorriu para ele.

— Eu ia adorar, Billy. Tem um filme que ainda não vi em cartaz, *Chutando milhões*. Por que não vamos amanhã?

O olhar de alegria no rosto dele chegava a ser contagiante, e ela riu e pegou seu braço, puxando-o para perto.

— Vai ser ótimo! Mal posso esperar!

Assim é que era para ser. Devagar, aos poucos, um passo de cada vez, eles podiam deixar que a amizade se transformasse em algo mais profundo. Ela sempre gostou dele, e agora que estavam mais velhos parecia certo que o relacionamento deles evoluísse. Havia uma inevitabilidade naquilo, pensou Nellie. Sempre houve. Ia levar tempo, mas tudo bem, não é? Seu romance com Ray tinha sido um turbilhão, a incerteza do trabalho dele forçara isso. Agora, com Billy, se isto fosse de fato um romance, poderia e deveria progredir muito mais devagar, para ter alguma chance de sucesso. E ela percebeu que estava torcendo para que isso acontecesse.

Naquele dia, Billy voltou para casa exultante. Ele e Nellie andaram de mãos dadas e marcaram de ir ao cinema, só os dois — num encontro. Ao menos ele esperava que ela enxergasse assim. Tinha tomado tanto cuidado para não forçá-la a nada, para não apressá-la, mas agora... agora ele ousava pensar que eles podiam ter um futuro juntos. Assim como as tropas aliadas estavam vencendo uma batalha após a outra na Europa, libertando vilas e cidades uma a uma, ele achou que podia conquistar o coração dela, pouco a pouco. Sabia que nunca iria tomar o lugar de Ray em seu coração, mas talvez houvesse um espacinho para ele.

Sua esperança era de que, em breve, ele e Nellie estivessem firmes, com o relacionamento finalmente encaminhado nessa direção. Seus sonhos, por tanto tempo enterrados, mais uma vez tinham a chance de vir à tona. O futuro parecia maravilhoso.

44

Em maio, enfim, veio a notícia que todos esperavam. Hitler estava morto, e a guerra na Europa enfim havia acabado. Os sinos de todas as igrejas tocavam sem parar, as pessoas andavam pelas ruas com um sorriso no rosto, os pubs estavam ficando sem cerveja, e a atmosfera de alegria e alívio era tão palpável que a sensação de Nellie era de que, se pudesse engarrafar e vender, faria uma fortuna.

Tantas famílias foram dilaceradas pela guerra, e talvez nenhuma mais do que a de Nellie. Mas era o Dia da Vitória na Europa, e a Morpeth Street estava tendo uma festa organizada às pressas para celebrar a notícia, transmitida por rádio no dia anterior, de que a Alemanha havia se rendido incondicionalmente.

— Flo teria adorado, não é? — comentou Em com Nellie, enquanto colocava uma fornada de biscoito amanteigado para assar. — Estaria na cozinha, ajudando, adorando cada segundo.

Nellie sorriu, melancólica.

— É, e o papai ia estar ocupado, levando a mesa e as cadeiras para a rua, organizando os outros homens.

— É de partir o coração eles não estarem aqui com a gente — disse Em, e Nellie atravessou a cozinha para lhe dar um abraço.

— Eu sei. Mas eles não iam querer a gente triste. Não hoje, não é, mãe? — Ela olhou para cozinha à sua volta, com todas as superfícies cobertas de pratos abarrotados das mais variadas comidas. Toda casa na rua estava fazendo o mesmo, cada uma usando toda a sua cota de mantimentos racionados para fazer sanduíches, tortas, bolos e biscoitos para a rua inteira. Afinal, não era todo dia que o país e seus aliados saíam vitoriosos de uma guerra que se arrastava havia quase seis anos. — Acha que tem comida suficiente?

— Claro que tem! Vamos passar dias comendo as sobras. E é bom sobrar, porque acabaram os cupons de racionamento. — Ela sorriu enquanto limpava a farinha da mesa. — Se você encontrar o seu irmão, leva essa mesa lá para fora com ele. Ou pede para Billy levar com George.

— Ouvi o meu nome, Em? — Billy entrou pela porta dos fundos. — Quer que eu leve a mesa lá para a frente? Já tem bastante gente lá fora.

— Quero, por favor, Billy, querido.

— Eu ajudo também, mãe — disse Nellie. — Anda, Billy.

Não foi fácil — eles tiveram que levantar e virar a grande mesa da cozinha e passar pela porta duas pernas de cada vez, o tempo todo com Em gritando com eles para não esbarrar na parede. Ao tentar passar pela porta da frente, Billy acabou preso entre as pernas da mesa e o batente da porta.

— Arrá! Te prendi! Agora você é meu para sempre! — disse Nellie, rindo.

— Eu sempre vou ser seu, Nell, você sabe disso — respondeu ele com um sorriso e uma piscadinha, mas a expressão melancólica em seus olhos dizia a ela que estava falando sério, apesar do tom de brincadeira. Nellie sabia disso, e um dia em breve ia ter de deixar claro para ele que sabia. E dizer que, se ele quisesse levar as coisas adiante, bom... então talvez ela estivesse pronta para isso agora. Eles já estavam saindo havia um tempo. Não era a explosão de amor que ela sentiu por Ray, mas era um amor confortável e caloroso que a fazia se sentir segura e protegida. E, para ela, isso era o melhor agora.

— Vai ser uma festa de arromba! — comentou Babs, arrumando as cadeiras da família na mesa ao lado.

— Vai mesmo! O que você vai vestir? — perguntou Nellie.

— Arrumei um vestido novo! — comemorou Babs, orgulhosa. — Passei semanas guardando todos os meus cupons de roupa só para esse dia. Vermelho, branco e azul. E você?

— O vestido azul de sempre.

— Você sempre fica linda nele. Estou indo, mãe! — Babs correu para atender ao chamado da Sra. Waters.

Nellie sentiu uma súbita pontada de tristeza. O vestido azul era o preferido de Ray. Era o que estava usando no dia em que o conheceu. Mais uma pessoa a não participar das comemorações. Se as coisas tivessem sido diferentes, talvez estivessem planejando o casamento àquela altura. Esse era o plano, quando a guerra tivesse terminado. Ela suspirou e se recompôs. Mais de dois anos depois, ainda sentia sua falta. Mas devia à memória dele ser o mais feliz possível, ele odiaria imaginá-la deprimida. "Eu gostaria de saber que você vai ter uma vida feliz", foi o que ele disse naquele dia maravilhoso em que passearam de bicicleta pelo bairro inteiro. Ela não conseguia ver uma bicicleta no parque sem se lembrar daquele dia. Toda vez surgia alguma coisinha que fazia com que se lembrasse dele — um sotaque americano, um cachecol de tricô como o que havia feito para ele, uma banda de jazz dissonante tocando no rádio. Era grata pelas lembranças, mas a vida estava seguindo em frente, e ela estava bem com isso. Tinha Billy e iria construir uma vida feliz como Ray lhe dissera para fazer.

A festa, quando começou, foi uma algazarra. A rua inteira compareceu, com cada família contribuindo com o dobro de comida que ela própria podia consumir. Puseram as mesas no meio da rua, e as crianças ficaram brincando de pega-pega de um lado para o outro. Alguém levou um gramofone e colocou discos com música para dançar no volume máximo. George voltou com Oscar assim que terminaram de arrumar as mesas e estavam todos prestes a começar a comer.

— Típico menino, bem na hora da comida! — exclamou Em, bagunçando os cabelos do filho com carinho.

A Sra. Waters tinha feito bandeirinhas e amarrado de uma casa à outra, mas, no meio da comilança, o barbante caiu bem em cima das várias sobremesas que enfeitavam as mesas. Ela ficou vermelha, mas todo mundo riu, e então um garotinho pegou uma das pontas do barbante e saiu correndo, puxando e gritando feliz, com todas as outras crianças atrás dele.

— Quem precisa pendurar bandeirinha com tanta criança para agitar elas para a gente? — gritou Nellie acima do barulho.

— Anda, vem também. Não é só para crianças! — Billy a puxou da cadeira.

— Podemos ser crianças grandes! — respondeu Nellie, rindo, e logo eles também se juntaram às crianças, com Billy atrás de Nellie e Babs atrás do irmão, todos rindo muito enquanto seguravam o barbante com as bandeirinhas e seguiam a fila de crianças, dançando pela rua.

— Um dia, vamos olhar para trás e nos perguntar se crescemos mesmo — gritou Nellie para Billy.

— Um dia eu vou casar com você, Nellie Morris! — gritou Billy, como sempre fazia.

Algo mudou dentro dela diante dessa frase, um calor subiu dentro dela. Não adiantava nada ficar adiando. Pensando bem, seria até perda de tempo. De repente, ela entendeu que era isso que queria — a vida segura e contente que Billy podia lhe oferecer. A segurança de ficar em Bethnal Green perto da família. A vida tranquila e fácil da qual tinha desdenhado, mas agora... as coisas haviam mudado. *Ela* havia mudado. Nellie soltou o barbante e saiu da fileira de crianças, Billy fez o mesmo.

— Cansaram? — perguntou Babs, pegando a mão da pessoa seguinte para continuar com a dança, que seguiu adiante pela rua, deixando Nellie e Billy para trás.

Nellie olhou nos olhos de Billy.

— Então tá. Por que não?

— Você quer dizer que aceita...

— Casar com você. Aceito. — Ela inclinou a cabeça para o lado e sorriu. — Mas só se fizer o pedido direito, Billy Waters!

Ele ficou boquiaberto por um instante, e então, com o sorriso mais largo que ela já tinha visto alguém dar, ajoelhou-se na sua frente, pegou sua mão e a beijou.

— Nellie Morris, amor da minha vida. Você me daria a honra de casar comigo e fazer de mim o homem mais feliz de uma cidade muito feliz num dia muito feliz?

Ela riu, e ele corou, um lampejo de preocupação cruzou seu semblante, como se duvidasse se tinha entendido tudo errado e fosse só brincadeira. Nellie o fez se levantar e o abraçou.

— Sim, Billy Waters. É com muita felicidade que eu aceito me casar com você.

Ao redor deles, todos tinham parado de falar e dançar quando Billy se ajoelhou. Ao ouvirem a resposta de Nellie, todos comemoraram e bateram palmas.

— A guerra acabou, é um novo começo para todo mundo, vou ficar muito feliz em dividir o meu futuro com você — sussurrou Nellie para ele. Billy se virou para olhá-la, com os olhos cheios de amor e espanto. Ela sabia que havia transformado os sonhos dele em realidade, e era uma sensação boa.

— Parabéns, rapaz! — disse o Sr. Waters, dando uma palmada no ombro do filho. — E Nellie, você será muito bem-vinda na nossa família.

— Nellie! — Em veio agitada, com os olhos cheios de lágrimas. — Estou muito feliz por você, amor. Depois de tudo o que aconteceu, essa é a melhor coisa. Billy, meu amor, deixa eu te dar um beijo.

— Peça uma Morris em casamento e leve duas! — brincou Babs.

— A minha melhor amiga e o meu irmão. Até que enfim! — Ela deu um beijo em cada um.

— George, vem cá. Vem dar um beijo na sua irmã mais velha — chamou Nellie, vendo o irmão recuar um pouco e se esconder atrás da multidão que tinha acabado de se reunir ao redor deles. Ia ser estranho para ele ter um novo homem na família.

— Parabéns, Nellie — disse George, enquanto ela plantava um beijo bem molhado na sua bochecha. Ele limpou na mesma hora. — Vou sentir sua falta, se você se mudar. — Ele encarou a irmã por um instante, pensativo. — Então você vai virar Sra. Waters.

— Para você eu vou ser sempre Nellie, Georgie, querido.

Ele sorriu para o antigo apelido e deu um soquinho no braço da irmã. Talvez não estivessem de fato crescendo, não por enquanto.

A rua inteira, amigos e familiares, todos dançando e rindo, comemorando o fim da guerra e o início da sua nova vida com Billy ao seu lado.

Ele ia ser um bom marido. Firme, gentil e atencioso, além de devotado. Eles teriam uma vida calma e tranquila ali em Bethnal Green, cercados por amigos e familiares. Agora isso era tudo o que ela queria.

45

As comemorações foram até tarde da noite. Alguns dos homens ainda estavam na rua, bebendo cerveja e cantando músicas estridentes, mas Em, Nellie e George decidiram encerrar o dia. Billy se despediu de Nellie com um abraço de boa-noite.

— Você me fez tão feliz, Nellie. Não consigo acreditar na minha sorte.

Ela sorriu e fez um carinho no seu rosto.

— Você tem que trabalhar amanhã. Melhor ir dormir, não é? — Ele lhe deu um beijo na bochecha e foi embora.

Nellie se juntou a Em na cozinha para ajudar a lavar e guardar as coisas.

— Daqui a pouco você vai ter a própria cozinha, quando se casar — disse Em. — Você vai ter a sua casa, e vamos ser só eu e George aqui.

— Para onde quer que a gente vá, não vai ser longe, mãe — disse Nellie. — Vamos ficar em Bethnal Green.

Ela imaginou uma casinha no bairro para ela e Billy, as pantufas dele perto da lareira, o avental dela pendurado num gancho da cozinha. Como os pais antes dela, e os avós antes deles. Não era o sonho dela, mas era um bom futuro. Um futuro seguro e confortável. Sentiu frio na barriga diante da ideia de virar esposa. De antecipação, sim, mas também de nervoso. Como isso podia estar acontecendo com ela? Estava a um mundo de distância de como se sentira quando havia se comprometido com Ray. Mais crescida. Mais séria. Mas era o certo a fazer agora.

— Posso te ajudar com o aluguel. Ou comprar logo uma casa. Com o dinheiro da indenização. — Em pegou um pano de prato de uma gaveta e começou a secar a louça que Nellie havia lavado. Nellie notou que estava com lágrimas nos olhos. Era um grande momento, o noivado, e Em devia estar sentindo a dor de não ter Charlie ali para viver aquilo.

— Ah, mãe, o dinheiro é para você e George. Billy e eu vamos ter dinheiro suficiente com os nossos salários.

— Bom, então eu pago o casamento. E não tem discussão.

— Não precisa... — começou Nellie, mas Em a interrompeu, fazendo que não com o indicador.

— O que foi que eu acabei de dizer? Não tem discussão. A minha filha vai ter o melhor e maior casamento que Bethnal Green já viu. Tenho dinheiro para isso. Sei que o seu amigo jornalista Stan disse que eu podia comprar uma casa para mim, mas não quero. Quero ficar aqui. Tenho mais do que o suficiente para o aluguel, para ajudar George e para comprar umas cortinas novas para a sala de estar, então vou gastar uma parte no seu casamento. Vamos alugar o Angel and Crown para a festa. E convidar todo mundo da rua. Você vai ter o vestido mais bonito, o melhor que a gente encontrar. Vamos até o outro lado da cidade para comprar o seu vestido. E vai ter tanta comida! Um bolo de três andares. Não, cinco andares! Por que não?

Nellie riu.

— Mãe, você está perdendo as estribeiras. Billy e eu não precisamos de tudo isso. Queremos só família e amigos.

— Você não vai me impedir de pagar uma festança para você. — Em parou de secar a louça por um instante e pareceu pensativa. — Não consigo deixar de pensar em como Flo teria gostado de ver você de noiva. Ela teria adorado botar um vestido de dama de honra. E como o seu pai teria ficado orgulhoso, Nellie, conduzindo você na igreja.

— Queria muito que ele ainda estivesse aqui para entrar comigo na igreja — disse Nellie baixinho. — E claro que Flo ia ser a minha dama de honra. Imagine só, ela com um vestido lindo, de babado, fita no cabelo e um buquê na mão... Ela teria adorado.

— E como. — Em fungou e secou os olhos com as costas da mão.

— Quem vai entrar com você na igreja agora? George?

— Ele é meio novo. Além do mais, é meu irmão. Não pode "me entregar", pode?

— Frank Waters?

— Ele é pai de Billy. Também não parece certo. — Nellie teve uma ideia. Ela olhou para Em, curiosa. — E você, mãe? Não tem nada dizendo que precisa ser homem, tem? Não vejo por que não pode ser você.

— Eu? Mas... — Em piscou, como se não soubesse como responder; Nellie, no entanto, viu que estava com orgulho nos olhos por ter sido convidada.

— Eu ia adorar ter você do meu lado, mãe. Imagina só, nós duas andando juntas pela igreja para encontrar Billy no altar... — Ela se interrompeu, porque por um instante havia imaginado Ray esperando-a no altar. Ray, lindo em sua farda elegante, com seu sorriso largo e os olhos brilhando de amor. Sentiu lágrimas ardendo nos olhos e apertou o alto do nariz.

Em esfregou seu braço.

— Ai, querida. Eu sei que é tudo um pouco demais para você, não é? Você vai ficar bem. E sim, eu entro com você na igreja. Vai ser um acontecimento e tanto, não vai? Ninguém no bairro jamais iria esquecer o seu casamento, não é? Quando vai ser, então?

Nellie esfregou os olhos para secar as lágrimas.

— Mãe, ele acabou de me pedir em casamento. Dá um tempo para a gente.

— Bom, não demore muito. Deus sabe que se tem uma coisa que a guerra nos ensinou é que, se você tem uma chance de ser feliz, não deve deixar escapar, porque não se sabe o que vai encontrar virando a esquina.

— Isso é a mais pura verdade — concordou Nellie, dando um beijo no rosto da mãe.

322

46

Decidiram se casar em junho. Faltavam apenas algumas semanas, e Nellie mal tinha tempo de respirar.

— Para que esperar? — disse Billy, e Nellie concordou, lembrando-se do que Em tinha dito sobre aproveitar as oportunidades quando elas surgiam.

Agora que estavam noivos, passavam todo o tempo livre juntos, indo ao cinema, ao Angel and Crown, ou passeando pelos parques e fazendo planos para o futuro. Billy tinha mais tempo, já que não precisava mais trabalhar em turnos, nem durante a noite, no emprego novo como fiscal de obra de uma empresa de construção. Nellie também tinha um trabalho diferente. Continuava na prefeitura, mas numa função mais administrativa. A Sra. Bolton havia renunciado ao cargo de prefeita e se aposentado alguns meses antes.

Uma semana depois do Dia da Vitória na Europa, voltando para casa do Angel and Crown uma noite, Billy sugeriu a Nellie que pegassem o caminho mais comprido, pelo Bethnal Green Gardens.

— Vamos sentar aqui um minuto — disse ele, puxando-a para um banco.

— E então, você acha que a gente devia servir vinho na festa? — perguntou Nellie, continuando a conversa sobre o casamento. — Quer dizer, a maioria das pessoas bebe cerveja, ou gim-tônica... — Ela parou de falar, notando que Billy a olhava com uma intensidade que jamais tinha visto antes. — O que foi, Billy? No que você está...

"Pensando", ela ia dizer, mas Billy a interrompeu puxando-a para junto de si, e então seus lábios estavam nos dela, as mãos dele nas suas costas. Ela respondeu, passando os braços pelo pescoço dele e o puxando para si. Não era como beijar Ray, que sempre a fazia derreter por dentro. Mas era quente e agradável, e ela sabia que Billy a amava de corpo e alma.

Ele soltou um gemido baixo e, quando o beijo terminou, corou.

— Desculpa, Nellie, eu não aguentei, e agora estamos... noivos.

Ela sorriu.

— Tudo bem. De verdade. E foi... muito bom. — E estava sendo sincera, tinha sido muito bom.

Talvez só fosse possível amar verdadeiramente uma única pessoa na vida do jeito que havia amado Ray. Tinha a sorte de ter Billy e agradecia por ele, mas sabia que jamais iria sentir por ele a intensa paixão que sentira por Ray. Talvez, a longo prazo, a amizade fosse mais importante para um casamento longo e feliz. Ela não sabia ao certo. Em vez de continuar pensando nisso, beijou Billy de novo.

— Eu te amo, Nellie Morris — disse Billy, quando finalmente se separaram.

— E... eu... também — respondeu ela, e ele a beijou mais uma vez.

Eles conversaram sobre em qual igreja se casar. A de são João guardava tantas lembranças dolorosas para Nellie — ver os corpos de Flo e Charlie lá dentro, ver Ray esculpindo as iniciais deles na pedra. Mas era a igreja da comunidade, e Em acabou insistindo.

— Foi onde casei com o seu pai e onde sempre imaginei você se casando, Nellie. Temos que enterrar as lembranças ruins com outras, boas.

Ao longo do fim de maio, os planos para o casamento avançaram depressa. Tal como esperado, Billy se recusou a aceitar dinheiro de Em para a lua de mel, mas concordou em deixá-la pagar por uma festa no Angel and Crown. Amelia estava animada para ajudá-los a organizar essa parte. De vestido comprado, Babs aceitou ser dama de honra, e George concordou em ser padrinho do noivo, estava tudo pronto. Eles encontraram um apartamento para alugar a duas ruas da Morpeth Street. Seu futuro estava traçado, e não era nada mau, não quando considerava quão sombrias as coisas estavam dois anos e meio antes. Não pela primeira vez, Nellie agradeceu a sorte de ter Billy, o bom, forte e confiável Billy, com quem em breve estaria casada.

Dois dias antes do casamento, Nellie e Billy foram ao Angel and Crow. Babs também estava lá, com o homem com quem estava saindo. A fábrica onde trabalhava havia voltado a produzir roupas íntimas e camisolas de seda, para a sua enorme alegria, e tinha um supervisor novo — um ex-capitão do Exército chamado Peter, por quem Babs havia se encantado imediatamente e convidara para sair. Nellie estava feliz por Babs estar construindo uma vida boa e nova.

— Ele é simpático — disse ela a Babs, quando Peter estava no bar, buscando outra rodada de bebidas para os quatro.

— É, sim. Nós duas arrumamos homens decentes — devolveu Babs. — Daqui a pouco você vai estar casada. E aí vai ter filhos, e eu vou ser tia!

— Ah! Eu não sei se vamos ter filhos logo — comentou Nellie, olhando para Billy. Verdade seja dita, não tinha pensado muito sobre esse aspecto do casamento. Ser mãe? Será que era isso que Billy esperava? Que eles fossem começar uma família de imediato? Em estava com 21 anos quando teve Nellie, mas Nellie ainda se sentia muito jovem. Queria aproveitar a vida só com Billy primeiro.

— Não por enquanto — disse Billy, parecendo envergonhado. Peter tinha voltado com as bebidas e conversava com Babs. — Na verdade, Nellie — continuou Billy, falando baixinho em seu ouvido —, eu, hmm, passei na farmácia hoje. Para... sabe como é. Me preparar. Para... nossa noite de núpcias. Para a gente não precisar ter filhos por enquanto, se você não quiser.

— Ah! — Ela entendeu por alto a que ele estava se referindo.

— Elas... vêm em pacotes de três — continuou Billy —, e só dá para comprar três de cada vez. Aparentemente, até o amor é racionado.

Diante do comentário, Nellie jogou a cabeça para trás e riu alto.

— O amor é racionado! Ai, meu Deus!

Billy pareceu satisfeito por tê-la feito rir, mas não gostou tanto quando Babs se virou para perguntar o que havia de tão engraçado.

— Desculpa, mas existem coisas que um homem não pode falar com a irmã.

— Depois te conto — sussurrou Nellie para ela, o que, por algum motivo, fez as duas garotas terem um ataque de riso. Agora era a vez de Billy perguntar do que estavam rindo.

Foi uma noite divertida. Billy e Nellie foram embora primeiro, andando lentamente para casa numa bela noite de verão.

— Daqui a pouco, Nellie, nós vamos estar voltando para a nossa casinha juntos — disse Billy, pegando no seu braço. — Mas primeiro vamos ter uma lua de mel. Já marquei tudo.

— Uh! Para onde?

Ele sorriu.

— Na hora você vai saber.

— Ah, vai. Conta! Estou doida para saber! — Ela puxou o braço dele e se esticou para beijar sua bochecha.

— Não vou contar. Quero que seja surpresa.

— Ah, por favor! — Ela parou e o virou para si, então lhe deu um longo beijo.

— Nada disso. Nem assim — declarou ele, quando se separaram. — Anda, entra. Você precisa descansar para estar bonita no grande dia.

E, com um último beijo, ele entrou em casa, acenando para ela da porta ao fechá-la.

Nellie ficou um instante do lado de fora, aproveitando o ar ameno da noite, enquanto observava as estrelas. Um dia, não muito tempo atrás, tinha feito exatamente isso com Ray. Era mais difícil enxergá-las agora que o blecaute tinha acabado e os postes não estavam mais obscurecidos. Mas eram as mesmas estrelas daquela outra noite.

Viu uma figura parada no fim da rua. Algo nela parecia familiar, dolorosamente familiar — a altura e a compleição física, o porte. Começou a andar na direção do homem, depois a correr, sem acreditar no que estava vendo até estar a poucos metros dele. Estava mais magro e envelhecido; tinha o rosto marcado por rugas que não existiam antes. Usava roupas civis que não lhe caíam bem, em vez da bela farda azul de que se lembrava. Mas era ele. Definitiva, inconfundível e surpreendentemente *ele*.

— Ra... Ray? Mas... como...? — arfou ela. Suas pernas pareciam de geleia ao olhar para ele, incapaz de confiar no que estava vendo com os próprios olhos.

— Nellie. Ah, minha Nellie — disse ele, estendendo os braços para ela. Seu instinto era de se jogar neles, mas não podia, não ali, com as cortinas dos vizinhos tremulando. E Billy em casa, a poucos metros de distância...

— Como... Como você está aqui? — Tinha tantas dúvidas, mas não fazia ideia do que perguntar. E havia tanto que precisava contar, mas por onde começar? Achara que o havia perdido, disseram que ele estava morto, e, no entanto... ali estava ele, bem na sua frente. Era um milagre, e ainda assim... o momento não podia ter sido pior.

— Fui abatido — explicou ele. — Fiz um pouso forçado em território alemão e fui feito prisioneiro. — Ele deu de ombros, como se fazendo pouco caso da experiência. Não queria falar disso, pensou Nellie, pelo menos não por enquanto. Imaginar Ray como prisioneiro a horrorizou, mas ele tinha sobrevivido, estava bem ali. — Fiquei num campo de prisioneiros de guerra e só fui libertado depois que a guerra acabou. — Ray manteve os olhos fixos em Nellie o tempo todo em que falava, e ela manteve os dela nele, assimilando sua presença, incapaz de acreditar que ele estava ali, seu querido Ray, parado diante dela. — Nellie, sinto muito por não ter vindo antes. Demoraram um pouco para tomar as devidas providências, e aí... Eu não escrevi primeiro, porque não sabia... Achei melhor vir pessoalmente...

Ray ter voltado tão perto do seu casamento era uma reviravolta tão cruel do destino. O homem que ela sempre quis, logo ali, mas fora do seu alcance. Sua mente estava uma bagunça. Amava Billy, ia se casar com ele dali a dois dias, mas como podia virar as costas para Ray? Era Ray, pelo amor de Deus! Ray, o homem que tanto amou!

Eles precisavam conversar. Isso estava claro. Em algum lugar tranquilo, privado. Não ali, onde, naquele exato instante, Billy, seu noivo, podia estar olhando da janela do quarto.

— Vem — chamou ela. — Eu sei onde a gente pode conversar.

47

Ela o conduziu por ruas familiares em direção à estação de metrô e, de lá, atravessou a rua até a igreja. A Igreja de São João, lembrou Ray, onde uma vez ele gravara as iniciais deles na pedra. Parecia ter tanto tempo, outra vida. Os portões do jardim estavam abertos, embora a igreja estivesse trancada. Pela lateral, depois das iniciais deles, havia um banco, e ela o convidou a sentar do seu lado.

— Meu Deus, Ray. Não acredito. Simplesmente não acredito — exclamou ela, olhando para ele como se estivesse saboreando cada centímetro seu. — Por que você não me escreveu?

— Eu escrevi, no campo, mas depois descobrimos que eles não mandavam nenhuma das nossas cartas. Os guardas destruíam tudo. Quando fomos libertados, fiquei dividido entre escrever primeiro ou simplesmente vir para cá. Na França, não tive opção, fomos mandados de um canto para o outro. A repatriação demorou uma vida. Aí, quando cheguei a Dover, achei que ia ser mais rápido pegar um trem direto para cá do que escrever uma carta primeiro. Encontrei Clayton brevemente em Dover. Ele estava na equipe que recebia prisioneiros libertos, distribuindo roupas e bilhetes de trem. Ele me contou que tinha vindo te ver em 1943 e que deu a má notícia.

Ele sorriu para ela, desejando que Nellie se jogasse em seus braços para ele poder beijá-la, para tudo voltar a ser como era antes. Mas ela o encarava com algo que parecia arrependimento no olhar, mordendo o lábio, nervosa. Será que ainda o odiava pelo que havia acontecido naquela noite terrível?

Ray desviou o olhar e fitou a estação do outro lado da rua. Estava tranquila, deserta e silenciosa. Tão diferente da última vez que a vira, da última vez que estivera ali. Em sua mente, a visão se sobrepunha à que ele havia testemunhado naquela noite — o carro emprestado estacionado ali, ambulâncias por todo lado, corpos cobertos com lençóis e casacos, equipes de resgate desnorteadas e traumatizadas fazendo o possível. E Nellie, com a mãe e o irmão, perguntando-se onde estava o restante da família. Aquele tempo agonizante que ele passou reconfortando George, enquanto Nellie e a Sra. Morris conferiam os corpos na igreja. Aquele gemido de angústia que ele ouvira vindo da igreja, quando encontraram Flo.

E tudo isso tinha sido culpa sua. A culpa era sua por dirigir um carro com o escapamento estourado tão perto de uma multidão que só estava tentando chegar a um local seguro durante um ataque aéreo.

Noite após noite, no campo de prisioneiros, Ray ficava em claro, revivendo os eventos daquele dia, de novo e de novo, desejando ter estacionado mais longe, desejando ter gritado que não, não eram os nazistas atirando neles, era só um carro. Desejando que pudesse ter retirado as pessoas mais cedo. Imaginando ter visto o alto da cabeça de Flo, agarrando-a e salvando-a. Abrindo caminho para o Sr. Morris. Qualquer coisa para que a morte deles *não fosse culpa sua*. Quantos morreram ele não sabia, mas, em Dover, Clayton tinha dito que achavam que eram dezenas de pessoas. Todas elas na sua consciência.

— Sinto muito, Nellie — disse ele novamente. — Eu destruí a sua família. Se você não me quiser mais, vou embora.

— Do que você está falando? Destruiu a minha família? — Ela olhou para ele, confusa.

— O... acidente. O escapamento do carro que deu início ao pânico. — Odiava que ela o tivesse feito dizer isso em voz alta.

— Não foi o barulho do carro que deu início ao pânico — explicou Nellie cuidadosamente. — Os sobreviventes disseram que não teve pânico. As pessoas estavam com pressa, mas foi só isso. E, se houve mais pressa que o normal, foi por causa dos novos foguetes antiaéreos que eles dispararam do Victoria Park. Não teve nada a ver com o seu carro.

— Mas...

— Assim que fiquei sabendo, escrevi para você, para contar. — Ela se virou para ele de novo e pegou suas mãos no colo e as apertou. — Ah, Ray. Rezei tanto para que você tivesse recebido a carta... Eu odiava imaginar que você pudesse ter morrido sem saber que a culpa não era sua.

Ele franziu a testa.

— Não recebi carta nenhuma...

— Deve ter chegado tarde demais — disse ela, chorando agora, mas ainda sem buscar o apoio dele. — Teve um inquérito, eu estava lá, fazendo anotações como parte do meu trabalho, e ouvi tudo. Ouvi todas as testemunhas. Ninguém falou nada de tiro nem de qualquer coisa que pudesse ter sido o seu carro. Ninguém! Todo mundo disse que as pessoas estavam calmas ao descer os degraus.

— Não foi pânico?

— Não.

— Então, como...

— Uma mulher tropeçou no pé da escada. Ela estava carregando uma criança. Alguém caiu do lado dela, e os que estavam atrás caíram por cima deles, e aí vieram mais. Dizem que a coisa toda aconteceu muito rápido. Foram segundos. Não tinha como impedir.

— Quantos? — Ray tinha que saber.

— Cento e setenta e três. — A resposta de Nellie veio num sussurro, tão baixinho que ele achou que não tinha ouvido direito.

— Cento... — começou ele, repetindo.

— ... e setenta e três. Isso.

Ele puxou as mãos e enterrou o rosto nelas, para lamentar em silêncio aquelas pobres almas, entre elas a querida e jovem Flo e o Sr. Morris, um homem tão trabalhador. Mas a culpa não era sua. *A culpa não era sua.*

— Esse tempo todo eu achei...

— Todos nós nos culpamos — disse Nellie com um tom de compreensão na voz. — Por ter tirado Flo do ônibus. Por ter nos atrasado no caminho para o metrô, naquele dia. Até Billy, por não ter feito mais para tirar as pessoas lá embaixo. Mas ele foi um herói naquela noite. Ele salvou algumas pessoas, assim como você. — Havia um quê de orgulho no tom dela ao falar essa última parte, e Ray gostou de ver que ela parecia estar superando, na medida do possível, as perdas terríveis de 1943.

Mas havia algo mais em sua voz ao mencionar Billy. Uma intimidade. Lembrou-se do menino magro, irmão de Babs, o guarda da Divisão de Precaução Contra Ataques Aéreos que era apaixonado por ela. Ficou esperando Nellie continuar, meio sabendo o que estava prestes a dizer, temendo, mas sabendo que precisava ouvi-lo.

— Ray, isso é tão difícil para mim... mas estou noiva de Billy — disse ela. Sua voz falhou ao pronunciar as palavras, e ele sentiu o coração apertado por ela. — O casamento é daqui a dois dias. Aí dentro. — Ela indicou a igreja com um aceno de cabeça.

Ele sabia, claro, que havia a possibilidade de ela ter encontrado outra pessoa. Se já estivesse casada, não haveria a menor chance para eles. Se estivesse livre, eles poderiam continuar de onde tinham parado. Mas aquilo — aquela terra de ninguém entre ela estar simultaneamente fora de alcance e acessível — era a mais dolorosa de todas as possibilidades.

— Você o ama? — perguntou ele, baixinho. Era a pergunta fundamental, a que tinha que ser respondida, embora temesse ouvir a resposta.

Ela fez que sim, lentamente, mordendo o lábio.

— Amo. De... De certa forma, sempre amei. Conheço Billy desde sempre. Sempre fomos grandes amigos. E ele tem sido tão gentil comigo. Acho que, se não fosse Billy, eu não teria suportado os últimos dois anos. — Ela afastou uma lágrima. — Depois do... acidente na estação de metrô, e aí você foi embora, então Clayton veio me dizer que você estava morto... Eu estava no fundo do poço, Ray. Billy me ajudou a superar. Isso nos aproximou.

Ao menos sentia-se grato ao outro homem por isso.

— Ele sempre te amou. Isso era óbvio.

— Pois é. Sempre — disse ela, resignada.

— E você aceitou se casar com ele?

Ela o fitou por um instante, antes de responder.

— Achei que você tinha morrido. Eu tinha que continuar vivendo. Billy é um bom homem, e parecia a coisa certa a fazer. Ele me faz feliz e sei que vai ser um bom marido para mim.

— E agora? — sussurrou Ray. Ele prendeu a respiração, esperando a resposta. Passou-se um minuto, uma hora, um dia, uma vida, enquanto ele esperava.

— E agora... — sussurrou ela também, olhando para as mãos deles unidas no colo dela. — Agora... o casamento é daqui a dois dias. Está tudo arranjado.

— Mas...

— Ainda vou me casar com ele, Ray. — Ela deu um grande suspiro, o peso do mundo exalava pela sua boca. — Não posso decepcioná-lo. Ia ser o fim dele. E... eu o amo, e vai ser um bom casamento. Me disseram que você estava morto. — Ela pegou a mão dele e a segurou junto do coração. — Por favor, acredite em mim... eu teria esperado para sempre se achasse que havia a menor chance! Eu te amo, Ray, sempre vou te amar, mas não posso deixar Billy. Não posso. Eu também o amo.

E então ela começou a chorar, e ele a abraçou, e ela se agarrava a ele como um homem se afogando se agarra a um salva-vidas, e ele se esforçava para ver as coisas do ponto de vista dela, para entender, para aceitar.

Ray não disse nada por um minuto e deixou que o choro dela diminuísse. Então a soltou gentilmente e lhe ofereceu um lenço. Nellie sentou ereta novamente, deu um sorriso fraco para ele e secou as lágrimas.

— Eu entendo — disse ele, e nunca foi tão difícil pronunciar duas palavras. — Não vou atrapalhar. Você merece um casamento feliz, e só lamento que eu não possa te dar isso.

Ela arfou, e as lágrimas começaram a cair outra vez. Era de partir o coração vê-la daquele jeito, e a culpa era *dele*. Nellie merecia estar feliz, animada com o casamento iminente, sonhando estar com o homem que amava. E ele tinha estragado isso para ela.

— Nellie, eu jamais teria voltado se soubesse de você e Billy. Teria me afastado. Me desculpa, me desculpa por ter feito você passar por isso.

Eles ficaram sentados em silêncio por mais alguns minutos, cada um perdido nos próprios pensamentos. Ray havia tomado uma decisão. Ele ergueu a cabeça para fitá-la uma última vez e percebeu que ela estava olhando para ele com amor, e saudade, e perda nos olhos.

— Desejo a você... tudo de bom no dia do seu casamento. E espero que você e Billy tenham uma vida longa e feliz juntos. — Estava sendo sincero ao dizer isso. Só queria que ela fosse feliz. — Vou embora hoje à noite e não vou voltar. De qualquer forma, tenho que ir para a minha antiga base aérea e ser formalmente dispensado. E eles vão tomar providências para me mandar de volta para os Estados Unidos.

— Ray, eu... — começou ela, mas ele ergueu a mão.

— Não vamos dizer mais nada, Nellie. Só... deixa eu te abraçar uma última vez.

Como se estivesse esperando por isso, ela se jogou em seus braços de novo, e ele a apertou com força, acariciando suas costas, seus cabelos, desejando beijá-la, mas sabendo que isso iria acabar com os dois. Ela esfregou o rosto na bochecha dele, como se estivesse lutando contra os mesmos desejos, e então, em sintonia, se afastaram.

— Adeus, Nellie.

— Adeus, Ray. Espero que você encontre... alguém... Espero que seja feliz também.

Eles se levantaram. Ray ficou observando Nellie se afastar, feliz de vê-la parar e olhar para trás uma última vez. Ele ergueu a mão num aceno, e ela fez o mesmo, e então foi embora, noite adentro, e ele ficou sozinho.

Nellie entrou em casa em silêncio, rezando para que Em já estivesse na cama e não acordasse. Subiu a escada, entrou no quarto e desabou na cama, onde ficou olhando para o teto.

Já tinha perdido Ray uma vez, havia passado os últimos dois anos se conformando com isso e agora... agora precisava fazer tudo de novo. Era um milagre ele estar vivo, e o coração dela palpitava de alegria ao pensar nisso, mas ele não podia ser dela. Ela não podia e não iria decepcionar Billy. Isso iria acabar com ele. Ela devia ser forte e parar de pensar em Ray, pensar apenas na vida tranquila e segura que planejava com Billy.

E tirar Ray, o seu querido Ray, a quem amava de coração, da cabeça para sempre.

48

A manhã do casamento de Nellie foi agitada, cheia de tarefas de última hora, e passou num turbilhão, se arrumando, recebendo visitas, preparando a mala para a lua de mel. Babs chegou às nove para fazerem cabelo e maquiagem e se vestirem. Em insistiu que as duas tomassem um bom café da manhã, com ovos mexidos, cortesia das galinhas de George, e bacon, para o qual havia economizado alguns cupons de racionamento.

— Não quero saber de você desmaiando no altar — repreendeu ela com o dedo em riste. — Conheci uma garota que fez isso. Não comeu nada na manhã do casamento, apagou na hora de dizer seus votos e bateu com a cabeça, o vestido ficou todo sujo de sangue. Tiveram que adiar o casamento.

Mas Nellie mal conseguia comer. Havia passado dois dias carregando consigo seu grande segredo — o conhecimento de que Ray estava vivo, que ela o tinha visto. Não parava de se perguntar: e se o casamento não estivesse tão próximo? E se ela tivesse tido mais tempo para considerar a escolha, teria tomado uma decisão diferente? Será que teria encontrado alguma forma de terminar com Billy com gentileza, mesmo sabendo que isso o devastaria? Não podia dar uma resposta para isso, não agora, não enquanto estava tudo acontecendo tão depressa e ela não tinha tempo para pensar. Havia feito sua escolha, lembrou-se pela centésima vez. Ia ficar com Billy.

Havia prometido a Babs que não iria partir o coração dele. Era o certo a fazer.

Esforçou-se muito para se comportar como uma moça deveria se comportar no dia do casamento — animada, agitada, risonha. Como Em e Babs, que estavam saltitando, sorrindo de orelha a orelha. Nellie fez o possível para se juntar à alegria, mas era tudo fachada. Ela sabia, ela sentia, só tinha que torcer para que ninguém percebesse, nem Em, nem Babs, nem, que Deus a protegesse, Billy. Resolveu que jamais contaria de Ray para ele. Essa cruz era sua. Sua e de mais ninguém. Tinha tomado uma decisão e sabia que era a certa.

Nellie e Babs lavaram o cabelo e foram até o quarto para colocar bobes.

— Está nervosa? — perguntou Babs. — Porque eu estou, e nem sou a noiva!

Nellie sorriu.

— É, um pouco. Ansiosa, mas também vou ficar feliz quando esse alvoroço todo acabar. — Teria sido tão diferente se Ray não tivesse voltado. Estaria nervosa, mas animada. Agora só queria que o dia corresse como o planejado, colocar a aliança no dedo, e que ela e Billy seguissem para a lua de mel deles, onde quer que fosse. Não aguentava mais surpresas. Precisava começar sua vida nova com Billy. Uma vida que tinha certeza de que seria amorosa e estável, embora ainda não tivesse se acostumado com a ideia de que muito em breve seria uma mulher casada.

— É o seu dia. Claro que vai ter alvoroço! — Babs riu. — Se serve de algum consolo, Billy também está nervoso. Eu não via a hora de sair de casa de manhã. Ele estava andando de um lado para o outro procurando o modelador de cabelo que tinha comprado especialmente para hoje. Como se o casamento não pudesse ir adiante sem isso! Eu falei que, se isso for a pior coisa a dar errado hoje, então vai ser um dia bom. Homens, não é mesmo? São mais vaidosos do que a gente, acho.

Nellie deu uma risadinha forçada, perguntando-se se devia contar a Billy sobre Ray. Era errado começar a vida de casada guardando um segredo tão grande do marido? Mesmo que fosse para o bem dele, para salvá-lo da angústia.

— Acho que você tem razão. E ele encontrou?

— O quê?

— O modelador...

— Ah, encontrou, no quarto dele, debaixo da camisa que a mamãe tinha passado e arrumado para ele usar. — Babs riu. — Sabe o que a mamãe falou? Disse que é a última camisa que passa para ele, e que a partir de hoje essa responsabilidade é sua. Espero que você esteja ansiosa para passar as camisas do meu irmão!

— Hmm. Ele pode passar as próprias camisas. Eu ensino — respondeu Nellie. Alguns dias antes, ela teria apreciado a imagem sua passando as camisas de Billy, enquanto ele cuidava do jardim ou pintava as paredes ou simplesmente lia um jornal, uma cena doméstica tranquila e confortável. O futuro que achava ter pela frente e no qual achava que seria feliz. Mas agora ela sabia que, sempre que estivesse fazendo algo por Billy, se imaginaria fazendo o mesmo por Ray, agora que sabia que ele estava vivo, e sempre se perguntaria quão diferente sua vida poderia ter sido. Ele sempre seria seu primeiro amor, mas não tinha dúvidas de que estava fazendo a coisa certa ao ficar com Billy.

— Está aí uma boa ideia. Homens passando roupa! Rá! — Babs olhou para Nellie, curiosa. — O que houve, Nell? Está tudo bem?

Nellie sorriu para a amiga, forçando-se a parecer feliz.

— Acho que é só nervosismo. Anda, deixa eu fazer o seu cabelo agora. Você tem que ficar linda para Peter também!

— E vou, naquele vestido que a sua mãe comprou para mim. — Babs indicou com a cabeça o vestido verde-claro todo rendado pendurado atrás da porta de Nellie. — É lindo. E o seu é ainda mais bonito.

Nellie olhou de relance para o próprio vestido — renda branca, longo, com decote coração e uma calda curta. O tipo de vestido de noiva que sempre sonhou em usar. Em insistira que ela e Babs mereciam do bom e do melhor. As três foram juntas às lojas de departamento da zona oeste da cidade e encontraram os vestidos preferidos na John Lewis.

— É, sim — disse ela, sorrindo alegremente para a futura cunhada e tentando injetar o máximo de entusiasmo possível na voz.

Ia ser um dia difícil, mas tinha que cumprir seu papel e ao menos tentar aproveitar o dia do seu casamento. Devia isso a todos — a sua mãe, Babs e, não menos importante, a Billy.

A cerimônia seria ao meio-dia. Às onze e meia, George enfiou a cabeça no quarto de Nellie.

— Nell, estou indo... Uau, olha só vocês duas! — Ele olhou boquiaberto para Nellie e Babs.

— Você nunca viu a gente tão bonita antes, né? — provocou-o Babs, piscando os cílios para George. Ele corou e deu um passo para trás, então gritou do outro lado da porta para avisar que ia passar na casa ao lado para oferecer seus serviços de padrinho.

— Pobrezinho, você deixou ele envergonhado — comentou Nellie, rindo. — Certo, agora que ele já foi, podemos descer. Acho que a mamãe preparou uma coisinha para nos dar forças. — E Nellie definitivamente estava precisando de um fortificante.

Em estava esperando por elas no primeiro andar, na sala de estar. Numa bandeja, havia três tacinhas diferentes, cada uma com um dedinho de conhaque.

— Presente do patrão de Amelia — disse ela, passando uma tacinha para cada uma. — A Nellie e Billy. Que vocês tenham um casamento longo e feliz.

Nellie riu, parecendo nervosa até para si mesma.

— É para fazer o brinde depois que a gente tiver dito os nossos votos, mãe. Vai dar azar.

— Não vai nada. Não tão perto assim da cerimônia. — Em pousou a tacinha na bandeja e levou as mãos aos ombros de Nellie. — E deixa eu falar uma coisa: você está deslumbrante. — Seus olhos brilhavam de um jeito suspeito. — Como o seu pai teria ficado orgulhoso.

Nellie afastou uma lágrima e ergueu a taça.

— Ao papai. E a Flo. E à tia Ruth e ao tio John. Sempre vou amar vocês.

— A Charlie e Flo, a Ruth e John — ecoaram Em e Babs.

Em ofereceu um sorriso triste e torto para Nellie, enquanto secava os olhos.

— Vamos sentir falta deles para sempre, não é? De todos os que perdemos.

— Vamos — concordou Nellie. Dois dias antes, isso incluía Ray. Ela cerrou os lábios. Não ia chorar, não agora, com a maquiagem feita e a cerimônia a poucos minutos de começar.

Em olhou para o relógio na lareira.

— Certo, está na hora. Vamos, meninas. Precisamos seguir em frente. Não queremos chegar atrasadas, não é mesmo?

Elas saíram, Nellie agarrada ao braço de Em. Atrás delas, Babs foi segurando seu buquê e o de Nellie. Alguns vizinhos do fim da rua que não iam ao casamento estavam na porta de casa e bateram palmas e assobiaram quando elas passaram. Diante da igreja, havia algumas pessoas circulando, fumando e conversando, mas, quando viram a noiva se aproximando, todos entraram para tomar seus assentos.

Todos exceto um. Nellie prendeu a respiração, incapaz de ver o rosto dele daquela distância, mas com uma certeza absoluta de quem era. Elas continuaram andando, as três em silêncio, agora que estavam tão próximas.

E então foi Em quem o reconheceu primeiro.

— Olha ali, aquele não é... Achei que ele... Meu Deus do céu, Nellie, é o seu Ray! Olha, vivinho da silva, esperando ali!

— O quê? Não pode ser, Sra. Morris — disse Babs, apressando-se pela rua para passar por Nellie e Em e ver por conta própria. — Gente, é ele! É Ray! Ray!

Ele já estava olhando, já as estava observando, e levantou a mão em resposta ao grito de Babs. Ele sabia, claro, o local e a hora do casamento, e lá estava ele, e, de alguma forma, parecia inevitável que estivesse ali. No lugar dele, Nellie sabia que teria de presenciar seu casamento para ter certeza de que ele estava fora de alcance. Ela apertou o braço da mãe com ainda mais força, sentindo um frio na barriga ao ver Ray novamente.

— A gente achou que você... — disse Babs. — Você está vivo! Que alegria. — Ela lhe deu um abraço espontâneo e um beijo na bochecha, mas sem tirar os olhos de Nellie.

— Como você sabia... Nellie, você sabia que ele estava... — gaguejou Em.

— Eu esbarrei com ela faz dois dias, Sra. Morris — explicou Ray. — Eu estava num campo de prisioneiros. Não vim aqui para... atrapalhar nada. Só queria prestar as minhas homenagens e... ver Nellie uma última vez. Vestida de noiva. Não consegui me conter. — Ele olhou para ela, angustiado. — Você está linda, Nellie. Billy... tem muita sorte. Espero que ele saiba disso.

— Ai, meu Deus — murmurou Babs. Nellie olhou para a dama de honra. Babs estava com a mão na boca, os olhos arregalados. Tinha visto o amor que Ray ainda nutria por Nellie.

— Ray. Ai, Ray.

Tudo o que podia fazer era sussurrar o nome dele. Nellie não conseguia pensar. Ali estava ele de novo, e ela o amava tanto. Não podia negar, não com ele ali na sua frente, olhando para ela com tanta saudade. Não conseguia tirar os olhos dele.

Ao seu lado, Em olhou de Nellie para Ray e então de volta para a filha.

— Bom, que problemão, hein? O que a gente vai fazer agora?

Nellie engoliu em seco com força.

— A gente vai entrar na igreja, mãe, e eu vou me casar com Billy Waters.

— Vem aqui, meu amor. Deixa eu conversar com você. — Em a puxou para um canto, para longe dos outros. — Tem certeza de que está fazendo a coisa certa, Nellie? Porque se tem uma coisa que a guerra nos ensinou é que a gente tem que aproveitar as nossas chances enquanto pode. Nunca se sabe o que tem virando a esquina. As coisas mudam num instante, não é mesmo? Igual a bomba que levou Ruth e John, o acidente que levou o meu Charlie e a minha Flo. Não dá para prever o que vai acontecer, e só se tem uma chance. Uma chance na vida de ser feliz. — Ela inclinou a cabeça para o lado e sorriu. — Se bem que parece que você ganhou uma segunda chance.

Nellie tentou responder, mas as palavras não saíram. Se pudesse voltar, repetir o Dia da Vitória na Europa e não responder a pergunta de Billy tão espontaneamente... se tivesse a mais leve suspeita de que Ray não tinha morrido... se a data do casamento não estivesse tão próxima... Tantos cenários possíveis. Mas ali estava ela, e Billy estava lá dentro, esperando por ela no altar, e ela não podia decepcioná-lo. Não podia perdê-lo, nem perder a amizade de Babs também, claro... Aquela vida segura em Bethnal Green que tinha começado a desejar, a casinha onde iria morar com Billy, os filhos que um dia teriam — tudo isso ainda estava a sua disposição. Era o que achava que queria... até dois dias antes.

Em ainda não tinha terminado. Ela apontou para Nellie.

— Então, se você for adiante e se casar com Billy, é melhor ter certeza absoluta, minha filha. Você já passou por tanta coisa, todos nós passamos, e eu só quero que você seja feliz, sem arrependimentos.

— Eu tenho certeza — disse Nellie, embora sua voz não demonstrasse convicção, nem mesmo para si mesma. Aproveite as suas chances, dissera Em. Aproveitar a chance de ter a vida tranquila e confortável com um homem estável que a adorava. Sim, essa era a decisão que tinha tomado e não ia mudar de ideia.

49

Billy estava no altar, orgulhoso, em seu terno novo comprado especialmente para a ocasião. Uma rosa amarela na lapela e, ao seu lado, George, num terno emprestado com uma rosa parecida.

Pelas contas dele, estava quase na hora. Tinha conferido o relógio poucos minutos antes, e faltavam cinco minutos para o meio-dia, então, a qualquer momento, Nellie iria chegar, andando pela igreja na sua direção, de braço dado com a mãe. Ela viria e, dali a uma hora, seria sua esposa. Ele iria amá-la e estimá-la até o dia em que morresse.

Virou-se para olhar para a nave da igreja, ansiando pelo momento em que a veria pela primeira vez no vestido de noiva.

Avistou Amelia, algumas fileiras atrás, com o pequeno William no colo. Estava com um vestido azul-marinho de viés branco que lhe caía muito bem. Ela abriu um sorriso de encorajamento para ele que aqueceu seu coração. Atrás dela estavam o Sr. e a Sra. Bolton, o antigo supervisor da Divisão de Precaução Contra Ataques Aéreos e a ex-prefeita, ambos aposentados agora. Pareciam orgulhosos de estarem no casamento de seus protegidos. Havia também outros amigos do trabalho novo dele e de Nellie. Todos ali, reunidos para testemunhar a grande ocasião.

As portas da igreja estavam abertas, e, por entre elas, Billy viu Nellie, Em e Babs. Seu coração se encheu de orgulho — estava tão bonita quanto ele sabia que estaria.

Havia mais alguém lá, alguém com quem elas estavam conversando e que ele não conseguia ver, mas, ao observá-las e notar a expressão de Nellie, imaginou quem seria. Nellie parecia enfeitiçada e angustiada. Só havia uma pessoa no mundo para quem ela olharia daquele jeito. Mas ele estava morto, tinha sido abatido na França... Quando elas se moveram, ele avistou o homem. Sentiu o estômago embrulhar. Não, não podia ser. Não podia! E por que ele tinha voltado logo hoje? A única pessoa no mundo que poderia destruir seus sonhos. Nellie o amava, ele sabia disso, mas ela amava mais aquele outro homem. Sempre foi assim, e agora ele estava ali, não estava morto, e Nellie estava lá fora olhando para ele, decidindo que escolha fazer.

Billy se imaginou no lugar dela, tendo de dar as costas para a pessoa que mais amava no mundo para se casar com outra. Não. Não conseguiria fazer isso. E agora sua única chance de ser feliz era se Nellie fosse mais forte que ele e deixasse Ray para entrar na igreja.

— Eu vou só... conferir se está tudo bem — murmurou Billy para George, que aparentemente não tinha percebido o que estava acontecendo lá fora. Nem os convidados pareciam ter percebido, estavam todos conversando baixinho com a pessoa ao lado.

Ele se apressou pela nave da igreja até a entrada, seguido por George, que fechou as portas da igreja ao sair e arfou ao ver Ray.

— Nellie, eu estou aqui — disse Billy. Em estava olhando para Ray, Babs estava olhando para Nellie, e os dois estavam olhando de um para o outro. Ninguém se virou para olhar para ele, Billy.

Billy se virou de um para o outro. De Nellie para Ray, e então de volta para Nellie.

Ela parecia arrasada. Ele sabia, sempre soube, que o primeiro amor da vida dela era Ray, seu maior amor. Mas ele também sabia que ela o amava, ele, Billy. Talvez com menos paixão, mas ainda assim era um amor profundo, nascido de todos os anos que passaram juntos, desde a infância. Eles dariam um bom casal. Teriam um casamento feliz e igualitário, vivendo juntos, criando os filhos.

Mas agora Ray estava ali, de volta do mundo dos mortos, e Billy via o amor que ele sentia por Nellie. E o amor que ela sentia por ele.

Sabia que era maior do que ela jamais sentiria por ele. Dava para ver tão claramente como se estivesse estampado no seu rosto. Ela jamais havia olhado para ele daquele jeito, com aquela paixão, com aquela intensidade. E jamais o faria.

Por que Ray tinha voltado? Por que não podia ter ficado morto? Ou longe. Ele deve ter imaginado que ela havia encontrado outra pessoa nesses dois anos. Era tão injusto. Quando finalmente estava quase alcançando o seu desejo mais antigo, ali estava a única pessoa que poderia arrancar tudo dele. Billy soltou um gemido de desespero. Queria gritar contra a injustiça do mundo que tinha feito isso com ele. Desejou que Ray pudesse simplesmente desaparecer para que Nellie ficasse com apenas uma escolha. Pois sabia que só havia uma escolha. Só podia haver um.

Ficaram todos calados. Esperando, percebeu, que ele dissesse ou fizesse alguma coisa.

— Nellie — disse ele de novo, a voz rouca, e desta vez ela se virou para fitá-lo com uma angústia evidente no rosto.

— Billy, já vou... Ray só queria... prestar homenagens e dizer adeus.

— Há quanto tempo você sabia que ele está... vivo?

— Descobri tem só dois dias. — Sua voz saiu desprovida de emoção.

— Você não me contou.

— Eu... estava tentando te proteger. Achei que você ia pensar que eu não ia me casar com você. — Ela deu um passo na direção dele, afastando-se de Ray. — Mas não se preocupe. Não muda nada, Billy.

Ah, mas mudava. Mudava tudo. Se ela o estava protegendo, era porque não queria machucá-lo com seus verdadeiros sentimentos. Era como se ele pudesse ver o futuro. Ou melhor, dois futuros possíveis, simultaneamente. Um no qual ele se casava com Nellie hoje, e outro no qual ele a deixava ir, livre para ficar com Ray. Caso se casasse com ele, sabendo que poderia ter tido Ray, o amor que tinha por ele, Billy, se tornaria amargo com o tempo. Ele sabia disso e não podia deixar que acontecesse. Não podia ver os sentimentos dela por ele se transformarem em ressentimento. Sabia o que devia fazer, agora que tinha visto o amor entre ela e Ray, um amor que nunca desapareceria, com o qual nunca poderia competir. Era a única coisa que podia fazer. Ele a amava com todas as suas forças.

— Ele veio para te reconquistar. — E, ao dizer as palavras, sentiu a raiva e o desespero se dissiparem e se transformarem em aceitação.

— Não, Billy, não é nada disso — disse Nellie, e Ray também balançou a cabeça e falou:

— Ela é sua. Eu não...

Billy ergueu a mão, silenciando os dois.

— Eu estou vendo o que está acontecendo.

— Não é...

— Não vamos...

— Vão sim. Vocês se amam. — Ninguém tentou negar. Era óbvio.

— Billy, eu vou me casar com você hoje. — A voz de Nellie falhou, mas ela parecia determinada, isso era claro, e naquele momento ele a amou mais do que nunca.

Mas, ainda assim, tinha que fazer isso. A coisa mais difícil que jamais faria. Ele balançou a cabeça.

— Não, Nellie, não vai. Você não pode fazer isso. Nós não podemos fazer isso. — Atrás dele, Em e Babs ofegaram, mas ele as ignorou.

Deu um passo à frente e puxou Nellie na sua direção, para os seus braços. Então se abaixou e falou baixinho, para que só ela pudesse ouvir.

— Nellie, meu amor, minha querida. Não consegui salvar Flo. Mas posso salvar você de uma vida inteira de arrependimento. Você perdeu tanto. Não posso e *não vou* tirar essa segunda chance de vocês. Nós não vamos nos casar. Eu sei o que você sente por Ray, e tudo o que quero é que você seja feliz. Tão feliz quanto é possível ser. Então eu... eu vou deixar você ir. Vai... com ele. Case com ele um dia.

Nellie se afastou ligeiramente para olhar nos olhos dele, e Billy sustentou o olhar, desejando que ela entendesse que estava sendo sincero. Era de partir o coração, mas era o certo, a coisa honrosa a fazer. Para todos eles.

— Billy, eu... — Lágrimas começaram a escorrer pelo seu rosto. Lágrimas que ele queria secar, beijar. Pousou um dedo nos lábios dela.

— Shh. Está tudo bem. De verdade.

Ele sorriu para ela, e ela sorriu também, e ele percebeu que sim, com o tempo ia ficar tudo bem. Assim, ela ia continuar amando-o. Jamais o odiaria, jamais se ressentiria dele por tê-la impedido de seguir seu verdadeiro amor. Não teria suportado isso. Assim, o amor dela por ele permaneceria puro e imaculado, e isso era tudo o que queria agora.

— George — chamou ele. — Me passe o...

George se aproximou, colocou a mão no bolso e pegou a aliança. Billy levou a mão ao próprio bolso interno do paletó e pegou um envelope, que entregou a Ray.

— Aqui. Acho que você vai querer isso. Passagens de trem para Brighton, e uma reserva de um quarto de hotel.

A aliança ele entregou a Nellie.

Ela abriu a mão, e ele a depositou em sua palma. Não era como havia imaginado que lhe daria aquela aliança, pensou ele com ironia, mas talvez houvesse algum conforto em saber que estaria no dedo dela.

Nellie o abraçou e falou baixinho em seu ouvido, a voz trêmula:

— Você é um homem maravilhoso, Billy Waters.

— Obrigado. — Ele a apertou, saboreando a sensação de tê-la junto de si pelo que poderia ser a última vez, depois a deixou ir, sustentando seu olhar por mais um instante, vendo o amor que havia ali, um longo amor de amigos de infância agora crescidos. Um amor que nunca iria morrer, se ele a entregasse agora para Ray.

Atrás dela, algumas pessoas estavam saindo da igreja, perguntando-se o que estava acontecendo.

— Ah, meu Deus, a explicação que vamos ter de dar — exclamou Em, mas estava sorrindo por entre as lágrimas. Babs, ao seu lado, passou um braço pelos seus ombros.

— Obrigado, senhor — disse Ray, estendendo a mão para Billy. Billy fitou aquela mão por um instante e então a apertou.

— Cuide dela e dê a ela a vida de amor que ela merece.

Ray fez que sim.

— Pode deixar. Eu prometo.

E isso era tudo o que Billy poderia desejar.

50

Nellie ficou olhando os dois homens que mais amava no mundo trocarem um aperto de mãos. Era difícil acreditar no que estava acontecendo e seu coração estava pulando de alegria, de emoção, de amor.

— Anda, vão! — insistiu Billy mais uma vez. — Sejam felizes!

A expressão no rosto dele era um misto de determinação e angústia. Ela podia ver o quanto aquilo estava lhe custando emocionalmente, liberá-la da sua promessa, e sentiu o coração se comprimir por ele. No entanto, no fundo, sabia que ele estava certo, pelo bem de todos eles. Atrás de Billy, as pessoas continuavam saindo da igreja. George, seu irmão querido, estava tentando arranjar uma desculpa para levá-las de volta para dentro.

Nellie olhou para o vestido, seu lindo vestido de noiva.

— Não posso encarar aquelas pessoas.

— Então é melhor ir logo, antes que todo mundo saia. Vou pensar em alguma explicação. — Billy voltou para a igreja. — A gente se vê um dia, Nellie Morris! — gritou ele por cima do ombro.

Ela o viu mandando todo mundo voltar para dentro, dizendo que havia uma mudança de planos e que ele iria explicar tudo. E então ele entrou e fechou as portas da igreja.

Nellie se virou para Em, que estava sorrindo e chorando ao mesmo tempo.

— Mãe? Não sei o que dizer.

— Não diga nada, meu amor. Vai embora, como Billy falou. Você tem a minha bênção, e acho que o seu pai e a sua irmã também iriam querer que você fizesse isso.

— Você vai ficar sozinha — disse Nellie.

— Sozinha, não. Eu tenho o meu George e os meus amigos. E vou ficar feliz de saber que você está feliz, aproveitando a vida. — Em sorriu mais uma vez para ela. — Acho que é isso que o seu pai gostaria para você. Uma vida de emoção e aventura, com o companheiro que você mais ama. Você sempre sonhou com isso, lembra?

Nellie abraçou a mãe com força, depois se virou para Babs, que parecia atordoada com a coisa toda.

— Babs, me desculpa.

Babs se adiantou e a abraçou também.

— Está tudo bem. E Billy vai ficar bem, prometo. Acho melhor você ir, como ele falou. Ele não vai conseguir manter todas aquelas pessoas lá dentro por muito tempo. Eles vão querer saber o que está acontecendo.

Ray estendeu a mão para Nellie.

Ela a pegou, mas se voltou para Em e Babs.

— Obrigada. Eu...

— Vai! — exclamaram Em e Babs, rindo e chorando ao mesmo tempo.

E então, com a mão de Ray na sua, Nellie correu de volta pela rua por onde tinha acabado de vir andando com a mãe e a dama de honra. Não uma Sra. Waters, mas a futura Sra. Fleming, e a mão na sua pertencia ao homem que amaria para sempre e com quem passaria o resto da vida.

— Nellie! Espera! — Era George, correndo atrás deles pela rua.

Ela parou e se virou.

— George!

Ele deslizou até parar na frente deles e estendeu a mão com a palma aberta. Nela, estava o cachorrinho de porcelana de Flo.

— Encontrei isso. No dia seguinte ao acidente. Flo deixou cair na escada. Guardei comigo desde então, como lembrança dela. Acho que devia ficar com você.

Ela pegou o enfeite, com lágrimas escorrendo pelo rosto.

— Obrigada. E, George...?

— É, eu sei. É para cuidar da mamãe por você. Pode deixar, Nellie. Não precisa se preocupar. — Ele bateu continência e voltou correndo para a igreja, para Em, Babs e Billy.

Ela ficou observando o irmão voltar. A vida que achava que teria parecia já estar desaparecendo e uma nova estava ao seu alcance. Um novo começo.

— Eles vão ficar bem — disse Ray. — E nós também. Meu Deus, eu te amo, Nellie Morris. Não sei para onde a vida vai nos levar, mas temos um ao outro, e vamos ter uma vida inteira de amor e aventura, prometo. — Ele a puxou para os seus braços e a beijou, e foi como se os últimos anos tivessem virado pó. Ali estavam eles, juntos, a guerra tinha acabado, não havia mais perigo, e com a bênção de todos que mais importavam para eles.

— Vamos, futura Sra. Fleming! Antes que as pessoas percebam que não vai ter casamento e comecem a sair da igreja. — Ray sorriu para ela, aquele sorriso familiar que ela tanto amava. — Vamos para Brighton!

— Para Brighton!

Essa seria a primeira de muitas aventuras que teriam juntos, o primeiro passo em suas viagens, e Nellie mal podia esperar. Ela levantou o vestido com uma das mãos, segurou Ray com a outra, e, juntos, eles foram correndo pela rua, rindo, sem conseguir acreditar no que havia acabado de acontecer, antevendo de repente um futuro maravilhoso, feliz e cheio de amor. Um futuro que Billy, por amor a ela, lhes proporcionara.

Epílogo

Março de 1993

— Você não vai cair. Eu estou aqui. — Mãos fortes sustentaram os braços de Nellie e a mantiveram firme, enquanto os estudantes desciam depressa os degraus da estação. — Vem, vamos sair daqui.

Nellie se deixou conduzir pelo restante dos dezenove degraus, para a luz do sol forte primaveril e o ar fresco. Seu coração ainda batia acelerado, a respiração ofegante, mas estava segura, não estava no esmagamento que havia matado Flo, seu pai e todos aqueles outros. Foi só quando saiu da entrada do metrô e entrou no Bethnal Green Gardens que percebeu que havia reconhecido a voz de seu salvador e se virou para olhar direito para ele.

— Billy! Ah, é você!

— Babs me disse que você ia chegar mais ou menos a essa hora, então fiquei te esperando na bilheteria. Você passou por mim, passou, sim, como se estivesse em outro mundo. Que bom ver você, Nellie.

Ela sorriu para ele. Aqueles mesmos olhos gentis, a mesma covinha na bochecha, o mesmo velho Billy. Só de vê-lo estava mais calma.

— Bom ver você também. Faz tanto tempo.

— Vem, vamos sentar para você recuperar o fôlego. Temos muito assunto para botar em dia, e Babs com certeza vai te alugar depois.

355

Quero você só para mim por uns minutinhos. — Billy a levou para um banco no canto do parque.

Ela olhou ao redor. O parque estava muito mais bem conservado, com muito mais plantas do que na época da guerra. A rua era um misto de prédios antigos e novos — os mais novos, percebeu, haviam ocupado os vãos bombardeados de que se lembrava.

— Está tudo tão diferente.

— É lógico que está diferente. Tem quarenta e oito anos que você foi embora, se é que eu fiz a conta direito — comentou Billy.

— Quase quarenta e oito. Quase. Fui embora no verão de 1945. Billy... eu nunca esqueci o que você fez naquele dia. Você nos deu, a mim e a Ray, uma vida maravilhosa juntos.

Billy sorriu para ela, um sorriso de amizade de longa data.

— Eu sabia que, com o tempo, teríamos nos arrependido se tivéssemos seguido em frente e nos casado. Você teria se ressentido de mim por ter afastado Ray. Eu teria ficado amargurado com você por não me amar do jeito que o amava. — Ele pegou a mão dela. — Mandei você ir embora naquele dia, porque de repente tive uma visão clara do futuro que íamos ter se nos casássemos. E não gostei do que vi.

— Obrigada. Tivemos muitos anos muito felizes.

— E deu tudo certo para mim também, não foi?

Ela sabia que sim — foram muitas as cartas cruzando o Atlântico, entre ela e Babs, que sempre dava notícias de Billy. Babs chegou a visitá-la com o marido, Peter. Assim como George, duas vezes, e a mãe, uma vez. Em tinha ficado encantada de poder ir a um país novo, conhecer o lugar onde a filha construíra seu lar. E Nellie e Ray voltaram muitas vezes à Inglaterra, hospedando-se com George e a família dele, na zona oeste de Londres, e encontraram Em também.

— Como está Amelia? E as crianças?

— Ela está muito bem e muito animada para te ver. William veio passar o fim de semana com os filhos, e os nossos gêmeos continuam morando por aqui. — Billy desviou o olhar e fitou os jardins. — Eu adoro ela, sabe. Naquela época, achava que você era a única pessoa para mim, que nunca iria amar mais ninguém. Mas estava errado. Também tive um casamento maravilhoso. Amelia tem sido tão boa para mim. Tive muita sorte de conhecê-la através de você.

— Fico muito feliz.

Engraçado, pensou, como as coisas se desenrolaram para os dois. A única coisa que ela teria mudado, se pudesse, era que Ray não tivesse tido câncer, aquela doença terrível que havia acabado com a vida dele cedo demais. Ela torceu a aliança no dedo direito — a aliança que Billy havia comprado para ela e que usara durante todo o casamento de quarenta e cinco anos com Ray, para se lembrar do homem altruísta e maravilhoso que havia tornado aquilo possível.

— Você ainda tem? — perguntou Billy, percebendo o gesto.

— Nunca deixei de usar — respondeu ela com um sorriso.

— Não acredito que a cerimônia vai ser amanhã.

— É, eu sei. — Cinquenta anos depois da tragédia que havia ceifado tantas vidas, seria o primeiro culto em homenagem àquelas pessoas. Uma chance para a comunidade se reunir e relembrar as vítimas, para falar sobre o que tinha acontecido.

— O Conselho Distrital foi absolvido da responsabilidade, sabia? Li um longo artigo no jornal sobre isso. Você sempre disse que não foi culpa da Sra. Bolton, que ela havia feito tudo o que podia, e agora ela foi inocentada.

— Só que ela não está aqui para ver isso acontecer — comentou Nellie, e houve um momento de silêncio, enquanto se lembrava da antiga chefe, gentil e trabalhadora.

Ela olhou para a igreja do outro lado da rua, a Igreja de São João, onde o culto seria realizado. A mesma igreja para onde tantas vítimas da tragédia foram levadas, onde ela e Em encontraram Flo e Charlie.

— Vamos para a casa de Babs? — perguntou ele.

Nellie continuou olhando para a igreja.

— Você se importa se eu fizer uma coisa primeiro? Sozinha. O túmulo de Flo.

Ele a fitou com compaixão.

— Claro. Eu levo a sua mala e te encontro na casa de Babs daqui a pouco. Ela não vai se importar. Você sabe o caminho? Fica perto do antigo cemitério.

— Eu sei. — Mesmo depois de todos aqueles anos, as ruas de Bethnal Green estavam gravadas na sua memória.

Eles saíram juntos do parque.

— Até mais tarde, então. — Billy lhe deu um beijo na bochecha, pegou sua mala e acenou para ela, enquanto seguia seu caminho.

Nellie respirou fundo e atravessou a rua até a igreja. Entrou e se sentou em silêncio por alguns minutos, pondo em ordem os pensamentos, deixando o ar do East End infiltrar em sua alma. E então saiu, andou pela lateral da igreja e observou a pedra.

Ainda estava lá. *NM e RF, fevereiro de 1943*. As iniciais deles, depois de todo aquele tempo. As letras gravadas por Ray que duraram mais que a vida dele, mas não mais do que o amor dos dois. Ela traçou as letras com o dedo.

— Ah, Ray, meu amor. Como eu queria que você estivesse aqui comigo hoje. Nunca vou te esquecer. — Uma brisa suave soprou sobre o seu rosto, levantando um fio de cabelo, como se Ray estivesse ouvindo, como se estivesse ali ao lado dela, da mesma forma que estivera ao longo daqueles quarenta e cinco anos maravilhosos. Ela sorriu. — Obrigada, meu amor. Por tudo. — Por todos os anos juntos, por todas as viagens que fizeram, explorando o mundo como ela sempre sonhou. Os lugares aonde foram, a diversão que tiveram. A família que formaram. Suas três filhas lindas.

As três, separadamente, sugeriram acompanhá-la na viagem, mas Nellie disse que não. Elas tinham vidas corridas, filhos, maridos e empregos, tanta coisa para mantê-las em Michigan. Queria fazer isso sozinha. Companhia significaria menos chance de se perder em suas memórias. Teria sido mais difícil sentir os fantasmas do passado ao seu redor se alguma delas estivesse acompanhando-a.

Com um último olhar para as iniciais, afastou-se da igreja e seguiu pelas ruas familiares, mas diferentes, que, como sempre, fervilhavam de gente. E de pensar que a última vez que estivera ali estava correndo, vestida de noiva, de mãos dadas com Ray.

Foi até a Morpeth Street. As antigas casas geminadas onde ela, Babs e Billy moraram não existiam mais, foram demolidas para dar lugar a blocos de apartamento insossos. Mas a escola onde havia estudado continuava no fim da rua, e havia uma ou duas casas mais antigas do outro lado. Não se sentia mais em casa. Lar eram pessoas, não lugares. Seu lar era Michigan, às margens do grande lago, onde as filhas moravam com suas famílias. Assim que o passaporte dela havia chegado, Ray a levara para lá, e eles se casaram com os pais de Ray presentes. Eles estavam tão felizes, sem arrependimentos.

Seguiu para o sul, em direção ao Cemitério de Bow, que tinha mudado de nome, junto com o restante do bairro, para Cemitério de Tower Hamlets, mas que continuava onde sempre esteve, e nele estavam os túmulos de Charlie e Flo. Nellie queria passar um tempo lá, sozinha, antes da cerimônia do dia seguinte, antes de ter de dividir seu tempo com os velhos amigos. Em havia sido enterrada em outro lugar, já que o Cemitério de Bow fora fechado para novos enterros em 1966. Nellie planejava visitar o túmulo da mãe no fim da semana, para prestar suas homenagens à mulher maravilhosa que a incentivara a aproveitar as oportunidades que a vida lhe oferecia — um mantra que ela seguiu pelo resto da vida.

Seu percurso a levou por um parque do qual não se lembrava. Durante a guerra, aquela área era formada por ruas de casas vitorianas geminadas, ao longo do Regent's Canal. A região havia sido fortemente bombardeada, lembrou ela, e obviamente, depois da guerra, as autoridades decidiram demolir tudo e fazer um parque no lugar. Um oásis verde e agradável que se conectava ao Victoria Park, ao norte, e ao cemitério, ao sul. Ela foi andando pelo cemitério e encontrou o que procurava.

Charles Francis Morris, 1896-1943, marido querido e pai adorado. Descanse em paz. Ela leu em voz alta, pousando a mão na lápide, lembrando-se da personalidade forte do pai, que às vezes se exaltava ou era difícil de agradar, mas que era amoroso, carinhoso e queria o melhor para a família em todos os momentos.

E, ao seu lado, o túmulo menor de Flo. *Flora Emily Morris, 1935-1943, irmã querida e filha adorada. Que o céu seja um lugar de brincadeiras por toda a eternidade.*

Lembrou-se de como ela e Em acharam difícil encontrar as palavras certas para a lápide de Flo.

— Não quero uma banalidade. Nem nada muito religioso. Era tão pequenininha a pobrezinha.

Nellie se ajoelhou ao lado do túmulo de Flo e colocou as mãos na terra, mais ou menos onde o coração de Flo estaria.

— Sinto tanta saudade, irmãzinha querida — disse ela. — Sempre senti e sempre vou sentir. — Tantos anos tinham se passado e isso ainda era verdade.

Uma única lágrima lhe escapou e escorreu pela bochecha.

— A missa amanhã é para você, Flo. E para o papai. E para as outras cento e setenta e uma pessoas que morreram naquela noite. Mas esse momento aqui é só seu.

Ela então cantou. Baixinho, só para Flo, no fundo da terra, ouvir. A última estrofe da canção de ninar que tantas vezes havia cantado para a irmã dormir.

Escuta, um sino solene toca, bem no meio da noite
Tu, meu amor, estás voando para o céu, de volta para casa,
bem no meio da noite
Limpo o pó, a tua alma imortal despertará,
Ao terminar a tua última viagem de volta para casa, bem no
meio da noite.

Agradecimentos

À minha família: mãe, pai, Charlie Rachel, Paige, Sam e Ava. Amo todos vocês mais do que qualquer coisa neste mundo. Obrigada pelo amor constante, pelo apoio e pela orientação.

A Jake, meu parceiro na vida, obrigada por segurar minha mão e ser uma luz orientadora para mim. Vovó Ruth teria te amado, sem dúvida.

Aos meus incríveis agentes na WME, obrigada por cultivarem esta ideia e proporcionarem um espaço para eu criar esta história. Andrew, TJ, Steve, Huy, James, Matilda e Alyssa são o vento nas velas que sopraram esta história da sementinha de uma ideia até sua publicação. A Jenny e Cara, obrigada por sempre me apoiarem e me protegerem neste mundo louco.

Obrigada à equipe editorial da HarperCollins que acreditou nesta história e nunca aceitou um não como resposta, especialmente as minhas editoras, Katie e Liz. E à brilhante Kathleen McGurl por trabalhar comigo para dar vida a isto.

Obrigada aos meus cachorros maravilhosos, Winnie, Dorothy, Max, Barbie e Marley, que ficaram do meu lado fielmente durante as noites agitadas em que eu tentava criar o próximo capítulo.

Por fim, à minha avó Ruth. Sem você ninguém estaria segurando este livro. Sem você eu não existiria. Esta é a sua história, um testemunho das suas dificuldades e da sua força interior na qual me inspiro todo dia. Isto é para você. Eu te amo e apresento *Dezenove passos* em sua homenagem.

Este livro foi composto na tipografia Adobe Jensen Pro,
em corpo 12,5/16, e impresso em
papel off-white no Sistema Cameron da
Divisão Gráfica da Distribuidora Record.